# ふり返るな　ドクター
## 研修医純情物語

川 渕 圭 一

幻冬舎文庫

# ふり返るな　ドクター　研修医純情物語

目次

# 第一章　プロフェッサー佐伯

## 1

紺野佑太が東京近郊のある街へやってきたのは、もう夏も終わりのころだった。

火曜の午後の駅構内は、移動中のサラリーマンやショッピングを楽しむ女性たち、放課後の高校生の群れ等々でごった返していた。佑太は駅ビルでさっさと買い物をすませ、ひしめき合う人々のあいだをぬって東口の階段を下りていった。

明らかに再開発に乗り遅れてしまった様子の駅前商店街は、やたらせせこましく、ごちゃごちゃしている。街並みはこれといった特色もなく、どこまでも無味無臭だ。通りをゆく人々まで無表情に見えてくる。ある意味、典型的な東京のベッドタウンであった。

「つまらない街へ来ちゃったな」

と、ふてくされ気味につぶやいた佑太だが、実際のところは街並みなど、どうでもよかったのだ。なにしろ佑太の新しい住み処《か》は駅から歩いて三十五分、バスもろくに通っていない片田舎にある。それに明日から勤めが始まれば、アパートと病院を行き来するだけの生活になることは目に見えている。次に駅前までやってくるのは、たぶんひと月以上先のことだろう。

新米医師の毎日とは、そんなものなのだ。

佑太は医師免許を取って二年目で、新たな研修先として紹介された病院で働くため、おといこの街へ越してきたばかりだった。二年目といっても、脱サラをして医師になった佑太はすでに四十も目前で、見た目も、頭の中も、お世辞にもフレッシュとは言えなかった。

商店街を抜け、大通りをひたすら東へ向かって二十分以上歩くと、通行人はめっきり減り、周囲は建物より畑が目立つようになってきた。だから、畑の真ん中にそびえ立つ病院の姿がひときわ大きく、立派に見えた。

佑太はやや緊張した面持ちで、明日からのわが職場を横に見ながら歩いていった。白い直方体の建物は、いかにも病院らしいたたずまいではあるが、こぎれいですっきりとした印象を与えた。ビルが六階止まりであるところも気に入った。佑太は高層ビルを目の当たりにすると、どうにも落ち着かなくなってしまうのだ。

病院からさらに三百メートルほど先のパン屋の角を右に折れ、佑太は細い坂道に入っていった……が、十メートルも行かぬうちに引き返してきた。

つつましい店構えのパン屋では、これまた痩《や》せて控えめな主人がひっそりと店番をしていた。佑太は明日の朝食用にツナサンドとアップルパイを買い求めると、ふたたび坂道を上りはじめた。曲がりくねった小道の両脇には、民家がぽつぽつ建っている。

坂の中ほどに、『白鳥荘』と看板が出ているレトロな二階建てのアパートがあった。なんだか妙になつかしい気分になり、建物に近寄って中をのぞいてみると、庭に水をまいていたステテコ姿のおやじさんが、ジロリと佑太をにらんだ。

坂を上りつめた小高い丘の上に、佑太の住むアパートはあった。

駅から徒歩三十五分ではもっともだろうが、部屋が広いわりに家賃は安く、二階の角部屋だから陽当たりも風通しも申し分ない。めったに行くこともない駅からは遠くても、病院までは歩いて八分、自転車をかっ飛ばせばわずか二分だ。

駅周辺の殺伐とした風景とはうって変わり、このあたりの眺めは、いたってのんびりしたものだった。寝室の窓から見下ろすサトイモ畑には、大きなハートの形をしたみずみずしい葉がびっしり連なり、聞こえてくるのは子供たちの遊ぶ声と、犬の吠える声ばかりである。

佑太はこの新しい住み処を気に入っていた。

佑太は研修医として最初の一年を過ごした大学病院の医局から、新しい勤務先を紹介してもらったのだが、医局長はおせっかいなことに、病院の寮に住むようしきりにすすめてきた。

「君はいささかわがままで、自分勝手な行動をとりがちだから、集団行動に慣れるためにも、ぜひとも寮に入りなさい」

冗談じゃない、と佑太は思った。これから一人暮らしを始める若者に忠告するならいざ知らず、中年男をつかまえて大まじめでそんな説教をするとは、開いた口がふさがらない。こんなことだから「医者は世間知らずだ」などと陰口をたたかれてしまうのだ。長年かかって培われたこのへそ曲がりな性格が、寮に住んだくらいで修正できるはずがない。

そもそも研修医というのは、一日十五時間は病院に詰め、仲間たちと働いているものである。それだけでもうんざりするくらいの集団生活なのに、そのうえ家に帰ってまで同じ顔と顔を突き合わせたら、精神衛生上よろしくない。たとえつかの間の休息でも、自分の世界に身を落ち着けホッとしたいし、仕事のことは忘れてリフレッシュしたい、というのがフツーの感覚だろう。

だから、新しい勤務先が決まった翌日、佑太は自転車を二時間こぎ、東京からはるばるこの町までやってきた。そして一日かけて病院周辺をくまなく走り、あたりの住環境を自分の目で確かめて回った。おかげで佑太は、この快適なアパートを探しだすことができたのである。

寮に住めば住居費はただ同然なのに、アパートを借りると住居手当は一円も出ないというのは、理不尽な気がしないでもなかった。しかし、たしかに自分の勝手でアパートを借りたのだから、文句をつけるのはやめておこう、と佑太は思った。

アパートに到着すると、佑太はまだ何も届いているはずのない郵便受けをいちおうのぞいてから、コンクリートの階段を上がっていった。

部屋のドアを開けるなり、佑太は「ふうっ」とため息をついた。この二日間ずいぶんがんばって片づけたつもりだが、ダイニングキッチンにはいぜん未開封の段ボール箱が山と積まれていた。一人暮らしも二十年続いたら、引っ越し荷物もバカにならないものである。

段ボール箱を一つずつ開けては荷物を取り出し、部屋のセッティングをしていると、ほどなく暗くなってきた。毎日着実に日が短くなってゆくこの季節の夕暮れ時は、ただでさえ寂しく、たよりない気分になってしまう。ましてや、明日から右も左もわからない病院で働くのだ。佑太がメランコリックになってしまうのも、無理のない話であった。

重苦しい気分をふり払うように立ち上がると、佑太はジーンズのポケットに財布をつっこみ、部屋を出た。

アパートの裏はジャリ道で、左側には高さ一メートル半ほどの金網フェンスが続いている。あたりを見回し、だれもいないことを確認すると、佑太はやおらフェンスに足をかけ、「よっこらしょ」とよじ登った。引っ越し荷物の運びすぎで痛む腰をかばいながらフェンスを乗り越え、着地すると、ありがたいことにそこはもうファミリーレストランの駐車場だった。

禁煙席に案内された佑太は、おもむろにメニューを開いた。明日からまた過酷な研修医の生活が始まれば、しばらくまともな夕食をとることはできないだろう。今晩は食べ納めだな――そう考えると、いいかげんな気持ちで注文することはできなかった。

佑太は、すみからすみまで念入りにメニューをチェックし、ああでもない、こうでもないと思案した末に、キノコ入りデミグラスソースのハンバーグとオニオングラタンスープ、それにベーコンとほうれん草のソテーとフライドポテト、そしてビールを注文した。

金も暇もない新米医師にとっては、ファミレスの夕食だって、めったにありつけないご馳《ち》走《そう》だ。佑太は運ばれてくる料理を一皿一皿、さもいとおしそうに、じっくり味わいながら平らげていった。

帰りは少し遠回りになるが、表通りをアパートまで歩いていった。はち切れそうにふくらんだ腹をさすりながら夜空を見上げると、意外なくらいきれいに星が輝いていた。

アパートに戻ると、佑太は段ボール箱からLPレコードを取り出し、寝室の半分近くを占領しているステレオ・コーナーの棚に、一枚一枚ていねいに並べていった。

気がつくと、いつのまにか十一時になっていた。佑太は別の段ボール箱から聴診器と診察用ハンマー、そして何冊かの医学専門書とアンチョコ本を引っぱり出すと、クリーニングから戻ってきた白衣のビニール袋と共にカバンに詰め、大急ぎでベッドにもぐり込んだ。

病院の朝は早いのだ。

## 2

その夜、佑太は夢をみた。夢の中で佑太はヘッドフォーンをかぶり、レコードを聴いていた。

佑太が寝ころがっているのは、高校を卒業するまで住んでいたわが家のソファーである。背もたれの縁と猫足に彫刻が入った時代物のソファーは、モスグリーンの生地がところどころすり切れ、スプリングはぼこぼこで、たたくと際限なくほこりが舞い上がった。

佑太はいつものように、学校から帰ってくるなりカバンをほうり投げ、ロック・ミュージックにひたっていたのだ。本日の一枚は、アメリカはウェスト・コーストのグループ、ドゥービー・ブラザーズの『キャプテン・アンド・ミー』だ。

疾走感あふれるツイン・エレキ・ギター、ダイナミックにかけめぐるツイン・ドラム、たたみかけるような重厚なハーモニー……。それでいて、あくまで軽やかで歯切れよく、雲ひとつない青空のように爽快《そうかい》なドゥービーズのサウンドにひたりきっていると、そこへ父が現れた。

――佑太の父は、外科医だった。

当時、心臓外科のパイオニア的存在であり、大学病院でも要職についていた父を、佑太は敬遠していた。というより、せざるをえなかった。佑太は生まれついての臆病者で、なにかにつけ不器用で自信が持てない、不肖の息子であったからだ。

それゆえ佑太は、父が生きているあいだ、医者になろうと思ったことは一度もない。それは反発というよりは、自分が父と同じ職につけるわけがないという、あきらめに近い気持ちだったのかもしれない。優秀すぎる父を持った息子というのは、それなりに苦労するものなのだ。

が、しかし……佑太が高校三年になって間もない春の日、父は忽然《こつぜん》とこの世から姿を消した。ヨーロッパの病院を視察して回った帰路、飛行機事故に遭遇し、二度と帰らぬ人となったのである。まさに青天の霹靂《へきれき》であった。

父が亡くなったあともやはり、佑太は医者になろうとは思わなかった。世間の期待どおり父の遺志を継ぐという筋書きは、あまりに出来すぎで、われながらウソくさいような気がしたからだ。そして何よりも、佑太は医者になる自信がなかったのである。血を見ただけで卒倒しそうになる自分が、人様の命を預かれるわけがない、と。

だから、佑太は高校を卒業後、一浪して農学部に進学した。大学でもやはり一年留年したものの無事卒業し、食料品メーカーに勤めるサラリーマンとなった。

佑太は決して、会社のために身を粉にして働くようなタイプではなかったが、それでもなんとか与えられたノルマを果たし、それなりの実績を上げ、五年後には生産管理課の係長となった。そして同じころ、同僚の結婚披露パーティーで知り合った三つ年下の女性とつきあいはじめ、半年後に結婚の約束をした。どこにでもあるストーリーだ。

しかし、三十路《みそじ》を迎えようとしていたある日突然、佑太は己の生き方の方向性を見失ってしまった。しっかりとレールに乗り、順風満帆に思えた毎日が、ほんとうに自分が選んだ人生なのか、それとも、ただ父から逃避した結果でしかないのか、わからなくなってしまったのだ。

佑太はアパートにひきこもり、結局、会社に辞表を提出した。婚約相手も、精神的に不安定な状態に陥り、将来になんの保証もなくなった佑太に愛想を尽かし、去っていった。そして、一年間ひきこもった末に佑太が出した結論は、父と同じ職業を目指すことだった。

その後、佑太は医学部を再受験し、三十七歳で医師免許を取ったのである……。

佑太は上半身を起こすと、ヘッドフォーンを外してソファーに座りなおした。そして父に話しかけた。

「あれっ、明日まで学会で出張じゃなかったっけ？」

「おいおい、『おかえり』くらい言ってくれてもいいじゃないか。予定が一日早まってね、今日帰れることになったんだ」

夢というのは、じつに不思議なものだ。起きているあいだは決して思い出すことができない父の姿や声が、まるでほんとうにそこにいるように生き生きと、鮮明によみがえってくるのである。夢は現実よりもよほどリアルだと、佑太はときどき思う。

「どうだい、病院は？」

父が訊《たず》ねてきた。

「ああ、なんとかやっているけど、やっぱり毎日キツいね」

「キツくて当たり前だからな、医者の仕事は」

父が生きているころは会話らしい会話をしたことがなかったのに、夢の中の父と、佑太はごく自然に言葉を交わしている。

「ついこのあいだも病棟でヘマをやらかしてね、婦長さんに大目玉を食らったばかりさ。やっぱり父さんとちがって、ぼくはほんとうに不器用だよ」

「いいじゃないか。不器用で何が悪いんだい？」

父が笑っている。あの厳格だった父が、笑っている。

「ところで、佑太」

「なに？」

「患者とは、うまくいっているんだろうな」

「うん、それだけはなんとか……。医者になってはじめてわかったけれど、ぼくは患者や家族の人たちと話をするのが、けっこう好きみたいだよ。デイルーム（患者のための社交、娯楽室）で彼らと雑談している時間が、何よりも楽しいね」

「デイルームか……。うむ、悪くないな」

父は満足そうに、うなずいた。

「でもね、父さん」

「なんだい？」

「とてもじゃないけど、ぼくは父さんみたいに一流の医者にはなれないよ」

「一流？」

「そうだよ。父さんはいつも口癖のように、ぼくに言っていたじゃないか。何をやるにしても、一流を目指さなければいけないって」

「そんなことを言ったかもしれんな。あのころはおれも、ずいぶんと血気盛んだったから」

「ぼくは毎日、患者の診療でいっぱいいっぱいで、とてもほかのことにまで手が回らないんだ」

「そうか……」

「研究や論文書きをする余裕もないから、医学博士にだってなれそうもない。父さんみたいに臨床も研究もオールマイティーにこなすことは、ぼくには無理みたいだ。それにさ……」

「佑太」

父が佑太の言葉をさえぎった。

「ん？」

「なにも世間に認められて名声を得ることだけが、一流になるということじゃない。医学博士の称号なんて、足の裏にひっついた米粒みたいなもんさ」

「だって父さんは、現に大学病院の教授で、医学界に広く知られた心臓外科の権威じゃないか。それに比べてぼくは、なんの取り柄もないダメ医者さ」

「父さんは父さんだ。おまえには、おまえのよさがあるはずだ」

「はっきり言ってぼくは、デイルームで患者と雑談することくらいしか能がないんだよ」

「患者と雑談することだって、立派な医者の仕事だろう」

「そうかなあ。ときどき、ぼくのほうが患者に慰められているんじゃないかって、思うことすらあるよ」

「ハッハ、そうか。しかし、それも悪くはない。おまえは、おまえにしかできないことをやればいい」

「ぼくにできることって、いったいなんだろう？」

「それは、おまえが見つけることだ」

「ぼくにしか、できないこと……」

合点のゆかない顔をしている佑太に、父はハッパをかけるように言った。

「さあ、いつまでも油を売っていないで、早く行ってこい。患者たちが待っているぞ！」

父にうながされ、佑太はステレオのスイッチを消し、ソファーから立ち上がった。

「わかった、とにかく病院へ行ってみるよ」

玄関からふり返ると、父は佑太に向かって手を上げた。佑太は父に念を押した。

「ぼくにできることをやれば、いいんだね？」

父は何も言わず、ただ微笑《ほほえ》んでいる。

「じゃあ、行ってくるよ」

ドアを閉める前にもう一度呼びかけたが、父はやはり、何も答えずに笑っている。そのうちに、父の姿がだんだんぼやけてきた……。

# 3

　ベッドサイドの目覚まし時計は、六時十五分前を指していた。初出勤の朝だから、やはり緊張していたのだろう。ベルが鳴る前に目が覚めたのは、ひさしぶりである。

　シャワーを浴び、コーヒーをいれ、ツナサンドとアップルパイを食べながら、佑太はずっと、夢の中の父の言葉を反芻《はんすう》していた。

　――自分にできること……。自分にできること……。

　六時五十分の天気予報が、本日の降水確率は０％であると告げた。佑太はテレビを消し、コーヒーをぐいと飲みほした。そしてカバンを手にすると、己に言い聞かせた。

「親父の言うとおりだ。とにかく、おまえにできることをやるしかないさ」

　アパートを出ると、佑太は勢いよく自転車にまたがった。

　朝のすがすがしい空気をつっきって、ブレーキをかけず一気に坂道を下っていくと、頭の中でイーグルスの『テイク・イット・イージー』が流れだした。軽快なギターとバンジョーをバックに、佑太は「テイキット・イージー、テイキット・イーィィージー……」と、うたいはじめた。

――そうさ、考えすぎたってはじまらない。気楽にいこうぜ、気楽にね。

大通りを左に折れ、まだ人気《ひとけ》のない中学の校庭のわきを通りすぎると、畑の向こうに病院の姿が見えてきた。

――今日からまた、新しい患者たちとの出会いが待っている。デイルームでの雑談を、大いに楽しんでやろうじゃないか！


七時ぴったりに、佑太は新しい勤務先の病院に到着した。そして前もって指示されていたとおり、五階北病棟へと向かった。

ベッド数四百ほどのこの病院は、ある大学病院の分院であった。大学病院である以上、教授が何人か常駐していたが、普通の大学病院のように医者がゴロゴロしているわけではなく、医局もささやかなものだった。雰囲気的にはむしろ一般病院に近かった。建物が大きいわりにベッド数が少ないから、大部屋でもベッドは四床までで、比較的ゆったりしたスペースがある。

五階北病棟では、夜勤や早出のナースが数名、病室とナースステーションのあいだをバタバタと行ったり来たりしていた。以前働いていた病院でも早朝出勤していた佑太には、それは見慣れた光景であった。

しかし、初日から張りきって早朝出勤したところで、ほとんど意味がなかった。ドクターたちの朝のカンファレンスが始まるのは八時だし、まだ自分の担当患者もわからない佑太はナースステーションで何もすることなく、手持ちぶさただった。

採血の手伝いでもしようか、とチラッと思ったが、やめておいた。勝手のわからない病院で出しゃばったら、かえって足手まといになってしまうだろう。

佑太は挨拶《あいさつ》だけすますと、ナースたちのじゃまにならぬよう、患者の食堂兼デイルームへ移動した。デイルームを眺めわたすと、佑太はひとりほくそ笑み、満足そうにうなずいた。

広々としていて清潔で、とても気持ちのよいデイルームだった。大きな窓から朝日が射しこんできて、はるかかなたには富士山が小さく、しかしくっきりと見えた。佑太はしばし窓ぎわにたたずみ、朝の光景をぼんやり眺めていた。

ふと気がつくと、湯を汲《く》みにきた患者が不審そうな顔をしてこちらを見ていた。佑太はとりあえずカバンから白衣を取り出し、身にまとった。

八時十分前になると、朝食のワゴンが運ばれ、患者たちが食堂に集まってきたので、佑太はふたたびナースステーションへ移動した。

ナースステーションの片すみで身の置きどころのないまま、佑太は次々とやってくる日勤のナースに、ただ「おはようございます」とくり返すだけだった。若いナースたちは皆、判で押したように「お疲れさまです」と、挨拶を返してきた。

まだ一分も働いてないいんだけどなあ、と佑太は思った。

八時になると、ようやく五階北病棟を担当する七名のドクターが集合し、朝のカンファレンスが始まった。五階北は内科の混合病棟で、循環器と消化器の病気以外の、ありとあらゆる内科疾病の患者が入院していた。

最初に病棟医長が佑太を紹介してくれたので、佑太は進み出て、簡単に自己紹介をした。その後、ドクターは順番に担当患者の病状を説明していった。以前働いていた大学病院みたいに大勢のドクターがいるわけでもなく、雰囲気もおだやかだったので、佑太はひと安心した。

三十分ほどでカンファレンスが終わると、ドクターたちはそれぞれの持ち場へと散っていった。佑太は指導医の都倉から、これから担当する十名ほどの患者の簡単な説明を受け、二人で患者のベッドを回った。

九時になると、都倉医師は外来へ出かけていき、佑太は医師控室へ荷物を置きにいった。

病院の正式なスタッフとして認められている先輩のドクターは、医局の部屋に自分専用の机を持っているが、研修医は通常、きちんとした居場所を与えられていない。医師控室とは、研修医たちがつかの間の休憩時間にたむろする、雑居部屋みたいなものである。

六階の突き当たりの医師控室に入っていくと、男の体臭とジャンクフードの入り混じった匂《にお》いがムッと鼻についた。思っていたとおり、タコ部屋と呼ぶにふさわしい空間である。窓らしい窓の見当たらないうす汚れた壁に沿って、スチール机が五つ並んでおり、ねずみ色の椅子の一つは背もたれが取れかかっていた。部屋のいちばん奥には、簡易ベッドが一つ置いてある。

佑太は、簡易ベッドでいびきをかいている当直明けのドクターを起こさぬよう、空いている机の上にそっと荷物を置くと、さっさと部屋を出た。そして、かねてからの約束どおり、佐伯教授の部屋を訪ねた。

## 4

病棟とは別棟にある教授室のドアをノックすると、佐伯教授は「おう」と顔を出し、佑太を部屋へ通した。

佐伯教授に会うのは面接のとき以来、二度目である。土気色をした頰《ほお》はこけ、こめかみには青々と静脈が浮き出ている。その風貌は医者というよりも、神経質そうな学者といった感じだ。

「もしも自分が患者だったら、あまりかかりたくないタイプの医者だな」と、佑太は心中ひそかに思っていた。

しかし、日本の大学病院において教授に推薦されるための条件とは、病院における臨床実績や患者の評判では決してなく、いかにすぐれた研究をして多くの論文を発表したかに尽きるのである。だから佐伯教授はある意味、典型的な大学病院の教授とも言えた。

佐伯教授の目はときおり、眼鏡の奥で鋭く光った。しかし、背丈はあるが痩せているせいだろうか、教授の存在はさほど威圧的には感じられなかった。話し方はくだけていて、むしろとっつきやすい人だった。

とにもかくにも、佑太は自分を研修医として採用してくれた佐伯教授に感謝していた。

「まあまあ、つっ立ってないでそこに腰かけて……。どう？　病院の雰囲気は」

教授は自ら茶をいれながら、話しかけてきた。どうやら専属の秘書は付いていないらしい。

「とても清潔で、雰囲気のいい病院ですね。デイルームが広いのが気に入りました。ナースたちも皆、まじめそうだし」

佑太は、感じたままを答えた。

教授はテーブルをはさんで腰かけると、ファイルの山をわきへ押しやった。

「うむ、私もそう思うよ。しかし……君もおかしな人間だな。患者ならいざ知らず、病院にやってくるなり、デイルームとナースについての感想とはね。そんなことを言った研修医は、君がはじめてだよ」

教授は佑太に茶をすすめながら言った。何かの薬草を煎《せん》じたような匂いが漂ってきた。

「ええ、デイルームで患者と雑談するのが好きなんです」

佑太は正直に、そしてちょっぴり誇らしげに言った。

「患者と仲良くするのも結構だが、あまり油を売らんでくれよ。病院の評判を落としてもらっては困るからな」

教授は佑太の心を見透かしたようにニヤリと笑うと、そのまま言葉を続けた。

「まあ、気に入ってもらえて何よりだ。せいぜいがんばってくれたまえ。うちの病院の雰囲気がいいのは、たしかだよ。君が三か月前まで働いていたT大学病院とは、比べ物にならないだろう？　あそこの病棟は狭くて、陰気くさくて、どうもいかん。しかも、経営まで赤字ときている……」

教授がT大学病院の悪口を言いはじめた。

——そういえば前回会ったときも、教授はあの病院のことを何かと批判していたっけ。

佐伯教授は皮肉っぽい冗談を交えながら、T大学病院の悪口と当病院の自慢とを、交互に語りつづけた。

――よくわからんな……。

独特の苦味のある茶をすすりながら教授の話を聞いていた佑太だが、どうも合点がゆかなかった。なぜならば、佐伯教授はまぎれもなく、そのT大医学部の出身であったからだ。

T大医学部といえば、よくも悪《あ》しくも日本医学界の頂点に立つ超有名大学である。そんなエリート大学を卒業した人間であれば、ふつう自分の出身大学を鼻にかけこそすれ、わざわざけなしたりしないものである。

――どうやらこの人は、相当に屈折した性格の持ち主か、あるいはT大学に何か恨みでもあるのかもしれないな。

それが、佐伯教授という人物に対し、佑太が最初に抱いた感想であった。しかし、佑太は教授の言葉などすぐに忘れてしまった。こんなふうに思っていたからである。

――どのみち医局に属する気のない自分が今後、佐伯教授とかかわり合いを持つとは思えない。教授がどんな性格の持ち主だろうが、おれには関係ないことさ。

## 5

佑太が新しい職場へやってきてから、あっという間に一週間が過ぎた。

はたしてこの病院で自分はちゃんとやっていけるのだろうかと、最初は大いに不安であったが、やってみればなんとかなるものだ。

佑太は日に日に病棟の雰囲気に慣れていった。ただし、忙しさはハンパではなかった。どんな病院で働こうが目が回るほど忙しいのは、新米医師の宿命なのである。

病棟で働くナースは総じて若く、佑太と同年代なのは婦長くらいのものだった。ショートカットでボーイッシュないでたちの婦長は、まるで宝塚の男役みたいに凜々《りり》しい人であった。いつでもシャンと背筋を伸ばし、若いナースたちにテキパキと指示を出し、ドクターにも臆することなく意見した。その言動はじつに堂々としていて、ときに迫力さえ感じさせた。

病棟の勝手がまだよくわからない佑太が「あのー」と質問にいくたびに、婦長は「なにっ?」と、鋭い目をして佑太をふり向いた。

はじめの三日間、佑太はそんな婦長が怖くてしかたなく、ナースステーションの片すみでこそこそとカルテを書いていた。しかし、何度か一緒に患者のベッドを回っているうちに、婦長は少々シャイでつっけんどんなだけで、じつは心根のやさしい人であることがわかってきた。

都倉医師は佑太より三つほど年上で(ということは、医師歴十五年以上である)、何が起こってもあわてず騒がずといった感じのおだやかな人だった。口数も少なく、しょっちゅう腕組みをして「ふうむ」と考えこんでいる。せっつかれるのが苦手な佑太には、ありがたい上司だった。

しかし、都倉医師はただおっとりしているだけではなく、芯が強く（悪く言えば、少々頑固者かもしれない）、筋は必ず通す人、といった印象を受けた。いずれにしても、頼れる指導医であり、先輩であった。

水曜の午後には、あのお決まりの教授回診が行われた。いくらそれらしくなくても、やはりここは大学病院なのだ。

ふだん病棟にまったく顔を見せない教授が、週に一度思い出したように現れて患者のベッドを回ったところで、ほとんど意味がない。ドクターたちだって、そんなことは百も承知のはずである。しかし、どうしてだかわからぬが、この無意味な儀式をやめようと意見するドクターに、佑太はお目にかかったことがなかった。

そしてまた、「教授に診察してもらうのは、とてもありがたいことだ」と思っている患者も、実際たくさんいるのである。いくらへそ曲がりな佑太でも、教授が病院における最高の医師であると信じて疑わない患者に向かって「教授なんかに診《み》てもらっても、意味ないっすよ」とは、さすがに言いだせないのであった。

さて、教授回診の当日、五階北病棟にやってきたのは、意外な人だった。

──えっ、どうして佐伯教授が？

予想もしていなかった人物の登場に、佑太は思わず首をひねった。佐伯教授の専門は、糖尿病などの内分泌および代謝疾患であったからだ。

五階北は内科の混合病棟で、糖尿病の患者も数名はいたが、血液病、感染症、腎臓病、呼吸器病、アレルギー病など、ありとあらゆる患者が入院していた。そのほとんどの病気に関し、佐伯教授は専門外であり、ろくすっぽ臨床経験もないはずである。

いくら教授回診が儀式といっても、少なくとも担当教授は入院患者の疾病に関し、オーソリティーでなければならない。専門外の教授が回診を担当するというのは、あまりにお粗末な話である。しかし考えてみれば、ここはドクターの数も少なければ教授の頭数もそろっていない中途半端な大学病院だ。無理に教授回診を行おうとすれば、このような事態が生じてしまうのは避けられないことであった。

はっきり言ってこんな教授回診ならば、やらないほうがよっぽどマシである。とってつけたように教授と患者のベッドを回ったところで、ドクターたちにはなんのメリットもないし、時間のムダ遣いでしかない。

そして何よりも患者に対し、この教授回診はおそろしく不誠実な行為であり、ほとんど詐欺と言ってもよかった。自分が患っている病気に関しては大家にちがいないと信じている教授が、じつはまったくの門外漢であり、素人同然の臨床経験しか持っていないとは、患者たちは知る由もないのだから……。

　しかし、新しい病院へやってきたばかりの新米が、教授回診を批判してもはじまらない。佑太はしぶしぶ、回診の列のいちばんうしろにつけた。そして、自分の担当患者の病室に来たときだけ進み出て、患者の容態を教授に説明するのであった。

　佐伯教授はほとんど表情を変えずに、患者の胸に聴診器を当てつづけた。教授は患者に向かって何を質問するでもないし、励ましの言葉をかけることもない。ほとんど無言で診察しているが、かといって教授回診につきものの、ピリピリするような緊張感が漂っているわけでもない。週に一度のお約束の時間が淡々と静かに流れていく、といった風情である。

　不毛な教授回診は、ぴったり一時間で終わった。五十人の患者を診て回るにしては、かなり短い時間である。しかし、それはもっともなことだった。そもそも教授は、患者たちに興味など持っていないし、真剣に診察しているわけでもないのだから。

　ナースステーションに戻った佑太がホッとひと息ついていると、病棟医長と話をしていた佐伯教授がこちらへやってきた。

「私が外来で診ている患者が明日、ここに入院する予定だ。君が主治医になってくれたまえ」

「はい、明日ですね」

「いろいろと訴えの多い患者だが、まあよろしく頼むよ」

「わかりました」

佑太は軽い気持ちで答えた。こんなふうに考えたからである。

――佐伯教授の患者であれば、おおかた糖尿病の教育入院だろう。わがままで、なかなか言うことを聞かない糖尿病患者か……。よくあるケースだ。

佐伯教授は用件だけ伝えると、そそくさと病棟を去っていった。

考えてみれば佐伯教授だって、やりたくて回診をやっているわけではないのだ。教授にとっても週に一度のこの回診は、ご苦労な仕事であるにちがいなかった。

――あーあ。こんな無意味な教授回診、思いきってやめちまえばいいのになあ。そのほうがお互いのためってもんだろうに。

佐伯教授のうしろ姿を見送りながら、佑太はもう一度、心の中でつぶやいた。

# 第二章　S氏の悲劇

## 1

木曜日の朝六時、病院へ出勤してきた佑太はエレベーターに乗らず、五階まで一気に階段をかけ上がった。すでに起床してデイルームでテレビを見ている数名の患者に挨拶をすると、佑太は意気揚々とナースステーションへ入っていった。

新しい職場で一週間のウォーミングアップを終え、ようやく本日、新入院患者を迎えることになったのだ。この病院で担当する記念すべき新患第一号である。佑太が張りきらないはずがなかった。

佑太が担当するのは、きのう佐伯教授から主治医をやるよう頼まれた、糖尿病のS氏であった。婦長のデスクに目をやると、数冊の新しいカルテが積んである。その中からS氏のものを取り出し、佑太はさっそく下調べを始めた。

新患が入ってくるときはいつも、「いったいどんな患者だろう？」と期待と不安が胸に相半ばする。患者の重症度にかかわらず、それは新しい人との出会いであるからだ。そして、今日から数週間、毎日その人と顔を突き合わせ、ある意味、密接なつきあいをしていくことになるのだ。

佐伯教授がS氏を「訴えの多い患者」と言ったことを、佑太はとくに気にとめていなかった。これまでにも何人かわがままな患者を担当したことがあったが、佑太はそんな患者とも、そこそこ仲よくやってきたからだ。

わがままな患者とつきあうとき、こちらも意固地になって病気や治療の話ばかりしていては、患者はますます心を閉ざしてしまう。

その点、佑太のサラリーマン時代の社会経験は、患者とコミュニケーションをとるうえで大いに役立った。患者のバックグラウンドを多少なりとも理解することができたし、話のとっかかりも見つけやすかった。医者になるまでの回り道が、いまになって自分の武器になろうとは、佑太は思ってもみなかったが。

午前十時、ちぢれ毛でがっしりした体格の中年男性が、奥さんと連れ立って五階北病棟へやってきた。顔色は悪くなく、比較的元気そうに見える。

ナースステーションでS氏の到着をいまや遅しと待っていた佑太は、その男性がS氏であることを確認すると、さっそく廊下に出た。そして「主治医の紺野です。よろしくお願いします」と、笑顔で自己紹介をした。

……しかしS氏は、佑太と目を合わせようともせず、さっさと病室へ向かっていった。

ひとり廊下にとり残され、佑太はポカンとつっ立ったままS氏のうしろ姿を見送っていたが、やがて「まあ、こんなこともあるさ」とつぶやき、頭をかきながらナースステーションへ戻った。

三十分後、佑太はS氏と二人で談話室に入り、病歴を訊《き》いた。しかしここでもS氏の応対は、ひどくつっけんどんであった。

「煙草《タバコ》は一日何本、何年間吸っていますか？」

「また同じことを言わせるのかい」

「はっ？」

「さっき、看護婦に訊かれたばかりだよ。病院で働く人間っていうのは、どうしてこんなに気がきかないのかね」

たしかに患者にしてみれば、入院早々何度も同じ質問をされたら、うんざりしてしまうだろう。

「はあ……それは失礼しました。あとでナースに訊いておきます」

佑太は気をとり直して、次の質問へ移った。さっきからS氏は、ときどき咳をしている。

「咳が出るようになったのは、いつからですか？」

「三か月前」

「ほかに何か症状は？」

「微熱が出て、体がだるくなった」

「それも同じころからですか？」

「そう、三か月前！」

Ｓ氏は吐き捨てるように言った。

病室のベッドへ移動し、佑太が二十分以上かけて診察したときも、Ｓ氏はずっと仏頂面だった。

頸部《けいぶ》のリンパ節は腫《は》れていなかったし、心音にもまったく異常は認められなかった。次に呼吸音を聴診するため深呼吸をしてもらうと、Ｓ氏は激しく咳きこんだ。

「すみません、苦しかったですか？」

「ゴホゴホ……病人に深呼吸なんか、ゴホッ、させるんじゃないよ」

あおむけに寝てもらい、腹部をくまなく触診するあいだも、Ｓ氏は口をへの字に曲げたままだった。

「どこか、痛いところはありますか？」

「アホくさい、子供じゃあるまいし」

まいったなあ、と佑太は思った。何を質問してもまともに答えてもらえず、取りつく島もなかった。

S氏の応対は、単に「よくある糖尿病患者のわがまま」ですまされる問題ではなさそうだった。S氏は明らかに、怒っている。医療関係者に対して不信感を抱いているのだ。そのことを佑太は、肌で感じていた。

S氏と二人でいるあいだずっと、佑太は針のむしろに座っているようだった。やっと診察を終えると、佑太はやれやれとため息をつき、ナースステーションへ戻った。そしてS氏のカルテを開き、まっさらなページに病歴や診察結果を書きこんだ。

入院時の記載事項を書き終えると、佑太はもう一度はじめから、外来カルテを読みなおしてみることにした。

――S氏はもともと糖尿病の治療のため、定期的に佐伯教授の外来を受診していた。しかし、三か月半前に風邪をひき、それ以来ずっと体調がすぐれなかった。原因不明の熱が続いていたし、咳もおさまらなかった。

S氏はそのことを三か月前からずっと、佐伯教授に訴えつづけていたようである。にもかかわらず、この三か月間カルテに記載されているのは、それまで同様、糖尿病に関するデー夕ばかりである。そして教授が処方しているのは、あいかわらず糖尿病の薬だけだった。

たしかに長年糖尿病を患っている患者は、多かれ少なかれ体調不良を抱えているものだし、病原菌に対する抵抗力も落ちているから、風邪などの感染症にかかると、一般の人に比べて治りが悪い。だから佐伯教授は、S氏の訴えをさほど深刻には受けとめず、しばらく様子を見ようと思ったのかもしれない。

もっともコンピューター画面で記録を見ると、佐伯教授はS氏の症状を気にはかけていたようだ。その証拠にここ二か月、S氏の外来受診時の血液検査では、血糖値だけでなく炎症所見なども調べているし、胸のX線写真も二度撮影している。しかし熱と咳の原因は、はっきりしなかった。教授はなぜか、S氏を呼吸器の専門外来へ回さなかったのである。

そして一週間前、外来に訪れたS氏の熱はさらに上がっており、咳もひどくなっていた。血液検査の結果、炎症所見もかなり悪化していた。佐伯教授はついに、S氏を入院させて精密検査をすることに決めたのだった。

――問題はS氏ではなく、佐伯教授にあったのではないか？

カルテを読み終えた佑太は、なんとなくそんな気がしてきた。すなわち、この三か月のあいだにS氏の中で、訴えをまともに聞いてくれない佐伯教授に対する不信感が、徐々に芽生えていったのではないだろうか。そしてその不信感が、S氏にこれほどまで意固地な態度をとらせているのではなかろうか……。

いずれにしても、佑太の予想は外れた。S氏は単なる糖尿病の患者ではなかったのだ。S氏がなんらかの感染症を患っていることは、臨床所見から明らかである。感染病巣が肺にあることも、ほぼまちがいなかった。

入院二日目も、三日目も、S氏は佑太と目を合わせようとしなかった。

目を合わせないのはたしかに気まずいが、それだけなら実質的な問題はない。佑太が困りはてたのは、S氏が自分の気が進まぬと検査を受けようとしないことだった。S氏にしてみれば、「これまで、おれの言うことなどちっとも聞いてくれなかったくせに、いまさらそっちの都合でせっつくんじゃないよ」という気持ちかもしれないが……。

口のきき方はいささかぞんざいではあるが、S氏はじつは高学歴で、かなりのインテリだった。意固地な性格で、なおかつ知的レベルの高い人間というのは、えてして手に負えぬほど厄介な患者になる（もっとも典型的なのは、医者自身が患者になってしまったケースであるが）。

佑太が病室を訪れると、S氏はいつもタイトルを見ただけで頭が痛くなるような（佑太はムズカシイ本が苦手である）哲学や歴史学の本を読みふけっていた。そして、いくら検査を受けてくれと頼んでも、チラと佑太を見やるだけで、まともに返事をしてくれなかった。

いっこうに言うことを聞こうとしないS氏に、佑太はほとほと手を焼いた。新しい病院へやってきて早々、佑太は医師としてのささやかな自信を打ち砕かれたのだ。患者とまめにコミュニケーションをとることを唯一の売りにしているのに、それができなくては、自分は単に腕の悪い新米医師にすぎない。

しかし……あきらめてはいけない。とにかくS氏が心を開いてくれるよう、なんとかねばり強く接しつづけなければ。佑太はあれやこれやと手を考えたが、打開策は容易には見つかりそうもなかった。

検査が予定どおりに進まぬイラ立ちと、S氏とコミュニケーションをとれぬストレスで、佑太は精神的にまいっていった。

## 2

月曜の朝五時に目覚めると、部屋の中はまだ暗く、ひんやりしていた。

いつのまにか、夏は終わってしまったのだ。佑太は蛍光灯のスイッチを引っぱると、もう一度ベッドにもぐりこんだ。

佑太の心は、かぎりなくブルーだった。できることなら今日一日、だれとも顔を合わせず、ただじっとベッドに横たわっていたい——そんな気分であった。

しかし、そうも言ってはいられない。佑太は重い気分をふり払うように起き上がると、シャワーを浴び、身支度を整えた。昨晩のうちに角のパン屋で仕入れていたお気に入りのツナサンドも、気分が沈んでいるとちっともうまくない。

ため息をつきながらアパートを出ると、佑太は元気なく自転車にまたがった。空気はよどみ、朝日も雲に隠れてしまっている。何から何まですっきりしない、九月の朝だった。

病院が近づくと、ペダルを踏む足はさらに重くなった。新しい病院へやってきて十日あまり、佑太は早くも出勤拒否に陥りそうになっていた。

その原因は明らかだった。四日前に入院してきたS氏のせいである。

——たった一人の入院患者のためにこれほど落ちこんでしまうとは、おれはまったく情けない男だよ。

佑太は自虐的な気分にどっぷりつかりながら、病院の裏門をくぐった。

六時前に五階北病棟に到着すると、S氏はデイルームでひとりテレビを見ていた。S氏の姿を一目見て、佑太の胃はキューンと痛んだ。

思わず目をふせ、そのまま気づかぬふりをして通りすぎようとした佑太だが、ナースステーションの手前で立ち止まると、意を決して引き返した。

　――なにをひるんでいるのだ。S氏が一人でデイルームにいるなんて、またとないチャンスじゃないか。とにかく、話しかけるのだ。

　佑太は臆病な自分を奮い立たせ、S氏に歩み寄った。

「おはようございます」

「……おはよう」

　佑太をチラッと見て面倒くさそうに返事をすると、S氏はすぐに目線をテレビへ戻した。とにかく挨拶を返してくれたので、佑太は思いきってS氏のとなりに腰かけた。

　テレビは天気予報を伝えていた。

「あれっ、今日は午後から雨なんですね」

「…………」

「失敗したな。傘を持ってこなかった」

「…………」

「といっても、アパートまで自転車を飛ばせば二分だから、たいしたことないけど」

　S氏はちっとも反応してくれなかった。佑太は、なかば独り言のようにブツブツ言いつづけている自分が、まるでバカみたいに思えてきた。

六時のニュースが始まった。

席を立とうかと迷ったが、S氏は無言ながらもとくに嫌がっている様子はない。佑太はもう少しねばってみることにした。それにテレビニュースを見るのは、一週間ぶりである。患者と世間話をするためにも、巷《ちまた》で何が起こっているのか、多少は心得ておくべきだろう。

一つ一つのニュースに、佑太はいちいち「ふうーん」とか「へえー」とかわざとらしく反応し、いっぽうS氏は、あいかわらず無言だった。

そこへ、女性の大部屋に入院しているKさんとTさんが連れ立って、湯を汲みにやってきた。

男性患者は大部屋に入院しても一人きりでいることが多いが、女性はあっという間に同室の患者と仲良くなってしまう。「女性の環境適応力っていうのは、たいしたもんだなあ」と、佑太はいつも感心するのである。

「あら、紺野先生じゃない」

「ホントだ。紺野先生、おはようございます」

佑太を見つけ、KさんとTさんが親しげに話しかけてきた。佑太も立ち上がり二人に挨拶した。

「ちょっと、先生。わからないことがあるので教えてもらえます？」

小太りのKさんが、質問してきた。Tさんは佑太の担当患者だが、Kさんは担当していない。しかし、Tさんを診察にいくといつもKさんが一緒にいるため、佑太は自然にKさんの相談も受けることになったのである。ここらへんも、女性の強さ（一歩まちがえば、図々しさにもなりかねないが）と言えるかもしれない。

「どんなことですか？」

佑太はテーブルから離れ、相談を受けた。一見とても元気そうだが、じつは肺癌《はいがん》を患っているKさんの質問は、抗癌剤の副作用に関するものだった。佑太は自分のわかる範囲内で、彼女の質問に答えた。

Kさんが佑太の説明に納得し、Tさんとおしゃべりをしながら部屋へ戻っていくと、佑太はまたS氏のとなりに座った。テレビは関東地方のローカルニュースを伝えていた。

「なかなか人気者のようだね」

不意にS氏が話しかけてきた。S氏が自分から話すのは、入院以来はじめてのことである。

「いやあ、自分はまだ何もできないので、とにかく患者さんの話だけは聞こうと」

「おれの主治医は、なんにもできない新米ってわけかい？　そんなこと言われたら、患者は不安になるじゃないか」

気まずい空気が流れた。佑太はなんとかこの場をとりつくろおうと、あせって弁解した。

「失礼しました。いかんせん、まだ修業中の身なもので……」

せっかく話をするきっかけをつかんだのに、墓穴を掘ってしまったかと、佑太は自分の軽はずみな発言を悔やんだ。けれどもS氏はもう一度、話しかけてきた。

「ところで、おれの病名はわかったのかい？」

「いや、まだです」

S氏の疾病が肺の感染症であることは目星が付いていたが、まだ断言はできなかった。

「まさか、肺癌が再発したんじゃないだろうね」

S氏は十年前に初期の肺癌と診断されたが、病巣部の肺を部分切除して完治したという病歴がある。佑太とKさんの会話が聞こえてきて、S氏の胸に不安がよぎったのかもしれない。

「いえ、それはないと思います。ただ、もう少し検査を受けていただかないと、確実なことは言えません」

――よし、なかなかいい流れだぞ。これでS氏もすすんで検査を受けてくれるかもしれない。

と、佑太は期待した。

しかし、ここでS氏は話題を変えた。

「あんたはいつも、あんなに時間をかけて診察するのかい？」

たしかに入院初日、佑太は二十分以上かけてS氏を診察したが、それは特別なことではなく、どんな入院患者も同じように診察していた。

「ぼくはまだ経験が浅く、要領も悪いので、いつもあのくらい時間がかかってしまうのです」

すると、S氏はこう言った。

「謙遜《けんそん》もほどほどにしないと、かえって嫌みに聞こえるぜ」

佑太は思わずムッとして、言い返した。

「謙遜じゃない、ほんとうのことです！」

その言葉の強い調子に驚き、S氏は思わず佑太の顔を見つめた。佑太も目をそらさず、しばし二人のにらみ合いが続いたが、やがてS氏が口を開いた。

「わかったよ、そんなに怒らなくたっていいだろう」

そう言いながら、S氏の目がはじめて笑った。

「いや、べつに怒ったわけではないですが……。失礼しました」

佑太は、われながら大人げなかったなと思い、赤面した。

「しかし、あんたも変わった医者だな。ふつう医者っていうのは、わかってなくてもわかっているような顔をして体面を保とうとするのに、あんたはまったく逆じゃないか」

「そうでしょうか」

「でも、気をつけなよ。医者があんまり自信なさそうにしていると、患者は不安になっちまうからな」

「そうですね……。すみませんでした、以後気をつけます」

「おいおい、やめてくれよ。医者に謝られたら、調子が狂っちゃうじゃないか」

と言って、S氏はまた笑った。佑太の口元も、自然とほころんだ。

「正直言うとね、おれは感激したんだ」

「何にですか？」

「あんたの診察にだよ。あんなに時間をかけて診察してもらったのは、生まれてはじめてだ」

佑太はうれしいような、恥ずかしいような、複雑な心境だった。たぶん自分の診察は、医学実習生に毛が生えたくらいのレベルなのだろう。

「外来で診ていた佐伯教授は、おれをまともに診察したことはないよ」

なんとコメントしてよいものやらわからず、佑太は言葉に詰まった。

「まあ、おれは糖尿病の患者だからね、これまでは血糖値の結果説明だけで十分だったろう。

でも、おれが納得いかないのは、三か月前から熱が出て、咳が出るって訴えていたのに、ちゃんと診察しなかったってことだ」

「診療記録を見ると、いろいろ検査はしていたようですが」

「まあな。でも検査をするだけで、べつに結果を教えてくれるわけじゃないし、薬もこれまでどおりだったよ」

「そのようですね」

「おれが言いたいのはね、ずっと咳が出るって言っていたのに、奴がこの胸に聴診器ひとつ当てなかったってことさ」

「ほんとうですか？」

思わず、佑太は訊き返した。

「ああ、ほんとうさ。そして、いよいよ先週の火曜日、外来の検査をすませて診察室に入ったら、奴はじーっとコンピューター画面をにらみつけているじゃないか。おれのほうなんか見向きもしないで」

「…………」

「何分かしてようやくこっちを見たと思ったら、なんの説明もなしに、いきなり『あさって入院しろ』ときたもんだ。そんな扱いを受けたらだれだって、へそを曲げちまうよな」

「そりゃ、そうでしょう」

——それにしても、聴診器すら当てないというのはひどい話だなあ……。

佑太が考えこんでいると、S氏はやおら席を立った。

「おっと、もう七時十分前だ。そろそろ看護婦が血を採りにやってくるな。あんただって仕事があるから、こんな朝早くに来たんだろう？　じゃまして悪かったな」

「いえいえ、じゃまをしたのはこっちのほうで」

「今日からちゃんと検査を受けるよ。いつまで意地を張っていても、しょうがないもんな。そのかわり早いとこ、診断をつけてくれよ」

そう言うと、S氏は大股で病室へ戻っていった。


その日から、S氏は人が変わったように検査に協力してくれた。佑太と毎朝、デイルームで話すようになり、ほかの患者たちとも言葉を交わすようになった。

S氏がようやく心を開いてくれて、佑太はうれしかった。医師としてのささやかな自信も取り戻したし、出勤拒否にも陥らずにすんだ。

しかし……喜んでばかりもいられなかった。検査が進むにつれ、S氏の病状が予想以上に深刻であることが判明してきたからである。

## 3

次の日曜日、佑太は朝の八時にアパートを出た。

入院患者の主治医となった以上は、土曜も、日曜も、祝日も、必ず病棟に顔を出さなければならない。ドクターたちに休日出勤の義務があるわけではないし、むろん手当もつかない。言ってみれば、ただ働きである。

しかし、病院に休みがあっても、入院患者に休日はない。患者はいつ急変するかわからないし、たとえ急変がなくとも、患者の容態は日々変化していく。

主治医はそれぞれの患者に対し、前もって薬や点滴、その他もろもろの処置に関する指示を出してある。けれども患者は生身の人間だ。どんなに周到に指示を出しても、わずかでも容態に変化が生じれば、指示の変更が必要になる。だから休日であっても、主治医は一日のうち一度は必ず、患者を診にやってくるのである。

たまには病院のことを忘れてのんびりしたいと思っても、そうは問屋が卸さない。もしも日中病棟に顔を見せなかったら、いずれ携帯電話がやかましく鳴り響くこと必至である。

もちろん、病院からの呼び出しだ。電話に出なければナースたちから非難囂々《ごうごう》だし、患者やその家族たちの信頼も一日にして失ってしまう。主治医は、病院から逃れることはできない運命にあるのだ。

そんな状況だから、二年目の新米医師で、しかもまだ慣れない環境で働く佑太が日曜の朝八時に病院へやってくるのは、ごく当たり前のことだった。それに朝型の佑太は、ふだんは六時に出勤している。これでも平日に比べれば、ずいぶんのんびりした朝なのだ。

いつもはネクタイを締めている佑太も、今日はポロシャツ一枚である。佑太はゆったりした気分で裏口から病院へ入っていき、もうすっかり顔なじみになった守衛のおじさんに挨拶した。そして、少々かすれ気味の口笛を吹きながらエレベーターへ向かった。

五階北病棟では、夜勤から日勤のナースへの申し送りが終わったところであった。ナースの人数は、平日に比べると若干少ない。休日は検査室やリハビリ室も休みなので、患者の送り迎えに追われることがないからだ。

ナースステーションには平和な空気が流れ、勤めを終えた夜勤のナースが、看護日誌をつけていた。どうやら患者の急変はなかったようである。ドクターはまだ一人も出勤していなかった。

佑太はまず、ナースからドクターへの伝言メモを貼《は》りつけてあるボードへ向かった。ボードを見るなり、佑太はふう、とため息をついた。

あれほど完璧に指示を出したつもりなのに、たった一晩で佑太へのメモは五つもたまっていた。はじめの二つは佑太の指示の不備によるもので、三つ目はナースサイドの指示の見落とし、四つ目は給食の内容を変えてほしいという患者からの要望で、最後の一つは患者が薬を落としてしまったから追加注文してくれというものだった。

すべてのメモに対して返事を書き終えると、次は患者の体温表が置いてある中央の大きなテーブルへ向かった。

患者たちは一人も熱を出していなかったし、血圧、尿量、その他の容態にも、大きな変化はなかった。とりあえず急を要することはなかったので、佑太はひとまず安心し、朝の挨拶をしに患者のベッドを回った。

病棟を一周して戻ってくると、佑太はナースステーションと廊下とを仕切るカウンター沿いに設置された机に向かった。この長い机には、コンピューターが四台並んでいる。

昨今は薬の注文も、採血やX線検査の依頼も、給食内容の変更も、すべてコンピューターを通して行われる。血液検査等のデータを見るときも、患者の病歴要約を書くときも、コンピューターを利用する。

だから、一日のうち数時間は、嫌でもコンピューターに向かわざるをえない。朝の忙しい時間帯などは、白衣をまとったドクターがずらり並んで、黙々と打ちこみをしている。うしろで順番待ちをしているドクターもいる。

ときどき「なんで医者がコンピューターの前にばかり座っているのかな？」と、疑問に思ってしまう佑太だが、こればかりは文句を言っても始まらない。病院だろうが、会社だろうが、職員がコンピューターにふり回されている現状は、どこでも一緒だろう。時代の流れに逆らうことはできないのだ。

コンピューターを立ち上げ、さて仕事を始めようと思った佑太だが、どうにも落ち着かない。机の上があまりに雑然としているのだ。読みかけの書類や開きっぱなしのファイルが散乱しているし、ディスプレイは一面ほこりをかぶり、ベタベタと指の跡がつきまくっている。

佑太はスッと立ち上がると、流しへ向かい、布巾をとってきた。

二十代のころ、佑太は六年ほどサラリーマンをしていた。結局は会社勤めが肌に合わず、辞表を提出した佑太だが、それでもサラリーマン時代に身に付けたことはいくつかある。その一つは、毎朝仕事を始める前に机の上を拭き掃除する習慣だった。

元来ずぼらで、自分の部屋などは年に一度掃除するかしないかの佑太だが、この朝の儀式だけはいまも欠かさず続けている。人間、机の上をきれいにすれば、嫌な仕事も多少はやる気になるものだ。

九時を回ると、他のドクターもぽつぽつ出勤してきて、二、三時間仕事をしては帰っていった。ざっと状況を見て、パパッと手際よく指示を出し、一時間以内に帰っていくドクターもいた。しかし、佑太はまだコンピューターの扱いに慣れていないし、もともとかなり要領が悪いほうだ。だから正午になっても、いっこうに仕事が終わる気配がなかった。

昼は病院の食堂で、カレーライスとそばのセットという、いかにも体に悪そうな昼食をとった。休日はカレー、そば、うどん、それに牛丼くらいしかメニューがないようだ。

——休日だからって、手抜きしないでほしいよな。これじゃあ、栄養のバランスもへったくれもありゃしない。

と、佑太は口をとがらせた。昼食以外まともな食事がとれない独り者の佑太にとって、これはかなりの痛手なのだ。

来週からは、出勤途中にパン屋かコンビニで昼食を買ってこよう、と佑太は思った。昼飯までコンビニ弁当というのも情けない話だが、少なくともこのメニューよりはましである。

食堂から戻り、コンピューターとの格闘を再開してしばらくすると、S氏がやってきた。病棟の廊下から、ドクターやナースたちがナースステーションで仕事をしている姿が見えるのだ。

「やあ先生、休日なのにご苦労さま！　でも、気をつけなよ。そんなに働いたらいくら医者だって、体をこわしちゃうだろう。そしたらおれだって、困っちゃうからね」

S氏は廊下とナースステーションとを仕切るカウンターに肘《ひじ》をつき、すっかりうちとけた様子で話しかけてきた。たった一週間前、あんなに仏頂面をしていたのが嘘みたいだ。

「調子はどうです？　変わりないですか？」

佑太は立ち上がると、カウンター越しにS氏と言葉を交わした。

「いやあ、咳はあいかわらずだけどね。さっき、ちょっと気になることがあって……」

S氏はそう言うと、ジャージのポケットからティッシュペーパーを取り出した。

「ほら、これ。さっき痰《たん》を吐き出したら、少し血が混じっていたようでね。いままでこんなことはなかったんだが……」

S氏が広げてみせたティッシュペーパーには、ほんのわずかではあるが、たしかに血と思われる赤いものがにじんでいた。

佑太の心に、みるみる暗雲が垂れこめてきた。

# 4

入院後検査の結果、S氏の疾病は「肺真菌症《しんきん》」と診断された。

S氏は十年前、肺癌で右肺の上葉《じょうよう》部を切除している。昨年撮った胸部X線写真を見ると、右肺上方に一部空洞があるが、これは手術後からずっと存在していたものと思われる。しかし、二か月前のX線写真では、その空洞の中に丸い陰影が出現していて、しかもこの二か月で陰影は明らかに大きくなっているのだ。

X線CT画像においては、病変部は径3cm大の球状であったが、正常組織との境界は比較的明瞭であり、周囲のリンパ節も腫れていなかったため、肺癌の再発は考えにくかった。

病変部から出血する恐れがあるため、気管支鏡を使って病変組織を直接採取することは危険であり、確定診断をつけることはできなかった。しかし、呼吸器の専門医でもある都倉医師によると、S氏の疾患はほぼまちがいなく肺真菌症だろう、ということだった。

真菌とはカビの一種で、健康な人の肺には通常発生しないが、S氏のように肺の中に空洞があると、そこに巣くって増殖することがある。さらに、糖尿病患者のように慢性的に免疫力が落ちている場合には、菌がなおさら増殖しやすくなるのである。

佑太は肺真菌症の患者を担当するのははじめてだったが、なるほどS氏の臨床症状も、胸部X線像も、医学書の肺真菌症の項に書いてある情報とほぼ一致していた。除外診断のために提出した痰からは、細菌も結核菌も検出されず、血液中の腫瘍マーカーも陰性だった。すなわち通常の細菌性肺炎も、肺結核も、肺癌もすべて否定的である。やはり、肺真菌症がもっとも疑われる疾病であった。

肺真菌症の主な症状は、微熱やさほど激しくない咳、そして全身のだるさであり、患者は見た目には、それほど重症感はない。実際S氏は体調がすぐれないとはいえ、病棟内を元気に歩きまわり、難しい本も読みこなしている。

しかし……この病気に特徴的であり、場合によっては命にかかわるような恐ろしい症状が出現する可能性が一つだけあった――喀血《かっけつ》である。

肺の空洞内で増殖した真菌は、徐々に肺実質の組織に侵入していき、やがては血管壁を食い破って大出血を引き起こす。突然の大量喀血により、出血性ショックや窒息で命を落とす患者も少なくないと言われている。たとえ見た目に重篤《じゅうとく》感がなくとも、病巣はこの三か月で急速に大きくなっている。S氏はいつ喀血してもおかしくない、危険な状態にあるかもしれないのだ。

佑太は都倉医師の指示に従い、昨日からさっそく抗真菌剤の点滴による治療を始めた。けれどもこの治療は、あくまで病気の進行を食い止めるためのものだった。ここまで病巣が大きくなってしまうと、薬剤による根治は難しい。

根治的な治療は、外科的切除であった。すなわち、真菌に侵されて出血する危険がある病変部の肺を、菌のかたまりもろとも取り除いてしまうのである。しかし、やみくもに手術するわけにはいかない。術中に大量出血する危険があるからだ。

そのため佑太と都倉医師は、病変部周囲の血管走行を詳しく調べるための血管造影検査など、いくつかの術前検査をS氏に受けてもらうべく、早急に予定を組んだ。順調に検査が進めば一週間後には、S氏は外科に転科する運びとなるだろう。

そう、たとえわずかであっても血痰が認められたいま、S氏は一刻も早く手術を受けなければならないのである。


その日曜日、佑太は終日、五階北病棟のナースステーションで過ごした。

病棟の一角には、申しわけのように医師勤務室というものがあるのだが、それは共用の机が二つ置いてあるだけの、息の詰まりそうな狭い部屋である。仕事をしようにも、だれかほかのドクターが入ってくれば、すぐに居心地が悪くなってしまう。喫煙コーナーと勘ちがいしているのか、わざわざ煙草を吸いにやってくる不謹慎なドクターもいる。

だから佑太は、事務的な仕事はすべてナースステーションで行うことにしていた。すなわち、佑太は一日のほとんどの時間を、患者のベッドサイドかナースステーションのどちらかで過ごしており、休憩したくなるとデイルームに足を運ぶのであった。

午前中に一時間ほど仕事をして帰っていった先輩医師が、夕方になってもう一度姿を見せた。先輩医師は、ナースステーションで仕事を続けていた佑太を見ると、目を丸くして言った。

「えー！　先生もしかして、一日じゅう病院にいたの？」

しかし佑太にしてみれば、十年選手であり家族持ちのそのドクターが日曜に二度までも病棟に顔を見せることのほうが、よっぽどの驚きであった。

——ああ……。医者とはなんと、ご苦労な仕事であることか！

五時過ぎになって、都倉医師が現れた。佑太がS氏の血痰の件を伝えると、都倉医師はやはり顔を曇らせた。ちょうどそこへ、S氏が元気よく廊下を歩いてきた。

「Sさん、あんまり歩きまわらないでね」

都倉医師が心配そうに、S氏に声をかけた。

「いやー先生がた、ご苦労さまです。私は大丈夫ですよ。少しは歩かないと、また血糖値が上がっちゃいますからね」

「いまは胸の病気を治すことが先決ですから、なるべくおとなしくしていてください」

都倉医師はおだやかに、しかしきっぱりと言った。

「はい、はい、わかりました。では、おとなしく本でも読んでいますか」

S氏はニコッと笑うと、病室へ戻っていった。

都倉医師が帰っていったあとも、佑太は仕事を続けた。ふと腕時計に目をやると、もう六時近くになっていた。

「あっ、いけねえ」

すっかり忘れていた。今夜は直美とデートの約束をしていたのだ。

佑太は大あわてで店じまいをすると、アパートには戻らず、病院から出ている駅行きのバスに飛び乗った。

## 5

直美に会うのは、ひと月ぶりだった。

――昨年、佑太が研修医になってはじめて勤めた病院で、直美はナースとして働いていた。二十人ほどいるナースの中で、彼女は決して目立つほうではなく、気がつくとそこにいるといった感じの人だった。ドクターや患者に愛嬌をふりまくこともなく、ふだんは無表情に淡々と仕事をこなしていたが、ときたま見せる笑顔はやさしかった。

忙しすぎるせいもあったが、同じ病棟で働いていたころ、佑太はどちらかといえば地味な存在の直美を、さほど気にかけてはいなかった。それに、佑太より七つ年下とはいえ、彼女はナースとして十年近いキャリアがあるのだ。研修医になって間もない佑太が、気楽に声をかけられる存在ではなかった。

やがて別の病棟へ異動し、直美のことはすっかり忘れていた佑太だが、ある日曜日、担当していた患者を見舞いに以前研修していた病棟を訪れた。すると、日勤で働いていた直美にばったり出くわしたのである。

「あら、紺野先生じゃないですか。わあ、おひさしぶりー」

それまで見たこともなかったようなフレンドリーな笑顔で、直美は佑太を迎えてくれた。あのクールな直美が自分との再会を喜んでくれるとは思ってもみなかったので、佑太ははっきり言って、大変うれしかった。殺伐とした研修の日々を送っていた佑太の心に、彼女の笑顔はしみ入ったのである。次の日曜の夜、佑太はさっそく直美をデートに誘った。

それから直美とのつきあいが始まった。けれども研修医の生活は過酷であり、会うこともままならない。月に一度のデートの最中に携帯電話が鳴って病院に呼び戻されることも、一度や二度でなかった。

直美は生まれつきやさしく、がまん強い性格の持ち主で、そんな状況が続いてもなんの文句も言わなかった。けれども佑太はあまりにあわただしい研修の日々に、しだいに直美を思いやる余裕をなくしていった。近ごろは忙しさにかまけ、ただ彼女に甘えるばかりであった……。

駅前にやってくる機会は思いのほか早く訪れたが、それにしても日曜の夕方の駅構内は、目が回るほどの混雑ぶりだった。

佑太は何度も人とぶつかり合いながら改札口前の広場へたどり着き、待ち合わせしている人の群れの中から、ようやく直美を見つけだした。

直美の変わらぬ笑顔を見て、佑太はホッと安心した。十五分ほど待たせてしまった詫びを言い、佑太は直美と二人で雑居ビルの立ち並ぶ西口へ向かった。

四階の居酒屋で、二人はひさしぶりにビールで乾杯した。十日ぶりにまともな夕食にありつけるのがうれしくて、佑太はメニューを抱えこみ、次から次へと料理を注文し、ビールを何杯もおかわりした。

「大丈夫？　そんなに飲んで。明日も早くから仕事でしょう？」

佑太をたしなめるように、直美が言った。

「大丈夫さ。たまにはストレスを発散させなくちゃね。でなきゃこんな生活、とてもやってらんないよ」

たしかにこれほどリラックスできたのは、この土地へ越してきて以来はじめてだった。やはり佑太にとって、直美の存在はありがたいものだった。

「新しい病院、大変なの？」

「研修医なんてどこで働いても、人間らしい生活はできないのさ。今度の病院は、まだまともなほうじゃないかな。もっとひどい話は、いくらでも聞いたことがあるよ。当直続きで週に一度しか家に帰れない、とかね。ただ……」

「ただ、どうしたの？」

「教授がちょっと変わった人でね。べつに害はないんだけどさ」

「そう……。あなたは意固地なところがあるから、気をつけなさいよ。教授ににらまれちゃったら、大変でしょう？」

やや心配そうな面持ちで、直美が言った。

「関係ないさ。どうせ医局に入る予定なんかないんだから」

「じゃあこの先、どうやって働いていくつもり？」

大学病院勤めが長い直美は、すべてが大学の医局中心に回っている医療界の現実をよく知っている。医局からの紹介なしには病院で働くこともままならない、というのが実際のところなのだ。

「さあ……先のことはあまり考えたくないな。今日と明日のことで精いっぱいだからね。まあ、なんとかなるんじゃない？」

「あなたって年はいっているのに、いつまでも子供みたいな人ね。ほんとうに何も考えようとしないんだから」

「子供のままでけっこう。ぼくは自分の好きなようにやっていくよ」

佑太は直美の忠告などどこ吹く風で、フライドポテトをつまみつづけた。これ以上何を言ってもムダと思ったのか、直美は口をつぐんでしまった。

思わずあくびが出たので時計を見ると、はや九時を回っていた。朝の早い佑太は患者の急変がないかぎり、十時過ぎにはベッドに入ることにしている。

「おっと、もう帰らなきゃ。どうする？　よかったら、うちに泊まっていく？」

「どうしようかな……。明日の勤務は準夜だから、泊まっていってもいいけれど」

「じゃあ、どうぞ。引っ越し用の段ボールが散乱してるけど、足の踏み場くらいはあると思うよ」

「でも、迷惑じゃない？」

「ぜんぜん。ただし朝の五時起きにつきあってもらうけど、それでもいい？」

「かまわないわ。あなたの早起きには、もう慣れていますから」

二人は店を出るとタクシーに乗り、まっすぐ東へと向かった。

# 6

けたたましいベル音が、つかの間の眠りを引き裂いた。

佑太は反射的に飛び起き、次の瞬間にはもう、受話器に向かって手を伸ばしていた。一年以上も研修医の生活を続けていれば、どんな時間に電話で起こされようが、体が勝手に反応するようになるものだ。

体だけではない。たった数秒のあいだに脳細胞の一つ一つが、頭のすみからすみまで連鎖的にササーッと覚醒していく。寝ぼけたまま電話に出るなどという贅沢《ぜいたく》は、言っていられない。眠りから覚めたその刹那、夢の世界から現実の世界へ、何が待ち受けているかわからない厳しく冷酷な現実の世界へ、一足飛びにワープしなくてはならないのだ。

こんなときの研修医の気分を、いったいどう表現したらよいだろう？　深夜や早朝、病院からの緊急電話でたたき起こされるたびに、寿命が一年ずつ縮まっているのではないか、と佑太は思うのである。

佑太は覚悟を決め、受話器を取った。はたして受話器の向こうから、深夜勤のナースの緊迫した声が聞こえてきた。

「先生、Sさんが血を吐いて……。とにかく、早く来てください」

――悪い予感が当たってしまったのだ。

受話器を置いて目覚まし時計に目をやると、針は一時半を指していた。眠りについてから、一時間しかたっていなかった。

となりで寝ていた直美も、大きく目を見開いてこちらを見ている。ナースである以上、彼女はわかりすぎるくらい状況がわかっているはずだ。実際、同じ病棟で働いていたわずか四か月の間にも、夜勤をしていた直美からの電話で午前三時に起こされたことがあった。

佑太は大急ぎで顔を洗うと、ベッドの下に散乱していた服を身に着けた。そしてカバンを持つと、直美をふり返った。

「行ってくるよ」

「気をつけてね」

ベッド上で体を起こしていた直美は、ただそれだけ言った。

吸いこまれてしまいそうな真夜中の静寂の中、佑太は自らを勇気づけるように勢いよく自転車に飛び乗った。緊張で、みぞおちのあたりがキューッと締めつけられた。

病棟では当直医師が、処置室に移されたS氏の応急手当をしていた。

真菌に侵された右肺の病変部が、ついに大出血を起こしたのだ。喀血はかなり多量であったらしく、血液が一部気管に詰まってしまい、S氏は呼吸困難に陥っていた。

モニターを見ると、動脈血の酸素飽和度は80%のラインを行ったり来たりしている。酸素飽和度がこれより下がると、低酸素血症で生命が危険にさらされる。とにかく、しっかり気道を確保し、酸素を送りこまなくてはならない。

佑太と当直医師は交替で、マスクをS氏の顔面に密着させ、アンビューバッグをもんで酸素を送りつづけた。しかし、動脈血の酸素飽和度は一進一退で、思うように上がってくれない。おそらく気管に詰まった血液が、酸素の通り道をふさいでいるのだろう。

これ以上マスクで酸素を送りこむと、気管内に詰まっている血液が逆流し、正常な左肺へ至る気管支まで詰まる恐れがある。そうなってしまうと致命的だ。やはりここは、気管内挿管をするしか手がないようだ。

そこへ都倉医師が現れた。

「ああ、やっぱり紺野君も呼ばれましたか」

都倉医師はとくにあわてる様子もなく、いつもと変わらぬ静かな口調で言った。そしてS氏の状態とモニター画面を何度か交互に見ると、迷うことなく、気管内挿管の準備をするようナースに告げた。

気管内挿管は都倉医師が行った。まだ麻酔科で研修をしていない佑太は、気管内挿管の手技に慣れていない。ましてやこういった緊急時には、やはりベテラン医師が手技を行うべきなのだ。

「いいですか？　これから空気の通り道に管を入れて、酸素がちゃんと肺まで届くようにしますからね。少し不自由ですが、がまんしてください」

S氏は苦しそうに呼吸しながらも、意識はしっかりしており、都倉医師の言葉にうなずいた。

都倉医師はゆっくりと、着実に、S氏の気管にチューブを入れていった。

無事挿入された気管内チューブを通し、S氏の気管に直接酸素が送られはじめると、動脈血酸素飽和度は少しずつ上がりはじめた。

都倉医師はモニター画面をチェックしながら、ときどきチューブに沿って吸引カテーテルを挿入し、手際よく気管内に詰まった痰と血液を吸引した。

最初のうちは、真っ赤な液体が相当量吸引されたが、回を重ねるごとに、血液の赤い色は徐々に薄くなっていった。とりあえず、出血はおさまっているようである。

佑太は動脈血と静脈血の採血をすると、エレベーターで一階まで下り、別棟の検査部へ走っていった。当直の検査技師が輸血のための交差適合試験をしているあいだ、佑太はS氏の動脈血を注射器から測定機器へ注入した。

Ｂ型の赤血球をとりあえず２００㎖確保して病棟へ戻ってくると、Ｓ氏の状態はかなり落ち着いてきていた。動脈血酸素飽和度はほぼ正常の95％まで回復し、点滴と輸血によって血圧も１００以上まで上昇した。どうやら出血性ショックの危機からは脱したようである。

佑太はコンピューターへ向かい、あらためて採血と輸血と点滴薬、それに胸部Ｘ線のオーダーを出した。

都倉医師は、外来検査室から気管支ファイバースコープを持ってきて、それを気管内チューブから挿入し、Ｓ氏の気管支の状況を観察しはじめた。佑太も見せてもらったが、気管支内にところどころ血痕は存在するものの、新たな出血は認められなかった。まずは、ひと安心である。

都倉医師が帰っていったあとも、佑太はしばらく病棟にとどまった。

佑太はＳ氏の状態を注意深く見守っていたが、その後ずっと全身状態は安定していたので、いったんアパートに帰ることにした。

外へ出ると、もう東の空が白みはじめていた。佑太はヘトヘトに疲れ、自転車のペダルをこぐ足は鉛のように重かった。

アパートに着くと、佑太はなるべく音をたてないように鍵を開け、部屋に入っていった。

直美はベッドに横になっていたが、両目はぱっちり開いており、たったいま目を覚ましたようには見えなかった。

「大変だった?」

「うん、まあね……。もしかして、ずっと起きていた?」

「んーん、ちゃんと眠ったわよ。それより、あなたは少し休めるの? よかったら起こしてあげようか?」

佑太はベッドサイドの目覚まし時計をチラッと見ると、あきらめ口調で言った。

「いや、もう無理みたいだ。朝のカンファレンスの準備もしていないし……。シャワーだけ浴びて、また病院へ戻るよ」

一時間後、外はすっかり明るくなっていた。いくぶん湿気を帯びた朝の空気が、肌にひんやり感じられる。気がつけば、もう九月も終わりである。

佑太と直美は無言のまま、病院まで歩いていった。佑太は頭がふらふらしていたが、不思議と眠くはなかった。

病院の正面玄関前広場に、タクシー乗り場はあった。まだ六時を回ったばかりだというのに、外来受診にやってきたと思われる二人のお年寄りが、ベンチに腰かけて話しこんでいた。

「あわただしくてゴメン。今度また、ゆっくり会おう」

「しかたないわ。あなたのせいじゃないでしょう。体、こわさないようにね」

直美はややこわばった笑みを浮かべ、タクシーに乗りこんだ。タクシーの後部座席から、直美は一度だけふり返り、佑太に手を振った。

タクシーが病院の門を出るのを見届けると、佑太は病棟へ向かってとぼとぼ歩きはじめた。

# 7

その週の月曜から木曜まで、S氏の病状は終始、落ち着いていた。もちろん絶対安静であるが、その後、病巣からの新たな出血は一度も確認されなかったし、発熱もなく、全身状態もすこぶる良好だった。

気管内にチューブを入れているといっても、S氏は人工呼吸器につながれているわけではない。チューブを通して酸素を直接気管に送りこんでいるだけで、呼吸そのものはS氏が自発的に行っているのである。

意識がはっきりしているのに、有無を言わさず口から太いチューブを突っこまれ、S氏はさぞかしつらいことだろう。もちろん、飲むことも、食べることも、しゃべることもできない。口の中にたまった唾液を飲みこむことさえ、できないのだ。

けれども病室を訪ねるたびに、S氏はニコッと笑って佑太を迎えてくれた。そして佑太の説明や質問に対し、大きくうなずいたり、フェルトペンで紙に返事を書いたりしてくれた。

そして金曜日の朝、呼吸器カンファレンスで話し合った結果、S氏の気管内チューブを抜くことが決まった。

もしも再度、病変部が大出血を起こしてしまったら、気管内チューブが入っていたほうが安全である。チューブを通してすぐさま、気管内に詰まった血液を吸引することができるし、酸素も直接気管に送りこめるからだ。

しかし、長期にわたり気管内にチューブを設置しておくのは、体にとって決してよいことではない。口腔内は外気にさらされっぱなしだし、患者にとって気管内に常に異物が入っているストレスは、われわれが想像する以上に大きなものだろう。それに、点滴で水分と栄養を補っているとはいえ、やはり食物をとることができないから、体力が落ちてしまうのも必至である。

とくにS氏は、一刻も早く手術を受けることが望まれている。開胸するような大きな手術は、患者にある程度体力がないと危険である。手術のことを考えれば、気管内チューブを抜いて食事を再開し、なるべく早く体力を取り戻してもらうことが重要であった。

都倉医師と佑太は、本人と家族に現状を説明したうえで（もちろん危険が伴うことも）、金曜日の午後にS氏の気管内チューブを抜いた。

翌週も引き続き、S氏の病状は安定しており、血痰もほとんど認められなかった。S氏は食欲もあり、体力は順調に回復しているものと思われた。延期になっていた手術前の検査も着々と進み、S氏はようやく外科に転科できるめどが立ってきた。

S氏が入院して以来、佐伯教授は教授回診を除き、一度も病棟に姿を見せることはなかった。しかしそれは別段、不思議なことではない。実際のところ、自分がふだん外来で診療している患者が入院していても、診察したり声をかけたりするために病棟までやってくるドクターは、めったにいないのだ。

ドクターたちは皆、忙しすぎるのだろうか？　悲しいかな、それが現実なのである。

それにしても、S氏がこれほど危険な状況に陥っているというのに、ぜんぜん様子を見にやってこないとは、「佐伯教授って、ほんとうに冷たい人間だよな」と、佑太は心中ひそかに思うのであった。

それは、木曜日の午後のことだった。入院患者たちは皆、落ち着いており、五階北病棟は昼下がりの、のんびりムードに包まれていた。

佑太はナースステーションの一角で、担当患者の今朝の採血データを眺めていた。このところずっと睡眠不足が続いているうえに、いまは昼飯後のいちばん眠い時間帯である。耐えきれず、佑太はコンピューターに向かって大きなあくびをした。

とそのとき、「きゃあ！」という鋭い叫び声が、突如として午後の平和な空気を切り裂いた。悲鳴は、個室病棟の方角から聞こえてきた。

佑太がハッとわれに返るのとほぼ同時に、ナースの一人が血相を変えてステーションに飛びこんできた。

「た、たいへんです、Sさんが……。早く、早く！」

佑太はナースステーションに居合わせた病棟医長および二人のドクターと共に、すぐさまS氏の病室へかけつけた。都倉医師はその日、外勤で不在だった。

ベッドで上半身を起こしたS氏は、前かがみになって咳きこみながら、ゴボゴボと血を吐いていた。

——恐れていたことがふたたび、起きてしまったのだ！

「あなた、しっかりして……しっかりして！」

かたわらで夫人が泣き叫びながら、夫の背中をさすっていた。

喀血は多量で、一刻の猶予も許されない。佑太は先輩医師やナースと共に、ただちにS氏の救命措置に当たった。

S氏の動脈血酸素飽和度は60%を切っており、マスクを顔に密着させて酸素を全開で投与しても、まったく上昇する気配がない。

すぐさま、気管内挿管の準備が整えられた。以前麻酔科で働いていた先輩医師が、出血で見えにくくなった声帯を確認しているその間にも、S氏の口から鮮血があふれ出た。

苦心の末、ようやくS氏の気管内にチューブが挿入され、血液の吸引と酸素の投与が交互に行われた。けれども酸素飽和度は、上がるどころか下がる一方である。

あまりに大量に喀血したため、血液が両肺の気管支内に充満してしまい、酸素の通り道を塞いでしまっているのだろう。いくら送りこんでも、酸素が肺まで到達してくれないのだ。

病変部からの出血はいっこうに止まらず、何度吸引をくり返しても、そのたびに鮮血が大量に引けてきた。

どうにもしようがなかった。

やがて酸素飽和度は50%を切った。S氏の顔はみるみる血の気を失っていき、血圧も下がっていく。

佑太たちは、なおも必死にS氏の心肺蘇生を続けたが、なんの効果もなかった。酸素飽和度と血圧は下がりつづけ、やがて測定不能になってしまった。

「これはダメだ。あきらめよう」

ついに病棟医長が、悲痛な面持ちで宣言した。佑太以外のドクターも、一人、二人と病室を去っていった。

佑太はS氏のベッドサイドに呆然と立ちつくし、いまやほとんどフラットになってしまったモニター心電図を、焦点の定まらぬ目で眺めていた。

## 8

S氏が亡くなって一週間が過ぎた夜、夫人が病院へやってきた。

――あの日、S氏が亡くなった直後、病棟医長と佑太は夫人に、たったいま起きてしまった悪夢のような出来事を説明した。しかし、夫人はとり乱していて、ほとんど話を聞けるような状態になかった。もちろん彼女は、遺体の病理解剖を行うことも承諾しなかった。

夕方になって、都倉医師が外勤から帰ってきた。佑太がS氏の件を一部始終報告すると、都倉医師は開口一番、「ああ、ぼくがいたら解剖に協力してもらうよう、もっと説得したのに」と言った。S氏が亡くなったことよりも、病理解剖の承諾を得られなかったことを悔しがる都倉医師に、佑太は違和感を覚えざるをえなかった。

患者の死亡原因を確認するために、病理解剖がもっとも有効な手段であることは言うまでもない。今後の臨床に役立つことにもなるだろう。さらに大学病院は研究機関であり、教育機関でもある。さまざまな臓器の病変部位、あるいは正常部位の組織標本を作ることは、研究のためにも、教育のためにも、重要なことなのだ。実際、大学病院においては、優秀だと評判のドクターほど死亡患者の解剖施行率が高いものである。

しかし、病理解剖はあくまで遺族の厚意によって施行させてもらうものであり、無理やり承諾書にサインをもらうものではない。とくにS氏のケースのように患者が突然命を落とし、遺族の気持ちの整理がついていないような場合は、なおさらだろう。夫人が病理解剖を断ったのは、至極当然のことなのだ。

その晩、佑太と都倉医師はあらためて、S氏が入院してから亡くなるまでの経過を夫人に説明した。

説明が終わってしばらくのあいだ、面談室は重苦しい沈黙に包まれた。

やがて、S夫人が口を開いた。

「先生たちが主人のために一生懸命やってくれたことは、わかっています。私も毎日、主人の看病にきていましたから。でも……でも私は、納得できません」

　S夫人は、感情を押し殺したような低い声で話しはじめた。佑太と都倉医師は、夫人の次の言葉を待った。

「私はどうしても、納得できないのです。佐伯教授が、主人の訴えを真剣に聞いてくれなかったことが」

　佑太も都倉医師も、無言だった。定期的に外来受診に訪れていたS氏に対し、佐伯教授がどんな応対をしていたのか知らない二人が、安易に口をはさむべきではない。

「だって、だってお父さんは、咳が出るって、体がだるいって、ずっと訴えつづけていたのですよ。それなのにあの男は、お父さんの胸に聴診器ひとつ当てなかった……」

　夫人の声が、怒りで震えはじめた。

「いいえ、私は許しません。お父さんをあんな状態になるまでほうっておいた、あの男を……。だから先生がた、どうぞここに佐伯教授を呼んでください」

　えらいことになったな、と佑太は思った。都倉医師は押し黙ったままである。

「どうして黙っているのですか？　いますぐに、佐伯教授を呼んでください」

　S夫人は、断固とした口調で言った。

　都倉医師が、ようやく重い口を開いた。

「佐伯教授は、不在です」

都倉医師が嘘をついているのは、明らかだった。しかし都倉医師の判断は、たぶん正しかった。いまここに佐伯教授を呼んでも、場が混乱するばかりで、収拾がつかない事態になりかねない。佑太にしたって、教授の言い訳など聞きたくもなかった。

「へーえ、あなたがたは佐伯教授の肩を持つんですか。まあ、無理もないことかもしれませんわね。もしここで教授に背くようなまねをしたら、あなたがたの出世に響くでしょうからねえ」

開きなおった様子の夫人が、二人に挑発的な言葉を浴びせてきた。その言葉に、一瞬ビクッと体を震わせた都倉医師だが、すぐに落ち着いた声で言った。

「……心外です。たしかにご主人が亡くなられたのは、われわれの力が及ばなかったからかもしれません。しかしだからといって、あなたにそのようなことを言われる筋合いはありません」

「心外だろうがなんだろうが、とにかく佐伯教授をここに呼んでください」

もはや夫人は、まともに話し合えるような状態になかった。

「教授は不在です。どうぞ、お引き取りください」

都倉医師もゆずらなかった。その後数分間、にらみ合いの状態が続いたが、ついにS夫人は腰を上げた。

「わかりました、今日のところは引き下がりましょう。でもいいこと、決してこのままでは終わらせませんわよ。どうぞ、佐伯教授によろしくお伝えください」

S夫人はそう言い残し、面談室の扉をバタンと閉めていった。

佑太はおもむろに立ち上がると、シャウカステンに掲げていた何枚かのX線写真を大袋にしまった。そして二人は部屋の電気を消し、面談室を後にした。都倉医師は無言のまま、病棟を去っていった。

ナースステーションに戻った佑太は、つとめて冷静をよそおった。しかし、やはり気が動転していたのだろう。なかなか仕事に集中することができなかった。

――どうしてこんなことになってしまったのか？　何がS夫人を、あれほどまで逆上させてしまったのか？

ある日突然、最愛の夫を亡くしてしまった夫人の深い悲しみが、佑太にわかるはずもなかった。佑太にわかるのは、たった一つのことだけだ。

けれどもそれは、弁解の余地もないほど明白で、決定的な事実であった。

「佐伯教授は夫の話を、真剣に聞いてくれなかった」

「咳が出ると訴えたのに、聴診器すら当てなかった」

S夫人の二つの言葉に、すべてが集約されていた。佐伯教授は、S氏およびその家族とコミュニケーションをとる努力を怠ったのである。

医者とはつくづく大変な仕事である。どれほど一生懸命にやっているつもりでも、いつなんどき医療ミスを犯すかしれない。そしてその結果、患者や家族に訴えられたとしても、なんの不思議もないのである。

だがしかし……いかなる場面に遭遇しても、医者として絶対に忘れてはならないことがあるはずだ。

佑太は、医者にとって何よりも大切なこの基本的姿勢を、もう一度しっかり胸に刻みこむのであった。何もしてあげられなかったS氏に対する、せめてもの償《つぐな》いの気持ちも込めて。

――何があっても、患者の訴えに耳を傾けよう。どんなときでも、患者としっかりコミュニケーションをとっていこう。

いま佑太にできることは、それしかないようだった。

# 第三章　ドクター瀬戸

## 1

もうすぐ五時半だ。

この時間になると、決まって佑太は仕事を中断し、エレベーターで一階まで下りてゆく。そして、外来と病棟をつなぐ渡り廊下にある自動販売機コーナーで菓子パンと牛乳を買い、裏の駐車場へ向かうのである。

駐車場のわきは草地になっているので、腰をおろしてゆっくりくつろげる。病院を背にして座れば、見渡すかぎり田んぼと畑ののどかな風景だから、コンピューター画面の見すぎでショボついた目の保養にもなる。

三月も終わり近くになると、外はまだ陽が残っている。佑太は菓子パンをかじりながら、畑の真ん中に落ちてゆく夕陽をぼんやり眺め、しばしのあいだ疲れた頭と体を休める。そして「さあ、もうひと踏ん張り」と気合いを入れなおし、病棟へ戻っていくのである。

夕方のこのひとときが、佑太は好きだった。

けれどもこの日、佑太はいつになく沈んだ気分で夕陽を眺めていた。ふだんだったら仕事を八割方終えてリラックス気分でいるところだが、今日ばかりは夕やみが、佑太の肩にずっしり重くのしかかってきた——今夜は当直なのである。

当直は過酷だ。一日のハードな仕事をようやく終えたと思ったら、たたみかけるように当直が始まるという状況が、そもそもおかしい。四十を目前にして体力が落ちてきた佑太は、当直が始まる時点ですでに疲れきっている。運が悪ければ一晩じゅう眠れないし、もちろん翌日も仕事を休めない。まったく、ひどい話だ。

にもかかわらず、ほとんどのドクターが文句も言わずに当直をこなしている。この点においてドクターたちは、信じがたいほど従順である。医者の平均寿命がふつうの人より短いという話も、十分うなずけよう。

そしてこの日、いつもの当直の夕暮れ時にもまして、佑太はブルーだった——どこでどうまちがえたのか、なんと、今日から三夜連続で当直をやるはめになってしまったのだ。

これは、火曜の朝から金曜の夜まで三泊四日、計八十四時間連続勤務という、とんでもない事態だ。もちろん八十四時間ものあいだ、ずっと起きっぱなしでいられるわけがない。

佑太は守衛のおじさんに頼みこんで、ふだんは夜間しか借りられない当直室の鍵を、これから金曜の朝まで持たせてもらうことにした。昼だろうが夜だろうが、空いた時間に少しずつでも睡眠をとらなければ、ぶっ倒れてしまう。

いくら医者の勤務が過酷だといっても、通常このような事態は起こりえない。この病院では、当直が回ってくるのは月に四、五回程度である。当直当番医の一か月の予定表が前月の月末に医局に貼り出されるのだが、どうしても都合の悪い日に当たってしまった場合は（たとえば翌日に重要な手術が控えているなど）、医師間で相談して当直日を交換することができる。

佑太は二年目の研修医であるから、先輩に当直日を交換してくれなどと言える立場にはない。そもそも忙しいのは毎度のことで、公私共に特別な予定など入れられる状況にないから、どの日に当直しようが大差はないのだ。

だから佑太は「当直日、交換してくれない？」とドクターから電話があると、いつも何も考えずに「いいですよ」と返事をしていた。今月も「はい、はい」と申し出に応じていたところ、気がつけばこのような事態になっていたのである。

しかも今回の連続当直に関しては、思い出すのも腹立たしいいきさつがあった。ある後輩から「所要があるので、当直日を交換してくれませんか」と電話がかかってきたのだ。顔は知っているが話したことはない、一年目の研修医である。

「後輩なのに、どうして直接頼みにやってこないのだろう？」と佑太は首をかしげたが、いちゃもんをつけるのも面倒くさかったので、何も言わずに交換してやった。

翌日、検査室へ向かう廊下で、その研修医にばったり出くわした。佑太はすれちがいざまに「どうも」と軽く会釈した。当然、彼が礼を言ってくるものと予想しながら。

……がしかし、研修医は佑太のほうに顔を向けようともせず、知らんふりのままスタスタと行ってしまった。さすがの佑太も、これには腹の虫がおさまらなかった。

——こいつはいったい、どんな教育を受けてきたのだ？　礼儀もへったくれもあったもんじゃない。こんな非常識野郎が医者になってしまうとは、世の中、何かがまちがっている。けれども、何もかもが非常識という常識で固められた病院という囲いの中では、いちいち腹を立てていたらきりがない。感受性が豊かであっては、いくつ神経があっても足りないだろう。この世界で生き抜いていくためには、ある意味、不感症にならざるをえないのだ。

そう、不感症になるのだ。この気の遠くなるような三夜連続当直を乗りきるためにも。

## 2

佑太が新しい病院へやってきてから、すでに半年が経過していた。

五階の内科混合病棟に三か月半勤めたのち、佑太は四階の循環器病棟へ異動した。そこでの勤務も三か月になり、来月からはさらに六階の消化器病棟へ異動することが決まっている。

医師としての基本を身に付けるため、研修医は通常三か月ほどの単位で、さまざまな病棟をローテーションしていく。しかし、正直言ってこの循環器病棟は、佑太にとってあまり居心地のよい場所ではなかった。

当たり前のことだが、ここには心臓の調子が悪い患者しかいない。しかも大学の循環器病棟ともなれば、かなり専門性が強くなる。ドクターたちは心臓を診ることに忙しすぎて、なかなか他のことにまで手が回らない。

ある時など、自分が糖尿病であることを知らされないまま心臓カテーテルの検査を受けている患者に出会い、佑太はがく然とするのであった。いくら心臓の血管を広げたって、血糖値が高いままほうっておけば、いずれまた血管が詰まり病院に担ぎこまれること必至である。

……まあそのほうが、病院はもうかるだろうが。

循環器病棟の忙しさは、三か月前まで働いていた混合病棟のそれとは別物だった。昼間は、心臓カテーテル検査をはじめとする種々の検査に追いまくられ、やたらせわしない。また、入院患者の大半が他病院や診療所から紹介されてきた人たちなので、夜は夜で、書類の整理や返事書きに追われる。

もちろん、狭心症や心筋梗塞の患者が増加の一途をたどっている現在、循環器病棟は非常に重要な役割を担っている。しかし佑太は、病棟でじっくり仕事をするほうが好きなタイプである。医者も患者も、検査、検査であわただしく、腰を落ち着けている暇がないし、デイルームでの雑談もままならない。このように専門性の強い科は、佑太の性には合わないようであった。

いずれにしても、この病院にやってきてからずっと、佑太は仕事に追われっぱなしだった。ようやく新しい病棟に慣れてきたと思ったら、もう次の病棟に移る時期になっている。

来る日も来る日も、病院内にこもっているか、さもなければアパートのベッドで睡眠をむさぼっているかのどちらかであり、それ以外のことをする時間も、精神的ゆとりもなかった。今年に入ってから街まで出かけたのも、たった二度きりである。

直美とは、昨年九月のあの日以来、一度も会っていなかった。それどころか、佑太は忙しさにかまけ、直美に連絡をとろうとさえしなかった。

それでも去年のうちは、直美からときどき電話があった。しかしせっかく電話をもらっても、佑太はいつも寝ぼけていて、会話らしい会話が成り立たなかった。いくら辛抱強い直美でも、そんな佑太に愛想をつかしたのだろう。今年に入ってからは、電話もめっきり少なくなった。

ときどき直美のことを思い出し、寂しくなる佑太だったが、疲れはててアパートに帰ってくると、すでに受話器を持ち上げる気力は残されていなかった。

S氏と夫人の一件は、ほとんど忘れかけていた。

その後も佑太は、いく度となく患者の急変に直面したし、助かる見込みのない重症患者を受け持った。そして、無力感にさいなまれながら、何人もの患者の最期《さいご》を看取った。佑太にとって、S氏はいつしか、悲惨な死をとげた患者の一人にすぎなくなっていった。

ある日の午後、佑太は給料の明細書を取りに医局へ向かった。

医局には、研修医の居場所などありはしないのに、なぜかレターボックスだけはある。だから、書類を取りにいくためにわざわざ足を向けなければならず、面倒くさいことこの上ない。けれども、まじめな研修医は毎日医局に足を運び、自分宛の書類や掲示板に張り出された連絡事項をチェックしているようである。

医局で佑太は、ひさしぶりに都倉医師に出会った。

「やあ、元気でやっていますか？」と、佑太に声をかけてきた都倉医師だが、あたりを見渡すとにわかに声をひそめた。

「詳しいことはわからないけど、どうやらSさんの家族は、佐伯教授を訴えようとしているみたいだ。ただ、ぼくと紺野君は、訴訟の対象になっていないようだよ」

「はあ……そうですか」

一瞬、「このままでは終わらせない」と言って去っていったS夫人の姿が脳裏によみがえったものの、このとき佑太は、都倉医師の言葉をさほど切実に受けとめていなかった。S夫人の様子から、ある程度のいざこざが起こるのは十分予想できたことだし、まだ裁判沙汰になると決まったわけではない。自分たちが訴えられていないと聞き、ホッと安心したわけでもなかった。いまの佑太には、そんなことはどうでもよかった。

――訴えたかったら、訴えるがいい。矢でも鉄砲でも持ってこい。

佑太はそんな心境だったのだ。

人間、忙しすぎると判断能力が衰え、破滅的な考えに陥るものらしい。

## 3

当直初日と二日目の夜は、さほど重症の救急患者もなく、無難に過ぎていった。

少しでも空き時間を見つけると、佑太は当直室へ向かい、こま切れに睡眠をとった。自分の体は自分で守らなければならないのだ――「医者の不養生」と言われぬうちに。

しかし、自宅でゆっくり休めないのは、やはり疲れがたまるものである。ましてや、いつたたき起こされるかわからない当直室のベッドでは、たとえ一時間でも熟睡できるはずがない。

三夜連続当直もあとひと晩を残すのみとなった木曜の夕方、佑太は今夜の当直医をいま一度確認するため、医局へ向かった。佑太の働く病院では通常、研修医と指導医がペアを組んで当直業務を行っている。掲示板に貼り出された当番表を見ると、今夜の指導医は瀬戸医師であった。

佑太は一瞬、「ああ、イヤだな」と思った。

瀬戸は消化器病棟で働く医師で、佑太はまだ一緒に仕事をしたことがなかった。だからほんとうのところは彼がどんな人か知らないのだが、まちがいなく自分が苦手とするタイプだろうと佑太は感じていた。

佑太がはじめて瀬戸医師の存在を知ったのは、症例検討会のときだった。水曜の教授回診が終わったあと、病院じゅうのドクターが大会議室に集まり、問題となっている入院患者の症例検討会を行うのだが、このとき症例を発表するのは研修医と相場が決まっている。

月に一度当番が回ってくるこの症例検討会が、佑太はイヤでイヤでたまらなかった。発表の準備自体もうっとうしいが、大勢の人間を前にして話をするのが、何よりも嫌いなのである。

その日も佑太は、何度もとちって冷や汗をかきながら、ようやく発表を終えた。しかし、ホッと安堵《あんど》のため息をついたのもつかの間、質疑応答に移るや否や、仏頂面をした一人のドクターが手を上げた。

「紺野先生、『血管造影の検査中に、患者が脳梗塞を発症した理由はわからない』とおっしゃいましたが、なんらかの理由があったはずです。先生の考えを、きちんと述べてくださ い」

ドクターは立ち上がると、きつい口調で佑太に問いつめた。

それが、瀬戸医師であった。

「いやー、あの……。いろいろ考えましたが、よくわかりませんで……」

痛いところをつかれ、佑太はしどろもどろになった。せっかく引いたと思った汗が、また額からドーッと噴き出してきた。

「『わからない』じゃ困りますよ。病気の原因を責任持って追及するのが、医者の務めというものでしょう」

「はい、先生のおっしゃるとおりですが……」

しかし……わからないものはわからなかった。佑太は白衣のポケットから手拭いを取り出し、したたり落ちる汗をふいた。

結局、血管造影検査に立ち合った放射線科の先輩医師が、「検査中に、もともと血管内にあった血栓（血のかたまり）が飛んでしまい、脳の動脈に詰まったのではないか」と助け船を出してくれ、その場はなんとかおさまった。

しかし、瀬戸医師は納得がいかぬようで、いつまでも口をとがらせブツブツ言っていた。佑太はなるべく、彼のほうを見ないようにした。

その後も佑太は何度か、瀬戸医師を見かけた。

瀬戸医師はひょろりと背が高く、髪には天然パーマがかかっていた。佑太より少し年下だろうか。三十代も半ばを過ぎていると思われたが、決しておじさんっぽい雰囲気ではなく、どこか青年の面影を残していた。アメリカのホームドラマによく出てくる小生意気なガキが、そのまま大人になった、という感じである。

それにしても瀬戸医師は、何か不満でも抱えているのだろうか？　いつ見かけても、不機嫌そうに口をへの字に曲げ、文句を言いたげな顔で歩いていた。

そんな瀬戸医師の姿を見ていたから、当番表を見た佑太が「ああ、ついに当たってしまったか。イヤだなあ」と思うのも、無理もなかった。

何か意地悪をされたり、冷たくあしらわれるのではないかと不安で、できることなら彼と一緒に当直などしたくなかった。もう四十も間近だというのに、佑太の気の弱いのは、ちっともなおらないのである。

……しかし、フタを開けてみると、その夜の当直は前夜までとはうって変わり、息もつかせぬほど目まぐるしかった。

疲れがたまっていた佑太は、五時から当直室で仮眠をとっていたが、六時前にさっそく電話でたたき起こされた。

脳内出血、心筋梗塞、髄膜炎疑い、解離性大動脈瘤疑い……。その他にも、熱発や腹痛の救急患者が次々と訪れ、佑太はときには瀬戸医師の指示に従い、またときには瀬戸医師と手分けして患者の手当をした。意地悪だの性格がどうだのと、言っている暇はなかった。

当直室に戻って少しでも仮眠をとろうと思っても、三十分もしないうちに電話が鳴り、救急処置室に呼び戻される。こんなときはどうしても、連絡係の守衛のおじさんに対して不機嫌な口調になってしまう。守衛のおじさんには、なんの罪もないのだが……。

ようやく患者が途切れたと思ったら、すでに朝の五時近くになっていた。

しかし、当たるときは、とことん当たるものである。六時前になると、とどめのように下血の患者が運ばれてきた。患者の大腸内の出血源を調べるため、佑太は内視鏡検査室で瀬戸医師の介助に当たったが、もう立っているのが精いっぱいだった。

結局その夜は、ほとんど眠ることができなかった。佑太の疲労は極限に達していたが、気がつけば、もうすっかり朝である。いまさら当直室に戻って休むこともできない。

とにもかくにも三夜連続当直は終わったが、これからまる一日、病棟での勤務が待っている。今日はたしか、新しい患者も入院してくる予定だ。

佑太は約束どおり、三日間ずっと借りていた鍵を守衛室に返しにいくと、ヨロヨロとよろめく足で中庭へ出ていった。

春の朝日はいつにもましてまぶしく、佑太は頭がくらくらした。通勤バスから降りた職員たちが、いつのまにかほころびはじめた病院前の桜並木を、こちらへ向かって歩いてくる。

佑太は、もうろうとする意識の中で考えた。

——これからさらに十二時間、いったいどうやって働けというのだ？

4

朝のカンファレンスを半分居眠りしながらやり過ごし、ナースステーションで急ぎの指示を出し、入院患者の回診をすますと、新入院患者がやってきた。

患者と家族に挨拶して話を聞き、診察をしてから入院時検査のオーダーを出し、入院指示書を書き終えると、すでに十一時を回っていた。

——もう限界だ。とにかく少し休まなければ。

しかし、当直室の鍵は返してしまったし、医師控室のたった一つの簡易ベッドでは、先客の外科の研修医がいびきをかいていた。だからといって、中庭のベンチや駐車場のわきの草地で昼間から寝ころがっていたら、人目についてマズイだろう。

靄《もや》がかかったようにぼんやりとした頭でしばらく思案した末、佑太はようやく適当な場所を思いついた。

——そうだ、屋上へ行こう。

病院の屋上は出入り禁止になっていて、正規の出入口には常時、鍵がかかっている。しかし、中学生のころから無類の屋上好きである佑太は、この病院へやってきて以来、ひそかに屋上への通路を探しつづけていた。そして二か月前、ついに秘密の出入口を見つけたのだった。

それから佑太は、ときどき思い出しては屋上へ向かうようになった。

もちろん、職員や患者が憩《いこ》うことを目的として作られたものではないから、それは一面灰色コンクリートの殺風景な屋上だった。けれども、病院のまわりに高い建物はないので、眺めはなかなかのものである。はるか彼方には、雪をかぶった富士山の頭まで見渡せる。

屋上では、だれとも出会ったことがなかった。ほとんどの職員が出入口を知らないのだから、まあ当然のことだろう。屋上にやってくるたびに、佑太はなんだか得をしたような気分になって、ひとり優越感にひたるのであった。

——今日はよい天気だし、暑くも寒くもない。こんな日は、屋上はまさにうってつけの避難場所ではないか！

秘密の通路をくぐり抜けて屋上へ出ると、春の風が頬に心地よく吹きつけてきた。

佑太はフェンスぎわまでゆっくり歩いていき、白衣を着たままゴロンとあおむけになった。背中に当たるコンクリートは少々ざらついているけれど、ひんやりとしてむしろ気持ちよかった。

——少し眠ろう。大丈夫、寝過ごす心配なんてないさ。いずれポケットベルが鳴り、病棟に呼び戻されるに決まっている。

佑太は大の字に体を伸ばすと、白衣のポケットから取り出した手拭いを丸め、頭の下に敷いた。そして一分もたたぬうちに、深い眠りに落ちていった。


「先生……紺野先生？」

耳もとで男の声がして、佑太は反射的に身を起こした。

一瞬、「しまった。当直室で寝過ごしてしまったか」と錯覚したが、佑太の視界に入ってきたのは当直室のうす汚れた壁ではなく、金網のフェンスと青空だった。

そして、となりにしゃがみこんで自分に微笑みかけているのは、瀬戸医師であった。

腕時計を見ると、まだ十二時前である。ずいぶん眠ったような気がしたが、まだ三十分しかたっていなかった。

「いやあ、やっぱり紺野先生でしたか。起こしちゃって、どうもすみませんね」

瀬戸は医師としては佑太よりはるかに先輩だが、年上の佑太に遠慮してか、丁寧語で話しかけてきた。

「いいですよ、少し休みましたから。でも瀬戸先生、いったいどうしてここへ？」

わけがわからぬまま、佑太は眠い目をこすって訊いた。

「ひと仕事終えたとこですけど、どうにも眠くてね。でも、まさか先客がいるとは思わなかったなあ……。先生、よくここへ来るんですか？」

瀬戸医師が訊き返してきた。

「ええ、ときどき気分転換をしに……。でも、ここへやってくるのは、自分だけかと思っていましたよ」

佑太がそう言うと、瀬戸はニカッと笑った——やはり、アメリカのホームドラマに出てくる小生意気なガキの笑い顔だ。

「いやあ、ぼくだってびっくりですよ。屋上でだれかに出会うなんて、思ってもみなかった」

「いや、まったく……」

「屋上って、いいですよね」

そう言うと、瀬戸は佑太のとなりに大きな体を横たえた。

「ええ、ぼくも大好きです」

佑太もふたたび、コンクリートのベッドに横たわった。何か話をすべきだろうかと考えていると、瀬戸が先に口を開いた。

「なんだか先生とは、気が合いそうですね」

「はあ、そうかもしれませんね」

つい昨日まで「こいつは天敵にちがいない」と思っていた男と、今日はとなり合わせでうちとけて話をしている。世の中わからないもんだな、と佑太は思った。

「昨夜はけっこう忙しかったでしょう？　ぼくは救急隊から連絡が入ると、基本的にどんな患者も断らない主義でね」

佑太の勤める病院は救急指定病院ではないので、すべての救急患者を受け入れる義務はない。患者を受け入れるかどうかは、指導医の判断にゆだねられているのである。

「『そんな患者は、ほかの病院に行けばいいだろう』とか『ベッドが空いてないから』とか言って、患者をえり好みするドクターがよくいるけど、ぼくはそういうのは嫌いなんだよね。

だって、患者はだれだって平等だろう？」

「そうですね」

たしかに当直時の忙しさは、その日の指導医によってまちまちだ。腹痛や熱発などごく一般的な症状の患者は、一人もやってこない晩もある。どうやら多くの指導医は、患者を選んでいるらしい。救急隊から連絡がある患者をすべて受け入れれば、昨夜くらい忙しくて当然なのだろう。

「だから当直の夜、ぼくは最初から眠るつもりなんてない。そのかわり明けの日は、ここで居眠りすることに決めているんだ」

「そうだったんですか。でも、先生がずっと指導医じゃなくて、正直助かりましたよ。三夜とも瀬戸先生みたいな指導医に当たっていたら、きっといまごろ、ぼくは死んじゃってますね」

「えっ！　もしかして先生、三夜連続で当直だったの？」

「ええ。頼まれるままに当直日を交換していたら、いつの間にかそうなっていたんです」

「先生も、お人よしですねえ……。ぼくはほかのドクターから当直日を交換してくれと言われても、よっぽどの事情がないかぎり、代わってあげませんよ。だって当直は、正規勤務の一部ですからね。病院で働いている以上、それより優先順位が高い仕事があるわけないでしよう。『当直日を交換してくれ』なんて言うほうがおかしい」

「言われてみれば、たしかにそうですね……。でも、いいんです。もう終わっちゃったから。それに、これから三週間は当直が回ってこないと思うと、はっきり言ってうれしいです」

「やれやれ、三夜連続当直ですか。それならそうと言ってくれれば、多少は断れたのに」

瀬戸は、あきれはてたような口調で言った。

「でもそれは、先生の主義に反するのでしょう？」

佑太は、愚問と承知で訊いてみた。

「主義はあくまで主義ですよ。そんなカチカチ頭でいたら、この世界ではとても生きていけないでしょう？　先生」

佑太に目くばせすると、瀬戸は青空に顔を向け「うーん」と大きく伸びをした。

「さあ、少し寝ますか。先生もさぞかし眠いでしょう」

「そうですね。もう一度、寝なおすとします」

佑太は目を閉じた。

ガーゴー……ガーゴーと、瀬戸の豪快ないびきが聞こえてくるまでに、一分とかからなかった。どちらかといえば神経質な佑太だが、瀬戸のいびきは不思議と耳障りではなかった。

やわらかな風を頬に感じながら、佑太は思った。

——ドクター瀬戸か……。ずいぶん強情っ張りだけど、医者にしては話せる男だな。

やがて、春の大気に吸いこまれるように、佑太の意識は遠のいていった。

## 5

三夜連続当直の翌々週、佑太は循環器病棟から消化器病棟へ異動した。そこには瀬戸医師も勤務していたが、佑太の指導医にはならなかった。

病棟医長が気を遣ってくれるのだろうか？　佑太の指導医はいつも、佑太より微妙に年上だった。年下だろうが年上だろうがどっちでもいいのだが、たしかに指導医にしてみれば、研修医が自分より年上ではやりづらかろう。

消化器病棟は、なかなか気持ちのよい病棟だった。

第一に、ここは最上階の六階であるから、とても眺めがよい。とくにデイルームの大きな窓から見渡す景色は素晴らしく、夕暮れ時など佑太は仕事を忘れ、刻々と色調を変えてゆく茜雲《あかねぐも》に見入ってしまうのだった。

循環器病棟のように検査に追いまくられることもなく、朝な夕なに佑太がデイルームで患者たちと雑談しながら過ごす時間は、ますます長くなっていった。

第二に、この病棟は活気にあふれていた。佑太のような研修医のみならず、内視鏡検査など種々の専門技術を身に付けるため後期研修にやってきた若いドクターが、たくさん働いていたからである。意地悪な指導医も一人、二人はいたが、ほとんどは気さくな連中で、他の病棟と比べると雰囲気も断然明るかった。

佑太はリラックスして、日々の仕事にのぞんだ。毎朝アパートを出るのが、まったく苦痛でなくなった。忙しさの程度が同じでも、先輩や同僚たちの人柄によって、こうもストレスのたまり具合がちがってくるものかと、佑太はあらためて実感するのだった。

消化器病棟にやってきて、佑太は瀬戸医師がなぜいつも不機嫌そうにしているのか、その理由の一つがわかった。

瀬戸は、研修医の指導で頭を悩ませていたのである。とくにここ一年は女性の研修医が続き、彼女たちの指導がままならぬことにイラだっているように見えた。

「どうも、女の子はやりにくいよなあ」と、瀬戸はよくこぼしていた。

瀬戸は妥協を許さぬ頑固な男だから、部下にも当然それなりのものを要求する。しかし、はたで見ているかぎり、佑太は瀬戸の指導が厳しすぎるのではないかという気がしてならなかった。ナースステーションの陰で涙する女医の姿を見たのも、一度や二度でない。

以前、佑太が症例検討会で追及されたように、瀬戸は患者の症状と疾病の因果関係をはっきりさせぬと気がすまないところがあった。

それゆえ瀬戸は、「明日までにこの患者の病態生理を再考し、レポートしなさい」とか「今週中にこのケースと類似の症例報告を検索し、まとめてきなさい」といったようなことを、たびたび研修医に要求した。

けれども、医者としてスタートを切ったばかりの研修医は、見るのも聞くのもはじめてのことばかりだ。ほとんどの研修医は、日々病棟で遭遇する、生々しく強烈な出来事に対処していくのに精いっぱいである。落ち着いて患者の病態を考察する余裕はないし、文献を読む気力など残されていない、というのが実際のところなのだ。

瀬戸は、自分の言うことを聞かない研修医に腹を立て、彼女たちも無理な注文をしてくる瀬戸に対し、心を閉ざしてしまっている。どうひいき目に見ても、両者のあいだに信頼関係は築かれていないようである。これではお互い、ストレスもたまることだろう。

しかし、病棟での瀬戸は、気難しい顔をしているだけではなかった。

瀬戸はいわゆる専門バカではなく、よい意味で世俗的な男だった。夕方のリラックスタイムには、同僚たちと株式やスポーツの話、あるいは人気女優やトレンディードラマの話に興じていた。そんなときの彼はよく笑い、陽気で話せる男であった。

そして、これもまた意外なことだったが、瀬戸はナースたちにおやじギャグをふっかけるのが得意で、ときにかなりきわどいジョークまで飛びだした。彼のジョークはとりわけバストに関するものが多く、自ら「おっぱい星人」と称していた。

自分がいかにセンスのない冗談を連発して皆のひんしゅくを買っているか気づいていない、タチの悪いおやじというのは、どんな職場にも一人や二人はいるものである。しかし、瀬戸は決してそういうタイプではなかった。

瀬戸は、自分がおやじギャグをかましているのを承知のうえで、軽口をたたいていた。言ってみれば、それは彼のナースたちに対するサービスなのである（ときどき真に受けてムッとしてしまうナースもいるが）。

たしかにある面、瀬戸の軽口はドクターとナースの関係をスムーズにする潤滑油になっているし、病棟の雰囲気を和らげるのに一役も二役も買っているようだ。それは、口下手な佑太にはまねのできない軽妙な芸であった。

さて、消化器病棟のドクターたちは総じて若く、元気者ぞろいだったが、中でも後期研修のためにやってきた堀田という男は、並外れたパワーの持ち主だった。

堀田は、ひと昔前の青春ドラマでは必ず脇役として登場してきた熱血漢タイプの男であった。角刈りの頭から湯気を出さんばかりに熱く語り、豆タンクのような体は疲れ知らずで、いつも精力的に動きまわっていた。

堀田はしかし、単に暑苦しいだけの男ではなく、だれからも好かれる性格の持ち主でもあった。ナースたちからは「コテツ」というあだ名をちょうだいし、慕われていた。

朝のカンファレンスでも、コテツは毎度、病棟じゅうに響きわたるような威勢のよい声でプレゼンテーションをする。

けれども、声の大きさのわりにその内容は完璧ではなく、後輩の佑太が聞いていてもどこか抜けているところがあった。当然、意地悪な指導医に矛盾点を厳しく追及される。そんなとき、ふつうのドクターはなんだかんだ言い訳してその場をしのごうとするのだが、コテツは顔を真っ赤にして口ごもってしまう。

しかし、コテツは数秒後に必ず復活し、少しも悪びれることなく一段と大きな声を張り上げる。

「すんません、不勉強でわかりません！　明日までにしっかり勉強しておきまっす！」

そんなコテツの正直さに、佑太も好意を抱いていた。しかしながら元気がよすぎるというのも、ときに困りものである。

佑太は毎朝、六時前に病棟へやってくる。医者になる前は宵っ張りだった佑太がこれほど朝早く出勤するようになったのには、それなりの訳がある。

研修医をはじめ若手のドクターは、たいてい夜型である。夜のナースステーションや医師勤務室には若いドクターがたむろして、深夜まで和気あいあいと仕事に励んでいる。元来へそ曲がりで集団行動が苦手な佑太にとって、この雰囲気はうざったい以外の何ものでもない。こんなにざわついていたら、とてもじゃないが仕事に集中できない。

それに比べ、朝は断然仕事がはかどる。たいていのドクターはカンファレンスが始まる八時まで出勤してこないから、佑太はナースステーションで黙々と仕事に励む。佑太にとって朝の六時から八時までは、一人きりで過ごせる平和な時間なのである。

しかし、ある日突然、朝のライバルが出現した。

消化器病棟での初日、佑太はいつもどおり五時五十分に病棟へやってきた。病棟にはもちろん、ドクターは一人もいない。佑太は夜勤のナースに挨拶をすると、本日の入院患者のカルテを取り出して下調べを始めた。

けれども、早朝の静粛なる時間は、十分と続かなかった。

突然聞こえてきたドシン、ドシンという足音が、佑太の集中を途切らせたのである。一歩一歩、思いきり足の裏に力を込めて床を踏みつけるような足音だ。顔を上げると、背は高くないが、がっしりした体格の若いドクターが、こちらへ向かって歩いてくる。

――まだ患者さんだって寝ているんだから、もっと静かに歩けよ。

と胸の内で文句を言いながらも、研修医の分際である佑太はドクターに向かって「おはようございます」と頭を下げた。

「おはようございまっす！　先生、朝早くからご苦労さまでっす！」

ずんぐりドクターは、大きな声で挨拶を返してきた。

――柔道部出身だろうか？　こういう体育会系のドクターというのもめずらしいな。

一瞬そんなふうに思った佑太だが、病棟の当直医師が朝の回診にやってきたものと決めつけていたので、とくに気にもとめず仕事を再開した。

ところが……いつまでたっても、ずんぐりドクターは病棟から出ていこうとしない。ひとしきり患者の体温表に目を通すと、今度は伝言板へ向かい、ナースからのメモを取り上げた。

「なんで、そうなるんかいな」

独り言とは思えぬ大きな声でぼやくと、彼はコンピューターの前にどっかと座りこんだ。

そして、せわしなくキーボードをたたきはじめた。どうやら、この病棟で働くドクターのようである。

それが堀田医師――コテツとの出会いだった。

次の日、やはり五時五十分に病棟へやってきた佑太は、思わずわが目を疑った。

――なんと、コテツがすでに出勤しているではないか！

コテツは佑太のほうをふり向くと、満足そうにニカッと笑って言った。

「おはようございまっす、紺野先生！」

早朝のナースステーションでのひとときを、ずっと独占してきた佑太だ。一人きりの平和な時間をコテツにぶち壊され、気分がいいわけがなかった。

翌朝、いつもより二十分早くセットした目覚まし時計で飛び起きた佑太は、大急ぎで病院へ向かった。六階の消化器病棟に到着したのは五時半きっかりで、さすがにコテツは姿を見せていなかった。

十分後に、コテツがやってきた。

コテツは佑太を確認すると、いくぶん口惜しそうな面持ちで、それでもいつもどおりの大きな声で「おはようございまっす！」と挨拶してきた。そしてコンピューターに向かって座るなり、バシン、バシンと思いきりキーボードをたたきはじめた。足の裏だけではなく指先にも、力が有り余っているようである。

——そんなにたたいたら、壊れてしまうじゃないか。どうしてこの男は、何をやるにもこんなに騒々しいのだ？　この男と一緒では、落ち着いて仕事ができんわい……。

佑太はなかばあきれ顔で、コテツのずんぐりした背中を眺めた。

——でも……これで彼もあきらめてくれるだろう。明日からはもう、こんなに朝早く出勤してこないにちがいない。まったく、やれやれだ。

しかし、考えが甘かった。翌朝、前日と同じ五時半にナースステーションにやってくると、コテツはすでにそこにいたのである。

それから、佑太とコテツの意地の張り合いが始まった。二人は競い合うように朝早く、病棟に姿を見せた。五時二十分、十五分、十分と、二人の出勤時間は日を追うごとに早くなっていった。

夜勤の若いナースは、そんな二人を「いったい、何をしているんだろう」と、不思議そうに眺めていたし、ベテランのナースは「いい年して、大人げないわよねえ」と、二人に冷ややかな視線を送っていた。

しかし、意地の張り合いが始まって一週間後、ついに二人の出勤時間は定常状態に落ち着いた。さしもの佑太も四時半より早く起きられなかったし、コテツにしてもそれは同じであった。

毎朝五時五分、二人のドクターは示し合わせたようにナースステーションに現れ、それぞれに仕事を始めるのであった。一人は朝っぱらからエネルギー全開で、騒々しくあちこち動き回りながら。そしてもう一人は、机の上にカルテを開いてじっと座ったまま、あくまでひっそりと。

朝の出勤時間は同じでも、じつは二人の勤務状況はまったく異なっていた。佑太はいってみれば、夜やっておくべき仕事を翌朝に回しているにすぎない。けれども、コテツの場合はそうではなかった。

夜が苦手な佑太は、患者の急変がないかぎり、八時に病院を後にする。そして遅くとも十時過ぎには床につくようにしている。四時半に起きているといっても、佑太は毎日しっかり六時間、睡眠をとっているのである。

ところがコテツは、毎晩十一時過ぎまで病棟に残り、自分の仕事をしたり、後輩の面倒を見たりしているという話だ。ということは、コテツはせいぜい四時間しか睡眠をとっていないのだ。にもかかわらず、コテツはいつも佑太の何倍も元気である。

――この男のエネルギーは、尽きることがないのだろうか？　彼の元気の源は、いったいなんなのだろう？

コテツの体のしくみがまったく理解できず、佑太は首をひねるしかなかった。

## 6

ゴールデンウイークを迎えるころになると、消化器病棟でのデイリーワークにも慣れ、ようやく佑太にも少しばかり余裕が出てきた。ただし、連休中も日直や入院患者の診療で、佑太は毎日かかさず出勤した。

日の出はますます早くなり、四時半に目を覚ましても、外はすでに明るい。

この季節の早朝出勤は、ほんとうに気持ちのよいものだ。朝日を浴びて自転車にまたがり、さわやかな空気をつっきって病院に到着すると、佑太はご機嫌でナースステーションへ向かった。コテツのバシン、バシンとキーボードをたたく音も、いつしか耳に付かなくなっていった。

夜は夜で、消化器病棟の同僚たちと週に一度は飲みに出かけた。飲み会の音頭を取るのは、決まって瀬戸医師だった。

六時過ぎに夕方のカンファレンスが終わると、瀬戸は「今晩あたり行きますか？」と、皆に声をかける。瀬戸は頑固者だが、きちんとまわりの状況が見えている男であり、同僚たちへの気遣いも忘れない。だから、急患が入ったり、重症患者が多かったりして病棟が落ち着かないときは、声をかけたりはしない。

仕事が一段落ついた七時過ぎ、皆でそろって病院の裏門を出てゆく。行き先はたいてい、歩いて五分の安い焼き肉屋である。安いだけあって出てくる肉もそれなりのものだったが、それでもハードな一日の終わりに皆で飲むビールはうまく、食が進んだ。若い研修医たちもよく食べた。ふだんろくな食生活を送っていない彼らにとっては、安物の肉だって十分ご馳走なのである。

しかし、キムチが辛すぎるせいか、それとも生ユッケやレバー刺しが新鮮でないせいか、翌日はいつもだれかしら腹をこわし、トイレでうなっていた。

飲み会に参加するのは、佑太と瀬戸医師を除けば、ほとんど若いドクターで（コテツたち後期研修のドクターも、まだ三十手前である）、口うるさい指導医は一人もいない。

瀬戸やコテツは、研修医になりたての新米たちをリラックスさせ、気兼ねなくなんでも話せる雰囲気を作りだしていた。もちろん、それは彼らが自然にやっていることで、無理をして若者に合わせているわけではない。

元来、皆とつるんで飲みにいくのが嫌いで、家でひとりビールを飲むのが好きな佑太も、この飲み会だけは率先して参加した。仕事を引きずらないザックバランな雰囲気は、佑太にとっても大変に心地よいものだった。

週に一度の飲み会に参加しているうちに、佑太は瀬戸医師のさまざまな面を知った。

瀬戸はたいてい、ナースのバストの品評会など他愛のない話で場を盛り上げるが、研修医たちに説教するようなことはまったくなかった。しかしときおり、上司や病院の体制に対する彼自身の不満が、口をついて出てくることがあった。

今月からようやく指導医の役割を免除され、ホッとしている様子の瀬戸医師は、佑太に向かってこんなことを言った。

「いやー、この一年ほんとうにまいりましたよ。女性の研修医を四期連続で担当したんですからねえ。病棟医長も毎度ぼくに押しつけて、あんまりだよなあ……」

「瀬戸先生がいちばん、頼みやすかったんでしょうね」

たしかに自分が病棟医長だったとしても、人間的にバランスがとれた瀬戸医師に頼んでしまうだろうな、と佑太は思った。

「紺野先生はサラリーマン時代に、新人の女性を教えたことがありますか？」

「いいえ、女性の上司に教えてもらったことはありますけど……」

「女の子に教えるのがこんなに大変なことだとは、思ってもみなかったよ。向こうも医者だから、プライドが高いしね」

瀬戸は、かすかに眉をひそめながら言った。

「でも、はたで見ていて、ちょっと厳しすぎるんじゃないかって感じましたけど」

佑太は正直な感想を述べた。

「うん、ぼくも少し意固地になっていたかもしれない。教えようとしていることが伝わらないと、ついイライラしちゃってね。でもさあ、厳しく言いすぎて泣かれちゃったら、もう何も言えなくなってしまうんだよ。ずっと悪循環だったなあ」

「そうですね。男同士だったら、そんなときは飲みにでもいって、腹を割って話し合えるんでしょうけど」

「そうなんだ。いくら後輩といっても若い女性と二人で飲みにいったら人目だってあるし、へたに誘えばセクハラだと勘ちがいされかねないからね……。どうすればいいのやら、まったくわからなかったよ。これまでのぼくの人生で、いちばん憂うつな一年間だったね」

いつか見かけた瀬戸医師——口をへの字に曲げ、不機嫌そうに院内を歩いていたあの瀬戸医師の姿が、佑太の脳裏によみがえってきた。

瀬戸は続けて言った。

「でも、ようやく解放されたよ。指導医を外れるっていうことは、入院患者の主治医をやらずにすむってことでもあるからね。ぼくはしばらく、自由にやらせてもらうよ。学位論文の提出も延び延びになっていたけれど、そろそろちゃんとまとめ上げたいし」

「入院患者を抱えていたら、ほかのことには集中できませんものね」

「そのとおり。先生もわかると思うけど、入院患者の主治医っていうのは、こうやって飲んでいても、いつ病院に呼び戻されるかわからないでしょう？　われわれ医者のＱＯＬ（クオリティー・オブ・ライフ：生活の質）を悪くしているのは、他の何ものでもない。それは『入院患者』さ」

佑太はわが耳を疑った。まさか瀬戸の口から、そんな言葉が出てこようとは……。

瀬戸の言っていることは、たしかに真実である。患者の主治医であるかぎり、夜中に電話でたたき起こされるのは日常茶飯だ。いつなんどき患者の容態が急変するかわからないから、たった一泊の週末旅行にすら行けない。ちょっと東京まで遊びにいくのさえ、かなり勇気がいることだ。

それにしても、あまりに冷たい瀬戸の言葉に佑太は少なからずショックを受け、しばらく言葉が出てこなかった。

しかし……佑太は瀬戸を責める気にはなれなかった。

佑太は医師になってたったの二年だが、瀬戸は十年以上も病院で働きつづけているのである。十年のあいだに積もり積もった心労が、彼にそのような言葉を吐かせてしまったのだろう。自分だって、いつか病棟で患者と向き合うことに疲れはて、瀬戸と同じようなことを口走るかもしれないのだ。

いま瀬戸医師に必要なのは、疲れきった心と体を休めることなのだ。

# 7

五月のある土曜日、佑太はいつもの週末と同じように、朝の八時から病棟で働いていた。

この病院へやってきて、八か月が経過していた。いくら要領の悪い佑太でも、休日をまる一日病院で過ごすようなことはなくなり、近ごろは午前中で仕事を切り上げることも多くなった。

この日、患者たちの容態は落ち着いていた。十時までに病棟業務をほぼ終えた佑太は、コンピューターに向かい、たまっていた退院患者の病歴要約を作成しはじめた。昼近くになるとさすがに飽きてきたので、佑太は伸びをして立ち上がった。そして、吸い寄せられるようにデイルームの大きな窓へ向かっていった。

外は雲一つないよい天気だった。目の前には畑や草地の緑がまばゆいばかりに広がり、畑の向こうの民家では、鯉《こい》のぼりが気持ちよさそうに風に泳いでいる。

佑太は五月の平和な景色を眺めながら、「さて、これからどうしようか」と考えた。

今日はもう仕事を切り上げ、残りは明日に回してもよかったが、急いでアパートに帰っても別段やることはないのである。デートにつきあってくれる女性はいないし、わざわざ人波にもまれに繁華街まで出かけていくのもかったるい。

ふだんあれほど「忙しい、忙しい」とこぼしておきながら、いざ時間が余ると何もやることが見つからない――そんな自分を、佑太は情けなく思った。

考えてみればこの八か月間、病院で追われるように働いているか、アパートで睡眠をむさぼっているかのどちらかであり、他のことは何一つやっていないのだ。

しばらくのあいだ、ただぼんやりと窓からの景色を眺めていた佑太だが、ふと先週の日曜日のことが思い出された。自転車で十分ほどのスーパーマーケットに下着と日用品を仕入れにいったのだが、その途中、こぢんまりしたテニスクラブを見つけたのだ。

——そうだ！　ひさしぶりにテニスをしよう。体力はだいぶ回復してきたし、いまだったら入院患者も落ち着いているからちょうどよい。

佑太は十年ほど前から趣味でテニスを続けていたが、医者になってからの二年間は、一度もラケットを握っていなかった。

いつもは優柔不断な佑太だが、一度心が決まってしまえば行動に移すのは速い。佑太はさっそく頭の中で、計画を立てた。

——とりあえず今日はがんばって、明日の分まで仕事を片づけてしまおう。そして夕方に駅前のテニスショップまで出かけ、ボールやウエアを買ってくるのだ。うまくすればラケットのガットも、その場で張りなおしてもらえるかもしれない。

久方ぶりに、心が浮き浮きしてきた。

——そうそう、銀行に寄って金をおろすのも忘れちゃいけない。明日は十一時に仕事を切り上げ、昼までにテニスクラブに行こう。そして入会の手続きをとり、さっそくプレーをするのだ。

そうと決まれば、がぜんやる気が出てくる。佑太は元気にナースステーションに戻ってくると、コテツばりに勢いよく、キーボードをたたきはじめた。


一時近くになって、佑太は半年ぶりに休日の食堂へ向かった。今日は昼過ぎに帰れると踏んでいたので、コンビニ弁当を持参していなかったのだ。

食堂の休日メニューは、あいかわらずお粗末きわまりなかった。

佑太はいつかと同じように、カレーライスとそばのセットを注文した。お盆を持ってふり返ると、中央のテーブルで佐伯教授が外科の教授と二人で昼食をとっていた。佑太は挨拶だけして、窓ぎわのテーブルへ向かった。

ここ半年間、佐伯教授を見かけることはほとんどなかった。循環器病棟や消化器病棟では、さすがにその道専門の教授が回診を行っていたからだ。

佑太はテーブルにつくと、そばとカレーを交互に、なるべくゆっくり食べた。医者になってからというもの、早食いがいかに体によくないか、日々実感していたからである。

佑太が半分ほど食べたころ、佐伯教授は食事を終えたようで、席を立った。流し場に食器を下げた佐伯教授は、連れの教授に「じゃあ」と手を上げると、佑太のテーブルへ向かってきた。

意外な展開に、佑太はあわてて立ち上がり、佐伯教授にもう一度頭を下げた。

「まあまあ、そのままゆっくり食事をつづけて。といっても、味わうほどの昼飯じゃないけどね。まったく、体に悪そうなメニューだねえ」

――なんだ、わかっているならもう少し改善してくれよ。

と思いながら、佑太は着席した。

「どう？　少しは落ち着いてきた？」

「はい。おかげさまで、だいぶ余裕が出てきました」

「それはよかった。この病院もまんざらじゃないだろう？　どうだね紺野君、T大学の医局なんかより、うちの医局に入らないかね」

「えっ、イキヨクですか？」

予想もしていなかった教授の言葉に、佑太はいささか面食らった。

「先日学会でF教授に会ってね、紺野君のことが話題にのぼったのだけれど……」

F教授とは、以前佑太がT大学病院で世話になっていた教授である。言ってみれば、F教授と佐伯教授のおかげで、佑太はこの病院で働くことができたのである。

「F教授は君のことを、べつに欲しがってはいないようだよ」

どのみち医局に属する気などない佑太だが、佐伯教授のこの言葉にはカチンときた。

――そんなこと、わざわざ口に出して言うか？　もしもほんとうに自分の医局に所属してほしいなら、多少はおだてて気分をよくさせるのが筋ってもんだろうが。

「まあ急ぎではないから、ゆっくり考えてくれたまえ。では、いずれまた」

教授はニヤリと笑うと席を立ち、いったん出口まで行きかけた。しかし、何か言い忘れたとみえ、もう一度佑太のテーブルへ戻ってきた。

「そうそう、Sさんの件ですがね……」

S氏のことをすっかり忘れていた佑太は、一瞬ビクッと反応した。教授が自らS氏の件を佑太に話すのは、これがはじめてであった。

「家族が訴訟を起こし、正式に地裁で争われることになりました」

それだけ言うと、佐伯教授はさっと身をひるがえし、そのまま食堂から姿を消した。

佑太は箸《はし》を止めたまま、複雑な心境で教授を見送った。

たとえ訴えられているのが佐伯教授一人だったとしても、S氏の件にはもちろん、佑太もかかわっている。彼が非業の死を遂げたことについては、治療に当たった都倉医師と佑太にもまったく責任がなかったとは言いきれないのである。

教授に非があるのは明らかだったが、それでも佑太は佐伯教授に対し、同情を禁じえないのであった。

しかし……そのいっぽうで、佑太はなんとも言えない後味の悪さを感じていた。それは、佐伯教授と言葉を交わしたあとに決まって残る、あの後味の悪さであった。

——いったいあの人は、何が言いたいのだろう？　どうしてあの人はいつも、会話をしようとしないのだろう？

佑太は釈然としない気分のまま、ひとり食堂の椅子に腰かけていた。

# 第四章　されど……病棟の日々

## 1

三月半ばに季節外れの雪が降ったあとは、うららかな日和が続いていた。病院前の桜並木のつぼみも、日に日に大きく膨らんできた。

この病院へやってきて二度目の春を、佑太は迎えようとしていた。

昨年、消化器病棟で四か月研修したのち、佑太はやはり四か月間、麻酔科で研修した。

手術を行う患者に麻酔をかけて痛みを取り除くことだけが、麻酔科医の仕事ではない。全身麻酔の場合、患者は意識を失い、自分では呼吸ができない状態になる。手術中、麻酔科医は患者の呼吸、血圧、脈拍、その他全身管理を一手に引き受ける。術中患者の命を預かる麻酔科医の仕事は、見た目よりはるかにストレスフルである。

しかし、緊急オペが飛びこんでこないかぎり、麻酔科医の仕事は日中で終わる。患者の主治医となるのは手術中だけだから、夜中に病院に呼び出されることもない。しかも土・日のうち少なくともいっぽうは、しっかり休める（考えてみれば、そんなことは当たり前だが）。ＱＯＬという点において、麻酔科医は病棟で働く医師よりは、多少ゆとりがあるとも言える。

　四か月という研修期間は、気管内挿管等さまざまな手技を習得するにはちょうどよかったが、正直、これ以上長くは働きたくないな、と佑太は思った。大きな問題が二つあったからだ。

　一つは、ゆっくり昼食をとれないことだ。昼までに終わる手術は、めったにない。一日がかりの手術の場合は昼過ぎに休憩時間が与えられるが、この間交替で患者の状態を見守ってくれるのは指導医である。研修医の分際で指導医を待たせ、のんびり昼食を楽しむことなどできやしない。

　だから麻酔科で研修する者は、かき込むようにして昼食を腹の中へおさめ、十五分以内にかけ足でオペ室まで戻ってくる。元来早食いが苦手な佑太は、いつも昼飯がどこへ入っているのかわからないような状態で、オペ室に戻ってもしばらくのあいだ、ゲップをこらえるのに必死だった。

　昼飯しかまともな食事にありつけない独り者の佑太にとって、これはあまりにも悲しい現実であった。

　もう一つの問題は、文献紹介だ。麻酔科医を志願する者は、もともと理論派で学究肌の夕イプが多い。この病院の麻酔科医たちもその例にもれず、毎朝手術前のミーティングで文献紹介をする習わしがあった。何でもいいからおもしろそうな医学文献を見つけてきて（だいたい英語である）、それを要約し、皆の前で発表するのである。

佑太は大学の農学部を一浪一留で卒業し、食料品メーカーで六年ほど働いたのち、三十一歳で医学部に再入学した。「二度も大学にいくなんて、さぞかし勉強が好きなんでしょう」とよく言われるが、じつは佑太は勉強好きではないし、何かの研究に没頭したこともない。医学博士の肩書きをもらうために暗い研究室にこもって実験したり、睡眠時間をけずってこつこつ論文を書きたいなどとは、ハナから思っていない男なのだ。

そんな佑太だから、英語だろうが、日本語だろうが、ムズカシイ文章を読むのは大嫌いである。けれども麻酔科医の数はさほど多くないから、週に一度は有無を言わさず文献紹介の当番が回ってきてしまうのだ。

佑太は、週に一度図書館に足を運んで文献を探すことが、苦痛でならなかった。救いは教授がおおらかな人で、どんな文献を紹介しても「なに？　そいつはおもしろい。ガハハ……」と、それなりに楽しんでくれることだった（しかしながら教授本人は、決して文献を紹介しない）。

そして昨年十二月、佑太は最初の病院と合わせトータル二年半にわたる研修を終了し、一医員として五階北病棟へ戻ってきた。

五階北・内科混合病棟の様子は、一年前とほとんど変わっていなかった。ナースやドクターたちの顔ぶれに多少変化はあったものの、婦長も病棟医長も都倉医師も、あいかわらず元気だった。

この病棟は他と比べ、白血病や進行癌などの重症患者が明らかに多い。重症患者を抱えていれば心が晴れるわけはないが、それでも佑太はこの病棟に戻ってきて、なんとなくホッとしていた。

五階北病棟では、日中検査等に追い回されることもなく、腰をすえてじっくり仕事をすることができた。たぶん、重症感に満ちていながらもそれなりに落ち着いているこの病棟の雰囲気が、佑太には合っていたのだろう。

病棟にいる時間が長ければ、患者や家族と話す機会も多くなる。佑太にとってデイルームで患者たちと過ごすのは、勉強会やカンファレンスに出席するよりも、はるかに楽しい時間であった。

デイルームでの患者や家族たちは、病室にいるときよりリラックスして本音を語り、いろいろと質問もしてくる。あやふやな知識は当然調べなおすし、専門知識をいかにわかりやすく説明するかという点においても、佑太にはよい勉強になった。もちろん、いつも病気の話ばかりしているわけではなく、さまざまな雑談も交わす。

佑太はずいぶん長い時間、デイルームで油を売っていた。患者たちとの会話を仕事の合間の息抜きにしていたし、実際彼らに甘えているところもあった。しかし、そのくらい楽しみがあってもいいだろう、と佑太は思っていた。何よりも患者や家族との関係がうまくいっているのは、佑太にとっても、病院にとっても喜ばしいことである。

佑太は患者たちに受けがよいほうだった。とくに中高年の女性には人気があった。

「来たわよ、ヒデキが」

ときどき女性の大部屋へ入ろうとすると、クスクスいう笑い声と共に、そんなささやきが聞こえてきた。どうやら、西城秀樹に似ているということらしかった。

佑太の髪は、伸び放題だった。なかなか時間がとれず、年に二、三回しか散髪にいけなかったからだ。冷静に見れば、佑太の顔つきは「ヒデキ」に似ても似つかないのだが、肩までかかる長髪と、どこか七十年代を彷彿《ほうふつ》させる佑太の雰囲気が、その年代の女性たちに「ヒデキ」を連想させてしまうようであった（決して「キムタク」ではない）。

だから、大部屋の女性患者たちは「先生、約束よ。退院したらカラオケで、『傷だらけのローラ』を歌ってね」とか「私は『ヤングマン』のほうがいいな」などと、口々に勝手なことを言うのであった。

「うちの嫁が、先生のファンでねえ」

ある年配患者の奥さんには、そんなことも言われた。嫁にファンと言われてもなあ、と佑太は頭をかいた。嫁はあくまで嫁であるし、実際その嫁は、佑太よりもかなり年上だった。

しかし、考えてみればありがたいことだ。嫌われるより好かれるほうがいいに決まっている。

なぜか年上の女性患者に好かれる佑太だが、反対に若いナースたちには、からきし人気がなかった。嫌われているわけではないが、なんというか、対象外という感じであった。

「先生、女の人になんか興味なさそう」

二十代前半のナースにそんなことを言われ、佑太は年甲斐もなくムッとした。

――このおれが、ゲイに見えるというのか？　こう見えても昔はずいぶん遊んだし、けっこう経験豊富なんだぞ。

一回り以上も年が離れ、しかも仕事中ずっと無愛想で冗談の一つも言わない自分に、若いナースがへだたりを感じてしまうのは、しかたがないことだろう――そうとわかってはいても、ときどき「ああ、なんでおれはこんなにモテないのかなあ」と、ため息をつく佑太であった。

　ある土曜日、佑太は病院へ向かう途中で、今日がエイプリル・フールであることに気がついた。その日患者たちは皆、小康状態にあった。午前中で仕事を終えた佑太は、日勤のナースたちに向かって、めずらしく自分から話しかけた。

「今日はこれから、見合いなんだ」

　ナースたちが、こちらをふり向いた。

「へえー、先生、お見合いするんだ！」

「お相手は、いったいどんな人ですか？」

　彼女たちが反応してくれたので、佑太は少しうれしくなった。

「まあね、まだ会ってないから何も言えないよ」

　佑太は、ニタニタ笑いながら答えた。すると彼女たちの会話が、にわかに活気づいた。

「年は、いくつくらいかな？」

「やっぱり同年代の人のほうが、気が合うんじゃない？」

「いや、わからないわよ。意外と私たちより若かったりして」

　佑太はナースたちの反応に満足し、「じゃ、また明日ね」と、ご機嫌で病棟を後にした。

　しかし、頑固者の佑太がいまさら見合いなどするはずもない。実際は、冬のあいだ伸び放題に伸びて、さすがにうっとうしくなった髪をカットしにいっただけである。

日曜日、佑太はずいぶんすっきりした頭になって、病棟へ向かった。昨日のナースたちも日勤で働いていた。佑太は、彼女たちが昨日の結果を聞いてくることを、ひそかに期待していた。しかし、期待は見事に裏切られた。

「あら先生、髪の毛切っちゃったの？」

病棟に姿を見せるなり、廊下を歩いていた女性患者が散髪にいった佑太をめざとく発見し、「ヒデキが髪を切った」というニュースは、またたく間に女性の大部屋に広まった。二、三人で連れ立って、わざわざナースステーションまで佑太の髪型を確認しにやってくる患者もいた。

しかし……ナースたちは、まったく反応してくれない。だれひとり「昨日はどうでした？」と話しかけてこないし、自分が見合いをしたという噂が広まっている気配も、みじんも感じられない。次の日も、また次の日も、ナースたちは何も話しかけてこなかった。

佑太の見合いなど、ナースたちにとっては所詮《しょせん》、取るに足らない話題であったのだ。彼女たちの頭の中で、佑太の話は一瞬のうちに忘れ去られてしまったか、せいぜい「あの先生、またお見合いに失敗したのね」と思われたのが落ちだろう。

佑太はひとり「あーあ」とため息をついた。

## 2

五階北病棟の教授回診は、あいかわらず佐伯教授が担当していた。週に一度だけ、水曜の午後三時きっかりに、教授は病棟に姿を現した。

この教授回診が無意味であることは、ドクターだけでなく、ナースたちも周知のとおりである。

「来た、来た。便所コオロギが」

佐伯教授がやってくるたびに、主任ナースはそう言って、ペロリと舌を出した。

この主任さんは少々口が悪いが、冗談のセンスはピカ一で、いつも周りのスタッフを笑わせてくれる。シビアな雰囲気の漂う五階北病棟にあっては、とても貴重な存在なのだ。ドクターたちにあだ名をつけるのもお手のもので、教授に「便所コオロギ」とはよく言ったもんだ、と佑太も思わずうなってしまった。

それでもやはり、主任は大人である。いざ回診が始まれば、涼しい顔をして佐伯教授について回り、意識のない患者の胸を出したり、聴診器を拭《ふ》くためのアルコール綿をさしだしたりして、形だけの教授の診察を介助するのであった。

いっぽう佑太は、なんやかんやと理由をつけ、ときどき回診をサボるようになった。佐伯教授は佑太に、とくに何も言ってこなかった。

ある日の午後のこと、病棟で働いていた佑太のポケットベルが鳴った。なんだ、また当直の交替願いか、と思いながらコールバックすると、電話に出たのは佐伯教授だった。

「ああ、紺野君。どう、今晩飲みにいかない？　ほかにも何人か、若い先生を誘っているんだ」

自分は若くはなかったが、研修医や若いドクターを集めて飲み会をするということだろう、と佑太は察した。佐伯教授が若いドクターのために飲み会を企画するなんて、思ってもみなかったことである。教授は部下の面倒見がよいタイプには、ぜんぜん見えなかったからだ。

佑太は少々面食らったが、べつに断る理由もないので「はい、出席します」と答えた。

七時きっかりに仕事を終え、正面玄関前のタクシー乗り場へ行ってみると、そこで待っていたのは、山賀と有田という二人の若いドクターだった。二人ともとくに親しいわけではなかったが、五階北病棟で一緒に研修していたことがあるから、顔見知りである。

二人の顔を見て、佑太は瞬時にこの飲み会の趣旨を理解した。教授の意向は、あまりに単純かつあからさまだったので、佑太は逆に意表を突かれた思いであった。

　二人の共通点は、T大医学部出身ということである。佑太はT大の卒業生ではないが、医者としてスタートを切ったのはやはり、T大学病院の内科病棟だった。

　――あれだけ悪口を言っておきながら、やっぱり教授はT大のことが好きなのだ。結局は、自分の出身大学が一番ということか……。もう少し反骨精神のある人と思っていたが、佐伯教授って、けっこう俗っぽい人間なんだな。

　佑太は心中ひそかに思った。そして同時に、佐伯教授のT大学病院に対する屈折した思いを再認識するのであった。

　教授が連れていってくれたのは、繁華街から少し離れた住宅街の中にある、一見ふつうの家のように見える小料理屋だった。

「先生、お待ちしておりました。あら、今日は若い先生がたもご一緒で。さあ、どうぞこちらへ」

　おかみさんが愛想よく、四人を奥の席へ案内してくれた。

「ぼくの行きつけの店なんだ。どうだい、なかなかいい雰囲気だろう？」

　佐伯教授は座敷へ上がり、小さな囲炉裏《いろり》のある席に腰をおろした。たしかに悪くない店である。惜しむらくは、メンバーがむさ苦しい男ばかり四人ということか。

囲炉裏をかこんで腰かけた三人の顔を見て、佑太はあらためて不思議な気持ちになった。ここにいる三人は、十代でT大医学部に合格した男たちである。二度までも大学受験を経験した佑太は、それがどんなに特別なことか、よく知っている。

——言わずと知れたことだが、T大医学部は日本中のすべての大学、学部の中で最難関だ。偏差値ランキングでも、三十年以上のあいだ、一度もトップの座を譲ったことがない。T大医学部の入学試験を突破するのは、全国津々浦々から集まった、もっとも頭脳明晰な九十名と言ってもいいだろう。現実問題として、物理や数学が天才的にできないと、絶対に合格は無理なのだ。

こと大学受験に関してはかなり優秀だった佑太にとっても、現役や一浪でT大医学部に合格するなどということは、想像を絶する世界であった。断言してもよいが、彼らはまちがってもフツーの人間ではない。

しかし実際は、医学部に入ってしまえば、物理や数学を勉強する機会はほとんどない。じつは医学部というは、理系の中でもっとも文系に近い学部なのである。医者になってからの日々の仕事においても、文章力や会話力は必要とされるものの、物理や数学はまったくお呼びでない。量子力学の法則に従って薬が選択されたり、微分方程式を解いて治療法が決定されたら、患者だってたまったものではないだろう。

そもそも医者になるために、天才的な頭脳など必要ないのである。努力家で体力があり、性格のやさしい人間であれば、そこそこの頭で十分だろう。

それなのに、全国でもっとも頭の良い青年たちが医学部を目指してしまうというのは、一種の悲劇である。彼らにとっては、天賦《てんぷ》の才能を発揮する機会がないのは宝の持ちぐされだし、日本の社会全体にとっても、それは憂慮すべき頭脳の流出だろう。物理や数学が天才的にできる人たちは医学部などに行くべきではない、と佑太はまじめに思うのである……。

三人の男たちの会話はしかし、決して研ぎ澄まされたものでも、理屈っぽいものでも、教養に満ちあふれたものでもなかった。かつては神童であったかもしれないが、天才的な頭もトレーニングされなければ、フツーの頭に落ち着いてしまうということか？

有田はとにかく、よくしゃべった。遠慮を知らないこの男は、佐伯教授にもため口で研修体制への不平不満をまくしたてた。教授もさすがに苦笑いしていたが、これほどズケズケと言ってくれれば、いちいち腹を立てるのもバカらしくなってしまうだろう。

有田がずっとしゃべって場をしきってくれるので、佑太はときどき合いの手を入れる程度ですんで、ラクチンであった。

対照的に山賀は、とことん無口だった。有田の饒舌《じょうぜつ》さにあきれかえっているのかもしれないが、もともと無口で、よけいなことをしゃべる男ではないのだろう。教授に「君はどう思う？」と意見を求められても、言葉少なに、さしさわりのない答えをするばかりだった。天才的に勉強ができる人たちにもいろいろなタイプがいるもんだなあ、と佑太は感心して二人を眺めた。

佐伯教授と有田は、仕事の話ばかりではなく、趣味の話でも盛り上がっていた。

「先生、ポルシェは最高ですよ。無理をしてでも手に入れてよかったなあ」

「なに？　研修医の分際でポルシェだと？」

「研修医の分際と言われても、これはボクの主義ですからね。絶対にゆずれませんよ」

「まったく、生意気だねえ。私なんかいまだに、クラウンのマジェスタだっていうのに」

車にはてんで興味がない佑太だが、それがかなりの高級車であることくらいは、見当がついた。『マジェスタ』というネーミングからして、いかにもちょっとしたお偉方がふんぞりかえって、自慢気に乗り回していそうな感じがする。

ポルシェだかマジェスタだか知らないが、佑太には車のエンジンの性能やメンテナンスの話はちんぷんかんぷんで、何ひとつわからなかった。しかし、どうひいき目に見ても二人には、そんな高級車が似つかわしくないことだけはたしかだった。

有田はポルシェについての蘊蓄《うんちく》をひとしきりまくしたてると、トイレへ立った。

「やれやれ、よくしゃべる男だなあ」

と、佐伯教授が苦笑いした。

「あんなにしゃべって、疲れませんかねえ」

佐太が相づちを打つと、教授は急に声を低くして話しかけてきた。

「紺野君、Sさんの件は、どうやら少し長びきそうだよ」

「そうですか……」

佑太は、S氏の家族に訴えられた教授を気の毒と思いつつも、何も言葉が出てこなかった。状況を訊ねる気にもなれなかった。事件を知らないはずの山賀も無言のままで、いったい何の話かと、二人に訊いてこない。しばらく沈黙が続いたところへ、有田が戻ってきた。

「どうしたんですか。お通夜みたいにシーンと静まりかえっちゃって」

「いや、医者というのはなかなか大変な仕事だね、と話していたんだよ」

佐伯教授が笑って答えた。

「それにしても、先生」

有田は腰をおろすと、今度は佑太に向かって話しかけてきた。

「先生っていう人は、ほんとうに度胸がありますねえ」

「えっ、ぼくに度胸があるって？」

佑太は文句は多いが、元来気が弱く、肝《きも》がすわっていない男である。声も小さいし、人前に出るとすぐに緊張してしまう。佑太は有田が何を言わんとしているのか、さっぱりわからなかった。

「だって先生は、いつも文献紹介をサボっていたでしょう？　朝のカンファレンスだって、ときどき顔を見せなかったし」

先月まで五階北病棟で研修していた有田は、病棟における佑太の素行を知っていた。たしかに佑太はこのごろ、文献紹介や勉強会をサボりがちであった。デイルームで患者たちと話しているほうが、ずっと楽しいからである。いまさら教授の前で体裁を繕おうとは思わなかったが、いきなり痛いところをつかれ、佑太は返す言葉がなかった。

佑太が黙っていると、有田はさらに続けた。

「いやあー、勉強会を堂々とサボるなんて、先生はすごい。とてもボクにはまねできませんよ」

いささかデリカシーに欠ける有田だが、嫌みを言うような男ではない。有田は佑太のとった大胆な行動に、ただひたすら感心しているのであった。

——この男なら、どんなことだって平気でやってしまえそうだが……。ヘンなことに感心する奴だな。

と、佑太は思った。佑太の仏頂面に気づいたか、有田はすぐに話題を変えた。

「それにしても先生、ボクはいままでずっと、研究畑でやってきた人間ですけど……」

有田は医学部を卒業して七年間、基礎研究に従事してきた男だ。しかし訳あって臨床医に転身しようと思い立ち、昨年からこの病院で研修医として働きはじめたのである。

「医療に限界があるなんてことは、もちろんわかっていたつもりですよ。だけどねえ……医者がこんなに無力なものとは、思ってもみなかった。病棟で働いていると毎日、そのことを痛感しますよ。ねえ先生、そう思いませんか？」

五階北病棟は、悪性腫瘍や白血病など、重症疾病の患者が多い。どんなに治療をしても治らない患者も多いし、当然、治療の甲斐なく亡くなっていく患者も後を絶たない。

「たしかに、ぼくたちは無力だね」

佑太はうなずいた。

「いくら一生懸命にやっても、結局は亡くなっちゃう患者さんばかりですよね。なんだか臨床っていうのも、報われない仕事だなあ。先生はあの病棟で、けっこう長く働いているんでしょう？　嫌になったりしませんか？」

「そりゃあ、たまに空《むな》しくなることもあるけど……」

「そう、有田君の言うとおりだ」

佐伯教授が突然、二人の会話に割って入った。

「まったくもって、われわれは無力だよ。患者の病気は、じつは医者が治しているんじゃない。治る人は自然に治るし、治らない人はどんなに手をつくしても治らない。たいした治療もしてないのに勝手に治った患者に感謝され、どんなに手を尽くそうが亡くなった患者の家族には恨まれる。医者とはそういうもんさ」

佐伯教授は、悟りきったような表情で語りはじめた。

佑太は教授の言葉に、強い反感を覚えた。

——そのとおりだ。二年半も病棟で働けば、そんなことはわかりすぎるくらいわかってしまうさ。でもだからこそ、どうしても助からない患者がいるからこそ、医者という存在が必要なんじゃないか？　患者の痛みや家族の苦しみを、ほんの少しでも和らげるために。

「病気が治るか治らないかは、患者の自然治癒力しだいだね。紺野君もわかるだろう？　Sさんの件にしたって、ああなる運命だったとしか言いようがないんだ」

佐伯教授が、佑太のほうを向いて言った。

「…………」

佑太は教授の言葉に同意する気になれず、心の中でこんなことを考えていた。

——なるほど、どんな治療をしたところで、S氏は最終的には同じ運命をたどったかもしれない。しかし、教授がS氏の話に耳を傾けていれば、S氏の胸にちゃんと聴診器を当てていれば、少なくとも残された家族に、これほどのわだかまりは残らなかったはずだ。教授はそのことを、わかっているのだろうか……。

「そう、すべては運命なのだよ。君たちもいまにわかるだろう。医者は患者の運命を変えることなど、できやしないのさ」

佐伯教授は三人に向かって、諭すような口調で言った。

――ちがう！　佐伯教授、あなたはまちがっている。あなたに「S氏が亡くなったのは運命だ」などと言える資格は、金輪際ありはしないのだ。

佑太の心の声は、そう叫んでいた。

「それにしても、あの教授回診っていうのは、なんとかなりませんかねえ」

教授の言葉にいちおう納得したのか、それとも場の重苦しい雰囲気を変えようと思ったのか、有田がまた話題を変えた。

「いったいぜんたい、ありゃあ何かの役に立ってるんですか？　はっきり言って、時間のムダ遣いでしょう。患者は喜んでなんかいないし、われわれ研修医だっていい迷惑ですよ」

佑太は、ここまではっきりものを言える男もめずらしいと感心し、有田を眺めた。

「ハハ、時間のムダ遣いか」

佐伯教授は苦笑した。

「そのとおりかもしれん。私は長くアメリカの病院で働いていたが、たしかに日本の教授回診に当たるものはなかったな。それぞれの専門チームが数名で回診することはあるが、少なくともドクターたちが行列して病棟内を回るようなことはない」

「そうでしょう。どう見たって、ありゃあおかしいですよ」

佑太もそうであるが、有田のようにほかの職場で働いた経験がある者は、医者たちの姿や大学病院の慣習をある程度、客観的な目で眺める。しかし、大学病院の研修医として社会人のスタートを切った者は、その環境がいかに異常であっても、おかしいと感じなくなってしまうらしい。

「私だってわかっているよ、教授回診が儀式化していることくらい……。そうだな、私もただ漫然とやっていないで、もう一度、教授回診のあり方を考えてみるとするか。最近、回診に参加しないドクターもいるようだし」

佐伯教授はニヤリと笑って、佑太のほうを見た。

佑太は教授の笑いを、別段気にとめなかった。それよりも、教授がカチカチの石頭ではなく、若いドクターの声に耳を傾けられる一面もあることを知り、多少は救われた気がした。このつまらぬ飲み会に参加したことも、まったくムダではなかったわけだ。

佑太は、教授がこれからいったい何を変えるのだろうと、ほのかな期待を寄せるのであった。

しかし……翌日、医局の掲示板に貼り出された教授の「お触れ書き」を見て、佑太は唖然《あぜん》とした。そこには、こんなことが書かれていた。

【研修医および医員諸君に告ぐ】

最近、漫然と教授回診に参加している研修医および医員が目につく。非常に残念なことであるが、中にはこの大切な回診を欠席するという不謹慎な者まで出現している。

教授回診は、ただ参加すればよいというものではない。病棟で働く医師は回診時、各々の受け持ち患者につき、詳細な情報を上司に伝える義務がある。ふだんの病棟における勤務態度が、回診時にはおのずと伝わるものである。

教授回診は、諸君の仕事に対する姿勢と熱意、および医師としての資質が評価される場であるということを、決して忘れないように。教授回診をなおざりにする者は、当然のことながら将来、病院においてまともなポジションにつくことはできないだろう。

心して教授回診に参加するよう、賢明なる諸君に忠告する。

佑太は開いた口がふさがらなかった。そしてこのときはっきりと、佐伯教授の真意を理解したのである。

教授の頭の中にあるのは、たった一つのこと——自分が病院の頂点に立ち、すべての医師を自分の思いどおりに動かすということだ。言いかえれば、ドクターたちを自分の子分にすること、あるいは彼らをマインドコントロールすることである。

いくら教授とはいえ、それはあまりに傲慢《ごうまん》な態度であった。

そしてもっと致命的なことに、教授の言葉には、患者のためによりよい病院を目指そうという気持ちは、ひとかけらも感じられなかった。患者に満足してもらえるよう、教授回診を改革していこうなどとは、教授はハナから考えていなかったのである。

——教授回診を一番なおざりにしているのは、ほかでもない佐伯教授、あなた自身じゃないか。形だけ回診をやっているあんたに、患者の気持ちがわかるものか！　週に一度しか病棟に来ない男に、ふだんのおれの勤務態度がわかってたまるか！

掲示板を前にして、佑太は怒りで体が震えた。そしてこんな教授の下で働いていることが、心底情けなくなった。

この日から、佑太が佐伯教授の回診に参加することは、二度となかった。

# 3

午前二時の医局はシーンと静まりかえっていたが、煌々《こうこう》と明かりがともっていた。部屋の奥まったところに並ぶ机の一角で、無精ヒゲをはやした男がノートパソコンにかじりつき、一心不乱にキーボードをたたきつづけていた。

やがて男は打ちこみを終えると、マールボロのパッケージに手を伸ばした。ドクター瀬戸はいまようやく、長年の目標であった学位論文を書き終えたのだ。

肺臓のすみずみまでゆきわたるよう深く吸いこんだ煙を、満足そうに「ふーっ」と吐き出すと、瀬戸はしばし目をつぶり、今日に至るまでの苦節の日々を思い起こした。

しかし、感慨にひたりながらも、瀬戸は晴れ晴れした気分にはなれなかった。心のどこかに、もやもやしたものがくすぶっていたのである。

――わかっている、あの男のせいさ。

瀬戸がこの職場へやってきてから、五年の歳月が流れていた。思えば、あっという間の五年間であった。瀬戸は医学部卒業後、一般病院で七年間、内科医として経験を積んだのち、この大学病院の消化器科に入局した。

午前中は外来で、胃や大腸の内視鏡検査に追いまくられ、午後は病棟で、入院患者の診療に当たった。後輩たちの指導もあり、半端でなく忙しい日々であった。しかし、目標に向かってがむしゃらに働いた結果、瀬戸は消化器科専門医の資格を得て、内視鏡検査室においてもリーダー的存在となった。そしてついにいま、自分は学位を修得し、医学博士にならんとしているのだ。

日々の仕事や待遇に関して多少の不満はあったが、瀬戸は基本的には、自分を消化器科専門医に育て上げてくれたこの病院に感謝していた。そして、病院でのポジションを与えてくれた佐伯教授に対しても。

けれどもこの数か月、瀬戸は仕事上の悩みを抱えていた。今春、消化器科の教授に着任した阿久津教授と、どうにも馬が合わなかったのだ。T大学病院の助教授であった阿久津氏は、佐伯教授の推薦により、この病院の教授に抜擢されたのである。

阿久津教授は部下をこき使ったりしないし、自分たちに無理難題をぶつけてくるわけでもない。それどころか、かなり自由に仕事をさせてくれる。瀬戸も自分のために使える時間が増えたおかげで、こうやって学位論文を書き上げることができたのだ。

わが事だけを考え、波風立てずに日々のデューティーを無難にこなしていくには、阿久津教授はむしろ、好都合な上司と言ってもよかった。

しかし、消化器科の専任教授でありながら、めったに病棟に姿を見せない阿久津教授の姿勢に、瀬戸はしだいに不満をつのらせていった。教授は自室にこもり、論文や医学専門書の原稿ばかり書いているようである。頑固者で理不尽なことが許せないたちの瀬戸は、教授の入院患者に対するいいかげんな態度を、ほうっておくことができなかった。

教授回診に先立って行われるドクターたちのプレゼンテーションに、阿久津教授はいちいち文句をつけてきた。ふだん病棟に姿を見せない教授にかぎって、ここぞとばかり細かいことまでグチグチ言ってくるものなのだ。しかし、いくらグチグチ言ったところで、難病に苦しむ患者の治療法が解決するわけではない。

「君、この患者を膵臓癌《すいぞうがん》と診断する根拠は？」

「確定診断がついたわけではありませんが、患者さんの臨床症状と、血液検査でアミラーゼと腫瘍マーカーが上昇していることから、まちがいないと思います」

「医学は科学だよ。しっかりしたエビデンス（証拠）なしに、推測でものを言ってはいかんじゃないか」

阿久津教授は二言目には「エビデンス」と言った。患者の診断には、科学的なエビデンスが必要不可欠というわけだ。

「エビデンスを得るために、血管造影検査とＥＲＣＰ*を、ただちに施行すべきではないかね？」

教授の突っこみに対し、研修医が口ごもってしまうと、瀬戸はすかさず手を上げた。

「先生、この患者さんの状況をごぞんじですか？　背中の激痛で寝返りさえうてない患者に、そのような侵襲的《しんしゅうてき》な検査を施行しろ、とおっしゃるのですか？」

「どうしても検査が無理だと言うなら、この患者のケースに似た症例報告の文献を探してくるべきだろう」

「先生はエビデンス、エビデンスとおっしゃいますけど、そもそも文献が正しいというエビデンスは、いったいどこにあるのですか？」

瀬戸はさらに食い下がった。

「君も理屈っぽい人間だな。いずれにしても、なんのエビデンスもなしに診断をつけるのは、医者としてあるまじき態度だろう。とにかく早急に文献を探しだすことだ。わかったかね」

阿久津教授は瀬戸の主張を却下し、研修医に次の新入院患者のプレゼンテーションをするよう促した。瀬戸はプレゼンテーションのあいだずっと口をとがらせ、「納得できない」、「なにがエビデンスだ」と、ぶつぶつ言っていた。

そんな具合で、プレゼンテーションのたびに瀬戸と阿久津教授は衝突し、激しいバトルをくり返した。教授は瀬戸の存在をけむたがり、しだいに瀬戸の発言を無視するようになっていった。

瀬戸は煙草の火をもみ消すと、帰り支度を始めた。そしてなんともやるせない思いで、深くため息をつくのであった。

――あーあ。長年にわたる苦労の結集であるこの論文も、結局、阿久津教授に審査されるというわけか。

学位論文を提出した翌週、瀬戸は佐伯教授に呼び出された。

今春から副病院長に就任していた佐伯教授は、いまや内科部門においてナンバーワンのポジションにあり、他の内科系教授たちを総括する立場にあった。

瀬戸が教授室の扉をノックすると、佐伯教授は皮肉っぽい笑いを浮かべながら扉を開けた。

「よう、ひさしぶりだね。変人君」

教授はかねてから、瀬戸を「変人」と呼んでいた。

瀬戸はたしかに意固地で容易に人の言うことを聞かぬ男だが、変人と呼ばれるほど変わり者ではない。いちいち組織のやり方に反発する大学病院の医師らしからぬ彼の言動が、教授には少々理解しかねる――ただそれだけのことであった。

瀬戸は、佐伯教授は親しみを込めて自分のことを「変人」と呼んでいるのだ、と解釈していた。ひねくれ者の教授が、すなおに親愛の情を示す人間ではないことくらい、瀬戸はわかっていたのである。実際この五年間、なんだかんだ言って二人の関係はうまくいっていた。

瀬戸は、佐伯教授と話す機会があるたびに、臆することなく自分たちの待遇の不満や、病棟の体制に対する意見を述べた。いっぽう教授も「君みたいに文句の多い男は、はじめてだよ」と言いながら、若手のドクターの考えを把握するうえで、瀬戸の発言を大いに参考にしていた。

例によって、佐伯教授は瀬戸に茶をすすめた。教授がいれてくれる茶はいつも、一種独特の香りをはなっている。どうやら、何かの葉を仕入れてきて、自分で煎じているらしい。教授室に入るたびに、なんだかドクダミ茶みたいな匂いがするな、と瀬戸は思うのであった。……もっともドクダミ茶なんて、飲んだことはなかったが。

瀬戸と向き合って腰かけると、佐伯教授が口を開いた。

「君が提出した学位論文の申請書類に、ざっと目を通させてもらったよ」

「ありがとうございます」

「論文の内容はさておき、いったいなんだね、あの字は」

「字とおっしゃいますと？」

瀬戸は、教授が何を言わんとしているのかわからず、きょとんとして訊いた。

「君の書いた字だよ。ありゃあまるで、小学生の字じゃないか」

　もちろん、論文自体はパソコンで打ち出されているが、申請書類だけは手書きである。たしかに瀬戸は達筆ではないが、自分の書く文字が汚いとか幼稚だなんて、考えたこともなかった。それどころか、自分の字は読みやすく、ナースから「先生、カルテの字が読めません」と一度も言われたことがないのを、ひそかに自慢に思っていたくらいである（ほとんど判読不能な汚い字でカルテを書くドクターは、けっこういるものなのだ）。

「君ねえ、学位論文というのは医師にとって、神聖なものなんだよ」

「はあ……」

「神聖なる学位論文の申請書類を、あんないいかげんな字で書けるとは。いくら変人といえ、君はいったいどういう神経をしとるのかね。私はあきれて声も出なかったよ」

「神聖」という言葉に、瀬戸は何かしっくりこないものを感じていた。

　長年にわたる苦労の末に完成させたこの学位論文は、言うまでもなく自分にとって、とてもいとおしく貴重な宝物である。しかしだからといって「神聖」なるものでは、決してない。しかも、教授がケチをつけているのは論文本体ではなく、その申請書類である。

　なるほど、すぐれた論文を世に提示することによって現在の地位に昇りつめた佐伯教授にとって、医師の権威の象徴たる論文は、何よりも大切な「神聖」なものであるにちがいない。

しかし、自分は一人の臨床医であり、学位論文よりも大切なものは、ほかにいくらだってある。

たかが論文を「神聖」などという言葉で形容してたまるか、と瀬戸は思った。

「もう一度心して、書きなおしてきなさい」

そう言って佐伯教授は、学位論文の申請書類を瀬戸に突き返した。

瀬戸は「まいったなあ」と思いながらも、すなおに自分の書いた書類を受けとった。ここで教授に逆らったら、これまでの苦労が水の泡だ。とにかく学位をもらうまでは、教授の言葉に従う以外にないのである。

「ところで、変人君」

反論を待ち構えていた佐伯教授だが、めずらしく瀬戸が何も言ってこないので、話題を変えた。

「消化器病棟では、最近うまくいっているのかね」

「うまくいっている、とおっしゃいますと？」

「このところ君と阿久津教授の関係が、どうもしっくりいっていないようだ、という噂を耳にしたものだからね」

噂なものか、と瀬戸は思った——阿久津教授から直接おれの話を聞いたに決まっているさ。

「消化器科の責任者として、もう少し病棟に姿を見せてほしい、と言っているだけです」

瀬戸は、はっきり答えた。遠回しにものを言うのは、性に合わないのだ。

「君の言うことは、わからないでもない。しかしねえ変人君、だからといって、いちいち阿久津教授に文句をつけることはないんじゃないかな」

「文句をつけてくるのは、阿久津教授のほうですよ。ぼくは教授に、文句を言う前に病棟に来てほしい、と言っているだけです」

「やれやれ。君はいったい、いくつになったのかね」

「いくつって……年齢のことですか？　三十七になりますが、それがどうかしました？」

「君は字だけじゃなく、頭の中まで幼稚なんだねえ」

瀬戸はさすがに、ムッとした。

「もう少し大人になったらどうだい。私にだって、阿久津教授にだって、山ほど仕事があるんだ。たとえば病院をよりよくするために、予算や優秀な人物を確保しなくちゃならないしね。君にはまだわからんだろうが、政治的な仕事はとても大切なんだよ」

「もちろん、先生がたが忙しいのはわかります。でも……先生はほんとうに、この病院の環境をよりよくしていこう、と考えているのですか？」

優秀な人物の一人が阿久津教授というわけか、と思いながら瀬戸は訊いた。

「もちろんだとも。阿久津教授のおかげで君だって毎日、快適に仕事ができているだろう？」

「まあ、さしあたっていまの状況に不満はありませんけれど」

「お互い快適に仕事ができていれば、それでいいじゃないか。教授には教授の仕事があり、君には君の仕事がある。病棟は、君たちがしっかり守ってくれたまえ」

「それはわかります。しかし、もう少し入院患者や若いドクターのことを考えてくれてもよさそうなものですが……」

「なにごとにつけても熱くなりすぎるのは、君の悪いクセだ。まるで、ひと昔前のドラマに出てきた熱血漢先生じゃないか。いまどきそんなのは、ぜんぜんはやらんだろうが。そんなに正義心に燃えていたら、若い人たちにも煙たがられるぞ」

「べつに正義心なんか、持っちゃいませんけど……」

　そう言いながら、瀬戸は自分の鼻息が荒くなっていることに気がついた。

「互いに干渉しすぎず、与えられた仕事をきっちりこなしていくのが、大人というものだ。とにかく、これ以上文句を言わないで、自分の仕事に集中することだね」

「……わかりました。これからは阿久津教授のことは、あまり気にしすぎないようにします」

瀬戸はサエない表情のまま、それでも教授の言葉にいちおう納得してみせた。

「君のために言っているんだ。よろしく頼むよ」

そう言うと、教授はいつもと同じ笑いを浮かべ、書類が山と積まれている自分のデスクへ戻っていった。

しかし、持って生まれた瀬戸の頑固な性格が、そう簡単に変わるはずはない。瀬戸はとりあえず佐伯教授の忠告に従ったが、その後も阿久津教授との関係が改善することはなかった。

## 4

昨年、佑太が消化器病棟での研修を終えたのちも、佑太と瀬戸の交流は続いていた。

ふだん別々の病棟で働いている二人が、病院内で顔を合わすことはめったにない。それでもたまに院内の廊下ですれちがったりすると、自然と「今夜飲みにいかない？」、「来週末、テニスをしませんか？」という話になるのであった。

瀬戸と佑太はなぜか馬が合ったが、とくべつ仲がよかったわけではない。まちがっても親友などと呼べる間柄ではなく、二人はむしろ、悪友と言ってもよかった。病院でのストレスフルな仕事のウサを晴らすために、お互い相棒が必要だったというわけだ。

瀬戸と佑太はコテツを仲間に引きずりこみ、「交流会」と称して月に一度は合コンを企てた。

医者というのは、なかなかどうして悲しい職業である。ちょっと飲みにいってもすぐに携帯が鳴り病院に呼び戻されるし、週末の一泊旅行もままならない。病院で働く医者は、社会と交わる時間をほとんど持てず、同僚以外の仲間と交友関係を持つのも難しい、というのが現状なのだ。医者が世間知らずになってしまうのは、ある程度しかたがないことかもしれない。

当然佑太たち三人も、合コンの相手を見つけるための人脈などない。そこで、瀬戸とコテツは病院内のパソコンを使ってホームページを立ち上げ、合コン相手を募集することにした(パソコン嫌いの佑太は、そのページを開いたことがなかったが)。

しかし……ホームページの効果は絶大だった。瀬戸とコテツが言葉巧みに女性たちの好奇心をくすぐるのか、世の中にはもの好きな女性が多いのか、あやしい三人組の呼びかけに応じてくる女性たちは後を絶たなかった。さすがの佑太も「パソコンの威力ってのは、たいしたもんだなあ」と、認めざるをえなかった。

合コンは、こちらの都合で土曜の夜に、二駅ほど離れた今風のこぎれいな居酒屋で催されたが、そこでの三人のコンビネーションは、なかなかのものだった。

突貫小僧コテツが「よろしくお願いしまっす！」と元気よく挨拶し、「どや、どや」といやがおうでも場を盛り上げる。そこへ瀬戸が間髪をいれず、おやじギャグをポンポンくり出し、得意のエッチ話をたたみかける。佑太はひょうひょうとあくまでマイペースで、気が向いたときだけボソッと、とぼけた発言をする。

相手の女性たちは「ほんとうにお医者さんなの？　信じらんなーい！」と言いながらも、たいていは風変わりな三人組に興味を持ち、おもしろがってくれた。しかし考えてみると、それはとんでもなく不誠実で、ほとんどサギみたいな合コンだった。

コテツはまだ二十代だが、とうの昔に学生結婚しており、すでに三人の子持ちである。瀬戸には現在進行形の恋人がいて、彼女と同棲していた。もちろん二人はその事実を、相手の女性たちに伏せていた。三人組の目的は日常からの脱出であり、その場を楽しく過ごすこと。そしてあわよくば、居合わせた女性とオイタをすることであった。

しかし、フタを開けてみると、おいしい思いをするのはいつも瀬戸とコテツで、佑太はことごとく貧乏くじを引きつづけた。どうして唯一独身で恋人もいない自分がいちばんモテないのかと腑《ふ》に落ちない佑太だったが、現実とはかくも厳しいものである。

瀬戸はそんな佑太を気遣い、相手の女性に頼みこんで、佑太のデートをセッティングしてもらった。

「どうでした？　A子さんとのデートはうまくいった？」

瀬戸は佑太を院内の喫茶室へ誘うと、さっそく成果を訊ねた。

「たぶんもう、会わないでしょう。『先生の話って、ムズカシすぎてわかんなーい』だってさ」

「おかしいなあ、先生は女性患者にあんなに人気があるのに……。ほら、このあいだだって売店のおばちゃんに、一人だけおまけのチョコレートをもらっていたじゃない」

瀬戸は首をひねりながら言った。

「だけどさ、適齢期の女性には、からきし人気がないんだ」

佑太は苦笑いした。

「ダメだよ、しかつめらしい顔をしていたら。年ごろの女性にはもっとサービスしなくちゃ」

「そう言われても、ぼくはジョークの一つも言えないし……」

「そうだ、いいことを思いついた」

コーヒーカップを手にしたまましばし考えこんでいた瀬戸が、興奮気味の声を発した。

「テニスをしよう！」

「女性たちと？」

「じつを言うとね、ぼくは前々から感じていたんだ。紺野先生は無口だし、何を考えているのかわかりにくい人だけど、テニスのラリーをしているときだけは心が通じ合うって。なんというか、ボールに乗って先生の気持ちが伝わってくるんだな」

「……そうですかね」

「いっそのこと、テニス合宿をやろう。先生はコーチになって、女性陣をやさしく教えるんだ」

　というわけで、三人組は病棟での激務の合間をぬい、女性たちを誘って軽井沢への一泊旅行を企てた。テニスコーチの任務をさずかった佑太は、がぜん張りきった。

　テニスは初心者という女性陣のため、ラケットを三本用意し、練習用ボールを四ダース買いこみ、宿やテニスコートまで手配した。そして、病棟医長をおがみ倒し、やっとの思いで一日だけ休暇をもらった。瀬戸もコテツも、奥さんや彼女にバレないよう、慎重に準備を進めた。

　しかし……佑太はどこまでも間の悪い男である。周到に計画されたテニス合宿は、季節外れの台風の襲来で、あえなくおじゃんになってしまったのだ。

「長野の山奥の病院へ、当直のアルバイトに行ってくる」と宣言した手前、コテツと瀬戸はこの夜、家に帰るわけにはいかなかった。今晩、このあたりにいるはずがない三人は、翌日まで佑太のうす汚いアパートにこもっている以外にしかたがなかった。

三人組は同僚に見つからぬよう、わざわざ遠方のスーパーまで出かけて酒とつまみを買いこみ、そのまま佑太のアパートになだれこんだ。キッチンのわきに積まれた旅行バッグとスーパーの買い物カゴに詰まったテニスボールを眺めながら、佑太は思わずため息をついた。

「なにをため息ついてんの、紺野先生。今夜は景気よくやりましょう」

と言いながらも、コテツの声には、いつものような張りがなかった。

「まあたしかに、だれかの部屋に集まって飲み明かすなんて、学生時代以来だよな」

佑太の紙コップにビールを注ぎながら、瀬戸がつぶやいた。

「じゃあ今夜はとことん、語り明かしますか」

佑太は力なく笑った。

三人はカラ元気を出して乾杯し、男三人のわびしい飲み会が始まった。風と雨は、夜が更けるにつれ強くなっていった。

夜中にコテツの携帯が鳴った。台風は長野方面へ向かっているという情報だから、奥さんが心配して電話をかけてきたのだ。

「もしもし、ああ、うんうん。おれはいま病院の当直室におるけど、そっちはどや？　こっちは雨も風もすごいで。な、聞こえるやろ？」

そう言いながら、コテツはベランダへ通じるサッシをちょこっと開け、携帯電話のマイクを外へ向けた。しかし実際は、佑太のアパートとコテツの住む職員住宅は、百メートルと離れていなかったのである。

ビュービュー吹きつける風と、激しくたたきつける雨の音をバックミュージックに、三人はなかばヤケになって朝まで酒を飲みつづけた。

＊ＥＲＣＰ(内視鏡的逆行性胆管膵管造影法)＝内視鏡および造影剤を用いて胆管や膵管をＸ線で撮影する検査。胆嚢、胆道、膵臓の疾病を診断することができる。

# 第五章　佑太の挫折

## 1

二〇〇〇年という新しい時代の幕開けを、佑太は病院の当直室で迎えた。熱発や腹痛等、比較的軽症な患者十名程度と、意識不明の重症患者二名……。いつもとなんら変わることのない、当直の夜だった。心配されていたコンピューターのシステム障害も起こらなかった。

佑太はなんの感慨もなく、新年を迎えた。病院で除夜の鐘を聞くのも三年連続となれば、無理からぬ話だろう。正月は実家に帰って母とのんびり過ごしたいというささやかな願望も、とうについえていた。

それにしても、当直はつくづく恐ろしい。救急車で運ばれてくるのは見ず知らずの患者ばかりだし、一人一人とゆっくり話をする余裕もない。もちろん、はじめから意識不明の患者だっている。そんな状況において、もしも患者の疾病を見逃したり、誤診してしまったらどうなるか？

——答えは明白、医療ミスで訴えられるまでだ。

即断即決を迫られる当直の場において「患者とのコミュニケーションを大切にしよう」なんて悠長なことは言っていられない。ミスを犯してしまったら、弁解の余地なく即刻アウトだ……。そんなことを考えだすと怖くてたまらず、いますぐ当直室からトンズラしたくなってしまう。

いっこうに当直に慣れることができない佑太は、今宵も救急車のサイレン音におびえながら、当直室と救急処置室を行ったり来たりするのであった。

ようやく、長い夜が明けた。心身共に疲れきった佑太は、ショボショボの目をこすりながら屋上へ出た。そして、夢遊病者のようによろよろと、東側のフェンスへ向かっていった。

昇りゆく太陽に佑太が願をかけたのは、たった一つのことだった。

——今年も医療ミスを犯すことなく、無事に一年過ごせますように。

その後、瀬戸の提出した学位論文は教授会の審査で正式に認められ、瀬戸は晴れて医学博士の学位を授かった。

佐伯教授に釘を刺されてからというもの、瀬戸は回診前のプレゼンテーションで阿久津教授にたてつくことはしなくなった。しかし、瀬戸と阿久津教授の関係が以前よりさらに悪化しているのは明らかだった。二人は互いの存在を無視し合い、言葉を交わすことも一切なかった。

いくら学位論文を通してくれた恩義があるとはいえ、瀬戸はその性格上、尊敬できぬ上司に従うことはできなかったのだ。

しかしこの時点で、瀬戸はとくべつ危機感を抱いてはいなかった。消化器病棟におけるリーダー的存在で、後輩たちの面倒を見ている自分が、消化器科のメンバーから外されることはありえない、と踏んでいたからである。

瀬戸は、佐伯教授に言われたとおり淡々と、消化器病棟での日々の仕事に従事した。

いっぽう佑太は、年末年始の当直で患者にうつされた風邪をこじらせ、年が明けてから三か月間ずっと、咳が抜けなかった。

ついに結核でももらってしまったかと、佑太は自分の胸のX線写真を撮ってみたが、とくに異常な影は見つからなかった。しかし、体内に相当量の疲労が蓄積していることはたしかであった。

佑太の疲労に拍車をかけたのは、先月T大学病院からやってきた（阿久津教授同様、たぶん佐伯教授の口利きだろう）、大場助教授の存在だった。アメリカに留学して、総合診療の勉強をしてきたという大場助教授は、佑太が働く五階北病棟の担当となった。

　総合診療の助教授というからには、専門分野にこだわらない幅広いスタンスで、実践的な診察や治療のノウハウを伝授してくれるのかと思った佑太だが、これがまったくの期待外れであった。助教授はふだん病棟に顔を見せず、入院患者の日々の診療にかかわることはなかったのだ。

　しかしよくよく考えてみれば、患者の診察や一般的な疾病の治療のノウハウを身に付けるために、わざわざアメリカで勉強してくる必要なんてありはしないのだ。臨床の実際のノウハウに関しては、一般病院や診療所で日々患者を診つづけてきた医者のほうが、研究や論文の提出に忙しい大学病院のお偉方より、はるかによく知っているにちがいない。

　大場助教授が、がぜんその存在感を示すのは、彼が主催する木曜日のモーニング・カンファレンスにおいてであった。

　助教授はカンファレンスの場で、日本語の使用を一切禁じた。すなわち、入院患者のプレゼンテーションをすべて英語で行うよう、ドクターに強制したのだ。研修医のみならず中堅のドクターたちも、この英語でのプレゼンテーションに四苦八苦であった。

　モーニング・カンファレンスは、ナースステーションのわきにあるシャウカステンの前で行われた。当然、ドクターたちが助教授を前にして発表する姿はナースの目にさらされ、そのたどたどしい英語も彼女たちに筒抜けである。

日々エラソーな顔をしたドクターに理不尽なことを言われ、ストレスがたまりまくっているナースたちにとって、このプレゼンテーションはちょっと物珍しい光景であった。実際、週に一度のこの行事をひそかに楽しみにしているナースも、少なからず存在した。

彼女たちは素知らぬ顔をしながらも、しどろもどろに発表を続けるドクターをしっかり観察していた。そして休憩室に戻るなり、顔を見合わせて大笑いし、ここぞとばかり日ごろのうっぷんを晴らすのであった。

「なーんだ、ドクターたちの英語って、ぜんぜんたいしたことないのね。まるで、ＹＭＣＡの初心者教室みたい」

「田中先生ったら、意外と度胸ないわねえ。あたしたちにはいつもいばり散らしているくせに、助教授の前では、あんなに小さくなっちゃってさ」

中には、ドクターに同情するナースもいた。

「でも、ちょっとかわいそうじゃない？　先生たち、なんだかとっても苦しそう」

実際、このプレゼンテーションのおかげでドクターにかかる負担は、けっこうなものだった。とくに研修医にとっては、前日の教授回診から連続のストレスフルなプレゼンテーションである。二日間ほとんど徹夜で準備を強《し》いられた結果、木曜の朝には、彼らの顔はどす黒く見えた。

佑太も最初はこのプレゼンテーションに参加したが、すぐに嫌気がさしてしまった。たしかに英語の勉強にはなったが、入院患者を実際に診療することに熱心ではない大場助教授から、臨床的にほとんど学ぶものがないと感じたからだ。

翌週、ひねくれ者の佑太はさっそく、このモーニング・カンファレンスをさぼった。デイルームで患者たちと朝の連続ドラマを見ていると、患者のFさんが話しかけてきた。

「なにやらナースステーションで、ものものしい会議が始まったようですよ。紺野先生、出席しなくてもいいんですか？」

「ありがとうございます。でも、いいんですあの会議は……出席しなくても」

するとFさんは、こんなことを言った。

「いいねえ、先生は自由人で。先生を見ていると、うらやましくなりますよ」

Fさんは、さる一流企業の重役まで昇りつめたエリートだが、定年を間近に控えたある日突然、病に倒れてしまった。佑太は二か月前の緊急入院時から、Fさんを担当している。Fさんは悪性の病に侵されており、現在は治療が効いて小康状態にあるが、病が完治したわけではない。

「私はね、若いころからずっと会社のために、がむしゃらに働いてきた。ある意味、自分の生活を犠牲にしてでも出世することが、私の生き甲斐だったのかもしれませんがね……。でも、病院のベッドで横になっていると、つくづく思うんですよ。『おれはいったい、なんのためにがんばってきたのだろう』ってね」

返す言葉が見つからず、佑太は黙ってFさんの話を聞いた。

「だから、入院して先生の働く姿を見ていて、私は正直うらやましくなったんです。先生は教授回診にも参加しないし、今朝みたいにときどき会議もサボっている。いつも自分のやりたいように行動している」

「……すみません、身勝手な人間で」

「いや、いや、批判するつもりで言ったんじゃないです。ちゃんとわかっていますよ、先生が信念をお持ちだってことくらいはね」

「信念なんてたいそうなもんじゃありませんが、まあ、こだわりはあります」

「だから、私はできませんでしたけど、先生は圧力に屈しないでご自分の生き方を貫いてほしいんです。どうぞ、私の分まで自由に生きてください……。ただ、一つだけ」

「一つだけ？」

「あんまり意固地になっちゃあ、いけません。いくら患者との関係がうまくいっていても、仕事仲間と対立してしまったら、やりたいこともやれなくなってしまうでしょうが」

「ぼくはそんなに、意固地に見えますか？」

思わず、佑太はFさんに訊いた。

「ええ、少しばかりね。もちろん、患者を第一に考えるのは大切だけど、同僚たちともそこそこ仲よくやっていかなければ」

「どうも昔から、協調性に欠けるもので」

「そんなに肩肘張らないで、適当にやっていけばいいんですよ」

「適当に、ですか？」

「そうそう、先生はある意味、まじめすぎるんだなあ。回診にしろ会議にしろ、たとえ自分の思い通りのものでなくても、目をつぶって適当に流せばいいんです」

「はあ」

「ときにはそういうことだって、必要でしょう？」

そこへ、病棟医長がやってきた。カンファレンスに出席するよう促され、佑太はしぶしぶ席を立った。佑太を送り出すように、Fさんが目配せした。

カンファレンスの輪に加わると、大場助教授はじろりと佑太をにらんだ。

異様にピリピリした雰囲気の中、プレゼンテーションに立つ研修医たちは皆、萎縮しきっている。その姿を見ているうちに、佑太はだんだん腹立たしくなってきた。

　自分の番になるころには、Ｆさんのせっかくの忠告もすっかり忘れてしまっていた。佑太はふてくされ気味に立ち上がると、いきなり日本語でプレゼンテーションを始めた。

「えー、まずは悪性リンパ腫、第三病期、〇〇さんの病状ですが」

「No. Speak in English」

　助教授はすぐさまプレゼンテーションを止めようとしたが、かまわず佑太は発表を続けた。

「抗癌剤による治療の第二段階が終わり、現在、副作用の骨髄抑制により、白血球数は５００まで減少していますが、全身状態は極めて良好です」

　佑太はわざと、日本語だけを使ってプレゼンテーションした。専門用語だからといって、安易に英語を交えてしゃべるのは、もともと好きでないのである。医学用語にだって、すべて日本語があるのだ。

「Can't you hear me?　You must speak in English!」

　大場助教授のドスの利いた声が、ナースステーションに響きわたり、ナースたちも思わずふり向いた。

　しかし、佑太はなおも日本語をしゃべりつづけた。心の中で、こんな不満をぶちまけながら。

――だれがなんと言おうと、ここは日本なのだ。ここにいるのは全員日本人だし、現在この病棟には英語が母国語の患者など、一人も入院しちゃいない。いったいだれのために、英語で話せと言うんだ？　英会話教室じゃあるまいし、ちゃんちゃらおかしいぜ。

「もういい。ルールが守れない者は、このカンファレンスに参加する資格はない」

ついに助教授が、日本語をしゃべった。病棟医長もドクターたちも、無言だった。佑太もまた無言のまま、デイルームに戻っていった。

――あんたはほんとうに、患者に興味があるのか？　英語だろうが日本語だろうが、入院患者を診察して適切な治療のアドバイスをすることが、あんたの仕事だろう。いたずらにわれわれの負担ばかり増やして、研修医にとっても患者にとっても大切な診療の時間を奪っているのが、あんたにはわからないのか？

朝のドラマを見ながら、佑太は無性に腹が立ってきた。

「まあまあ先生、ひとつどうぞ」

いつの間にかとなりに座っていたFさんが、イチゴの入ったタッパウエアを佑太にさしだした。

「あっ、どうもすみません。では、お言葉にあまえていただきます」

口をとがらせてブツブツ言っていた自分に気づき、佑太は赤面した。

佑太が大粒のイチゴを一つつまみ、口の中にほうりこむと、Fさんは満足そうに笑って言った。

「まあ、先生たちにもいろいろとおありでしょうが、そんなにカリカリしちゃあいけません。体にさわりますからね」

## 2

早いもので佑太がこの病院へやってきてから、三年の月日がたとうとしていた。

ひと夏じゅう、佑太の体調はすぐれなかった。春まで続いていた咳はさすがにおさまったが、体が妙に重く、だるいのだ。一度当直をすると、一週間は疲れがとれなかった。一週間後にはもう次の当直がやってくるから、結局ずっと疲れっぱなしというわけだ。

夏バテをしたことがないのが自慢だったが、気がつけば、自分も四十代に突入していた。もうりっぱな中年である。認めたくはなかったが、若いころのように無理がきかなくなった体は、少々ガタがきているようである。

佑太はあいかわらず教授回診にも、助教授のモーニング・カンファレンスにも参加せず、マイペースを貫いていた。しかし不思議なもので、自由気ままに行動すればするほど、逆にストレスがたまっていった。

Ｆさんは、その後いったん退院したが、病気の進行は予想以上に速く、三週間後に再入院となった。それからも苦しい闘病生活が続いたが、Ｆさんは決して泣き言を言わなかった。佑太も常にＦさんとコンタクトをとり、できるかぎり希望に沿った治療を行うよう努めた。そしてある夏の夜、Ｆさんは家族に看取られながら、その六十年の生涯を閉じた。

ときどき、あの朝Ｆさんがデイルームでかけてくれた言葉を思い出し、意固地な自分を反省する佑太だったが、さりとてそれを実践するのは難しかった。ベッドサイドやデイルームで患者との会話を大切にすればするほど、仲間たちとの溝は深まっていくようだった。やはりここは大学病院であり、ドクターたちは診療以外にもそれぞれ、研究や論文書きの仕事を抱えているのだ。そして、それは彼らにとって診療同様、あるいはそれ以上に大切な仕事なのである。

佑太の自分勝手な言動に対してとやかく言ってくる者は、もはや一人もいなかった。同僚から話しかけられることもほとんどなくなり、佑太は病棟で疎外感を持つようになった。自分では無理をしているつもりはなくても、皆と同じ行動をとらないというのは案外疲れるものである。

理想と現実のギャップを目の当たりにし、佑太はしだいに心の余裕をなくし、ナースたちにもつっけんどんな態度をとるようになっていった。

　毎朝出勤すると、ナースステーションのボードに、ドクターたちへの伝言メモが貼りつけてある。夜勤のナースが自分宛に書いてくれたメモの一枚一枚に、佑太はいちいち文句をつけた。

「きのう伝えたばかりじゃないか、いったい何を聞いているんだ？」、「患者の主食を三分粥《がゆ》から五分粥に変更するくらい、自分でやったらいいだろう」、「おいおい、かんべんしてくれよ。そんな簡単なこともわからないのか」……。

　コンピューターの前に座っていても「先生、大丈夫？　なんだかいつもブツブツ言ってますよ」と、しばしばナースに指摘された。どうやら無意識のうちに、独り言を言っているらしい。

　放射線技師といちいち電話でやり合うのにも、ほとほと嫌気がさしていた。

「すみませんが、腹部の緊急CTをお願いします」

「本日CTは混み合っていますから、これ以上オーダーは受けられません」

「頼みますよ。患者の容態が急変したんです」

「先生たちはすぐに『緊急』って言うけど、ほんとうに緊急性はあるんですか？」

　――やっかいな奴だな。必要もないのに、だれが好き好んで緊急検査など依頼するものか。

「とにかくいますぐ検査をして、今日じゅうに対策を考えないと、患者さんが危険なのです」

「今日はもういっぱいです。明日にしてください」

「そこをなんとか、お願いします」

なんでおれが頭を下げなきゃならないんだと思いながらも、佑太は下手に出た。

「先生たちは、いつでもオーダーできると思っているかもしれないけど、こっちにだって予定があるんです」

――そんなこと百も承知だ。けれどもここは病院だ。患者はいつ急変するかしれないし、予定どおり事が運ばないことくらい、あんただってわかっているだろう。どうしてそんなに意地が悪いんだ？　緊急検査を入れたところで、あんたの帰宅時間が三十分ほど遅れるだけじゃないか。

意地悪な人間は、まちがっても病院で働いてはいけないと、佑太はつくづく思うのであった。

しかしありがたいことに、患者たちとの関係だけはうまくいっていた。いまや佑太の唯一の息抜きは、患者や家族たちと雑談を交わすことであった。デイルームで彼らと過ごす時間だけは、ホッと心が落ち着き、嫌なことを忘れることができた。

──これじゃあまるで、自分のほうが患者に助けられているみたいじゃないか。われながら情けない医者だよな。

しかし、そのデイルームでも最近、不愉快なことが起こった。デイルームの窓から見渡す南西の方角に、アリーナだかドームだか知らないが、なにやら不気味な建造物がそびえ立ったのだ。

おかげで、せっかくきれいに見えていた富士山の姿が、その巨大な建造物にさえぎられてしまったのだ。デイルームの窓から富士山を見ようとするたびに、不自然きわまりない悪趣味な建物が目に入り、佑太は腹立たしくてしようがなかった。

私生活においても何ひとつ、おもしろいことはなかった。消化器病棟に研修に来ていたコテツが郷里の兵庫の病院に帰ってしまったため、瀬戸と三人での合コンも途絶えたし、新しい出会いもとんとなかった。

夜、精も根も尽きはてて病院から帰宅し、郵便受けをのぞいてみても、たいてい空っぽだった。たまに「おっ、何か入っている」と取り出しても、寿司やピザのデリバリー広告か、電気代やガス代の請求書ばかりである。自分だって医者になってから一枚も手紙を書いていないのだから、だれからも便りが来ないのは当然のことだったが……。

なんのうるおいもない毎日のくり返しで、佑太は徐々にやる気をなくしていった。

3

その夜は近郊の公園で、この夏最後の花火大会が催されていた。

佑太は帰りがけに、Nさんの個室に寄った。Nさんは五十代の女性で、白血病を発症して半年あまり、三回目の抗癌剤治療による骨髄抑制からようやく回復したところであった。

窓ぎわに腰かけて花火を眺めているNさんに、佑太は話しかけた。東向きのこの部屋は、花火を鑑賞するには絶好のロケーションである。

「きれいですね」

「ええ、ほんとうに」

「でも、残念ですね。あと二週間早く治療が終わっていれば、ご自宅でゆっくり見られたのに」

「あら、そんなことないわ。ここのほうが断然眺めがいいもの。こんなに見事な花火が見られるなんて、たまには病気をするのも悪くないわね」

「そうですか」

「それより先生こそ、患者の病室で花火なんか見ていちゃダメじゃない。今夜くらい早く帰って、彼女と楽しみなさいな」

「いやあ……アパートに帰っても、待っている人はいませんから」

「先生、ほんとうに奥さんも彼女もいないの？」

「ええ、ここ三年ほど」

「もったいないわねえ。もう十五歳若かったら、私が立候補したのに」

「ありがとうございます」

頭をかきながら、佑太は言った。

「でも、どうもぼくは、年ごろの女性にモテないみたいで……」

するとNさんは急に強い語調になった。

「なにを情けないことを言っているの、先生！　人生は短いのよ。男だったら、自分から女性にアタックしなさい。あなたにだって好きな人くらい、いるでしょう？」

「あっ、はい。います」

Nさんの迫力に押され、佑太は思わずそう答えた。

「あら……つい熱くなっちゃって、ごめんなさい。でも先生を見ていると、なんかもどかしくなっちゃうのよね」

「いいえ、いいですよ」

「だけど、自分でモテないなんて決めつけちゃダメ。先生は自分の殻の中に閉じこもっているだけよ。もし好きな人がいるのなら、本気でアタックしなさいな。先生なら、きっとうまくいく」

「そうだといいですけど……。あっ、忘れていた。給食の件を伝えにきたんだった。明日から無菌食から普通食へ変わりますので。生ものはまだ当分ダメですけど」

「それは楽しみだわね」

「では、おやすみなさい」

「おやすみなさい。がんばってね、先生」

Nさんを励ますためにやってきたのに、またあべこべになってしまったな、と佑太は思った。

アパートに帰った佑太は、電話を前にしてしばらく腕組みをしていた。外ではまだポン、ポンと、花火が鳴っている。

佑太はついに意を決し、受話器を上げた。しかし……直美の電話番号を半分までプッシュしたところで、また受話器を下ろしてしまった。

——病院で直美を見送ったあの朝から、すでに三年近い月日が流れてしまった。冷静に考えれば、電話が通じる可能性は高くないだろう。

その後も何度か受話器を上げた佑太だが、どうしても最後まで番号を押すことができなかった。三十分以上迷ったあげく、佑太はついに電話の前を離れた。

「今年の夏も、終わったな」

そうつぶやき、佑太はごろんとベッドに横たわった。花火の音はもう、聞こえなかった。

# 4

夏も終わりに近いある日、瀬戸はほぼ一年ぶりに佐伯教授に呼び出された。

「この時期に、いったいなんだろう?」と、瀬戸はいぶかった。

佑太とちがい、瀬戸は教授回診やカンファレンスには必ず参加していたし、病棟の仕事もきっちりこなしていた。教授から注意を受けるような理由は、どこにも見当たらなかった。

教授室に入ると、佐伯氏の机にはあいかわらず、山と書類が積まれていた。しかし、その整然とした書類の積まれ方は、どことなく不自然な印象を与えた――どうしようもなく忙しくて書類を整理する暇がないといった感じではなく、どこか計算された積まれ方なのである。

瀬戸はその書類の山を見るたびに、教授がそれを眺めて自己満足にひたっているような、あるいは己の忙しさを誇示しているような、そんなわざとらしさを感じてしまうのであった。

瀬戸が着席するなり、佐伯教授は単刀直入に用件を切りだした。

「瀬戸先生、来月から五階北病棟で働いてくれないか」

「えっ？」

瀬戸はしばし、絶句した。

あいかわらず冷戦状態が続いている阿久津教授とは、瀬戸はこの一年、ほとんど言葉を交わしていない。しかし、二人のあいだにとくに波風が立つような事件は起きていなかった。瀬戸と阿久津教授は暗黙の了解で、互いに干渉し合うことなく、それぞれの仕事に従事してきた。ある意味、二人の関係はうまくいっていたのである。それなのに、どうしていま自分の異動話が持ち上がるのか、瀬戸はまったく理解できなかった。

「阿久津教授の意向ですか？」

瀬戸はストレートに訊いた。

「いいや、阿久津教授はこの件に関しては、ノータッチだ。じつはいま五階北病棟は、人手が足りなくて困っているのだよ。君のような経験豊富な医者が、どうしても必要なんだ」

「しかし……ずいぶん急な話ですね」

予想だにしなかった事態に、瀬戸は落胆の色を隠すことができなかった。

「もっとも一年後には、また消化器病棟へ戻ってもらうつもりだよ。君には消化器科専門医として、後輩の指導にあたってほしいからね」

「そうですか……」

瀬戸は冷静になろうと努めた。

――自分のような中堅医師が異動を命じられるのは、医者の世界でもままあることだ。考えてみれば、この六年ずっと消化器病棟に居座っていたことが、めずらしいくらいだろう。

「五階北病棟で白血病や肺癌の患者を受け持つことは、君にとってもよい勉強になるだろう。医師としての幅も、大いに広がるんじゃないかね」

視線を落としてじっと考えこんでいる瀬戸に、佐伯教授はもっともらしい言葉をかけた。

この異動話に阿久津教授がまったくからんでいないとは、瀬戸はどうしても考えられなかった。自分以外にも異動の対象となるドクターは、何人もいたからである。

しかし瀬戸は「一年たてば、また消化器病棟へ戻れる」という佐伯教授の言葉を、信じることにした。信じるしかなかった。

「内視鏡検査室での仕事は、いままでどおり続けられるのでしょうね」

念のため、瀬戸は教授に訊ねた。

「もちろんだとも。君がいなければ、検査室だって困るだろうからね」

「そうですか……わかりました」

瀬戸は、異動を承諾した。なんだかんだ言って、瀬戸は佐伯教授を信頼していたのである。長い目で見れば自分に不利になるようなことを、教授が押しつけてくるわけがない、と。

「では、来月からよろしく頼むよ、変人君」

佐伯教授は瀬戸の肩をたたき、ニヤリと笑った。

瀬戸は複雑な面持ちで、教授室を後にした。病棟へ通じる廊下を、やや肩を落とし気味に歩きながら、瀬戸はこんなふうに自分に言い聞かせるのだった。

――考えてみれば、そんなに悪い話じゃない。異動は大変だけれど、たしかに自分にとっていい勉強になるだろう。それに五階北病棟には、佑太がいるじゃないか。また合コンを復活させて、楽しくやっていこう。

しかし……瀬戸のもくろみは外れた。時を同じくして佑太にもまた、異動話が持ち上がったのである。

佑太が持ちかけられたのは、病院内の異動ではなく、他病院への異動だった。病棟医長から「山梨の関連病院へ、一年間出向してくれ」と、頼まれたのだ。

佑太は大場助教授との折り合いがよくなかったし（というよりも、話をしたこともなかった）他のドクターともうまくいっているとは言いがたかった。しかし佑太は、助教授に嫌われたために山梨の病院へ飛ばされることになったわけではない。大学病院で研修した者が関連病院へ出向するのは、一つの約束事であり、佑太にもそのお鉢が回ってきたのである。

関連病院への出向を断るドクターなど、だれ一人いない。それは大学病院とのつながりを自ら絶つことを意味し、そんなことをしたらこの先、名のある病院で働けなくなるからだ。

しかし、佑太は一週間考えた末に、この話を断った。理由は二つあった。

一つ目の理由は、疲労の蓄積である。佑太は肉体的にも精神的にも、疲れきっていた。一年前だったら、話を断ることはなかっただろう。けれども、これから一か月以内に見ず知らずの土地へ引っ越し、新しい病院で一からやり直す気力と体力は、いまの佑太には残されていなかった。

二つ目の理由は、意欲の欠如である。一年間の出向義務を果たして戻ってくれば、その後のポジションもある程度、確約されるだろう。しかし、将来的にずっとこの病院で働きたいという意欲を、佑太はどうしても持つことができなかった。

その原因はたぶん、佐伯教授にあった。佑太は、教授という地位にありながら何らかのコンプレックスを持ち、ひねくれたところのある佐伯氏を、むしろおもしろい人物と感じていた。そして現在、医療過誤で訴えられていることを、気の毒にも思っていた。

しかし、佐伯教授が医師として尊敬に値しない人物であることは、佑太にとってすでに覆しようのない、決定的な事実となっていた。

佑太が働いているのは研究所ではなく、病院である。医師として尊敬できず、人間的なあたたかみの感じられないボスの下で働きつづけるのは、苦痛以外の何ものでもないだろう。そして、佐伯教授が君臨しているかぎり、この病院がよい方向へ進んでいくとは、佑太にはとうてい考えられないのであった。

とにかく何か月か静養し、気力を充実させてからゆっくり職場を探そう、と佑太は思った。新たな職場を見つけられる保証は、どこにもなかったが。

5

秋の気配が深まるにつれ、佑太がこの病院で過ごす日々も残り少なくなってきた。

佑太は病棟医長に頼んで、九月末日の退職予定日を二週間だけ延ばしてもらった。そして、十月から自分には新患を入れないようにしてもらい、二週間で自分の受け持ち患者をすべて退院、あるいは一時退院させることにした。それは、受け持った患者を最後まで見とどけたいという、佑太のこだわりであり、わがままであった。

十月一日に瀬戸が五階北病棟へやってきた。皮肉なことに佑太が抜けた穴を、瀬戸が埋めることになったのだ。もっともそれは、阿久津教授や大場助教授によって仕組まれた、予定どおりの人事異動だったかもしれないが……。

夕方になってようやく仕事が一段落つくと、瀬戸は佑太を院内の喫茶室へ誘った。

注文をすますなり、瀬戸は切りだした。

「紺野先生、どうしても山梨の病院へ行かないつもり？」

「ええ」

佑太は迷わず、答えた。

「意地を張らないで、行ってきたらどう？　きっと、いい気分転換になると思うよ」

「べつに、意地を張っているわけじゃない」

せっかく自分のことを気にかけてくれる瀬戸に申しわけないと思いながらも、佑太はつっけんどんに答えた。

「そんなこと言わないで、行ってこいよ。戻ってきたらまた、一緒に働こうじゃないか」

「いや、とにかくいったん辞めます」

どうしても首を縦に振ろうとしない佑太に、瀬戸はさらに説得を続けた。

「一年なんて、あっという間だよ。戻ってきたら、テニスも合コンもいっぱいやろう」

「でももう、決めたんです」

そう言ったきり、佑太は黙りこくった。瀬戸も、これ以上佑太に何を言ってもムダと悟った。

しばらくのあいだ沈黙が続いたが、やがて瀬戸が口を開いた。

「紺野先生、嫌なことから逃げ出すんですか？」

「……そうかもしれません」

「先生はもっと、ねばり強い人かと思っていましたよ」

「いいや、ねばり強くなんかないです」

「そうだね。ぼくの買いかぶりだったようだ。まったく、先生には失望したよ」

そう言うと瀬戸は、運ばれてきたアイスコーヒーに手をつけることなく、五百円玉をテーブルの上にたたきつけ、喫茶室を出ていった。

佑太はため息をついて、瀬戸のうしろ姿を見送った。

その後二週間、毎日顔を合わせながら、瀬戸は佑太に、ひと言も話しかけてこなかった。

佑太の受け持ち患者は一人、また一人と退院していった。

病院での勤務最終日、一人残っていた患者がついに病院を去っていくと、佑太は安堵のため息をついた。そして同時に、ふっと寂しい気持ちに襲われた。

——今度病院に復帰するのは、いつのことになるのだろう？

そう思いながら、佑太は残り少なくなっていた荷物をまとめた。そして、居合わせたドクターとナースに挨拶し、五階北病棟を後にした。すでに患者たちとの別れはすませていたから、センチメンタルな気分になることはなかった。

瀬戸は最後まで、佑太と顔を合わせようとはしなかった。

# 第六章　それぞれの道

## 1

アパートにたどり着き、郵便受けをのぞこうとしたら、二階から電話の呼び出し音が聞こえてきた。佑太は猛然と階段をかけ上がり、奥の角部屋へ向かってダッシュした。

「もしもし！」

大あわてで玄関の鍵を開けた佑太は、靴を履いたまま部屋に飛びこみ、カバンをほうり投げて受話器をとった。

「もしもし、紺野さんのお宅ですか？」

聞き覚えのある男の声だ。

「はい……紺野です」

仕事から帰ってきたばかりの佑太は、息をはずませながら答えた。

「〇〇出版社編集部の加藤です。先日は社までご足労いただき、ありがとうございました」

「こちらこそ、お忙しいのに話を聞いてくださって、ありがとうございました」

「さっそく、お預かりした原稿を拝読しましたが……」

落ち着きつつあった心臓が、ふたたび早鐘を打ちはじめた。

「正直言って、私はがっかりしました」

佑太の期待は、一気にしぼんでいった。がっかりしたのは、こっちのほうである。

「現状では、出版は不可能です」

「そうですか……」

佑太は力なく答えた。持ちこみ原稿の出版を断られたのは、これで七社目である。

「ただし……大幅に書き替えれば、可能性はあるかもしれません」

「どんなふうに、ですか？」

「こんな淡々とした書き方をしていたら、『大学病院の裏側』というせっかくの興味深いテーマが台なしです。もっとストレートでインパクトの強いものにしなければ、読者には伝わりません。正面切って大学病院にメスを入れるか、いっそのこと暴露本にしてしまうか……」

「そうでしょうか？」

またか、と思いながら佑太は答えた。不思議なことに編集者たちは皆、判で押したように同じことを言ってくるのである。

「さもなければ、医療訴訟の話をメインに持ってくるとか」

　やれやれ、と佑太は思った。この編集者とは朝まで話し合っても、接点が見つからないだろう。

「昨今、大病院で起こった不祥事や医療訴訟をテーマにした漫画やドラマが大はやりでしょう。世間の人は皆、ああいったものに興味津々なんです」

「お言葉ですが、漫画やドラマのまねをする気はありません。それに私は、医療不信をかき立てるために原稿を書いたのではありません」

　だんだん腹立たしくなってきて、佑太は少し強い口調で言った。すると編集者は、さらに強い口調で言葉を返してきた。

「保証してもいいですけどね、こんな中途半端なものを書いていたら、どこの版元へ持っていってもモノにならないでしょう。私もこの道は長いですから、そのくらいはわかるんです」

　大きなお世話だ、と佑太は思った。

「いいですか、悪いことは言いませんから、もう一度検討してみてください」

「わかりました。とにかく原稿を読んでくださって、ありがとうございました。ご提言については、じっくり考えなおしてみます」

そう言って、佑太は受話器を置いた。

佑太は「ふう」とため息をつくと、玄関に戻って靴を脱いだ。そして上着をハンガーにかけ、ネクタイをはずした。

リビングルームの電気をつけた佑太は、帰りしなデパートの地下で買ってきた総菜のパックをテーブルの上に並べ、冷蔵庫からビールを取り出してきた。

「やれやれ、どうしてみんな同じことばかり言ってくるのだろう？　病院の暴露本なんて、ぼくはちっとも書きたくないのに……」

佑太はブツブツ独り言を言いながらソファーに腰かけ、「緑の三十品目サラダ」と「森のキノコのサラダ」のパッケージを開け、缶ビールのリングを引っぱった。

もともと血圧が高めで、すぐカリカリして頭に血がのぼってしまう佑太は、これ以上血圧が上がらぬよう、食事には人一倍、気を遣っているのである。

## 2

病院を辞めてしばらくのあいだ、ただぼんやり時を過ごして疲れをいやした佑太だが、三か月もブラブラすると、さすがにぼちぼち就職活動を始めようか、と考えはじめた。

ある日、佑太はいつものように夕方の散歩に出かけた。スーパーで買い物をすませ、アパートへ向かって大通りを歩きだしたとき、なんの前触れもなく、ある考えがパッと頭にひらめいた。

——佑太は突然、本を書こうと思い立ったのだ。この四年間、大学病院で経験したさまざまな出来事を一冊の本にまとめ、その摩訶《まか》不思議な世界を一般の人々にも知ってもらおうと考えたのである。

佑太はおそろしく本を読まない。少なくともここ五年は一冊も読んでいないし、大人になってから今日まで読んだ本を合計しても、十冊に満たないだろう。本だけでなく、新聞や雑誌も読もうとしない。いわゆる活字嫌いなのである。そのうえ文章を書くのは、佑太のもっとも苦手とするところだ。葉書一枚書こうと思っても、ああでもない、こうでもない、と迷うばかりでいっこうに筆が進まず、結局まる一日費やしてしまう。

そんな自分がどうして本を書こうなどと思い立ったのか、佑太はわれながら不思議であった。

しかし、いったんパソコンに向かって文章を打ちはじめると、びっくりするくらい次から次へと書きたいことが湧き上がってきた。きっと、今日まで自分の中でたまりにたまっていた不満が、ここぞとばかり一気に噴き出したのだろう。

はじめは気楽にパソコンに向かっていた佑太だが、書き進めるにしたがって集中力が増し、熱がこもっていった。そして原稿を書き上げるころには、「自分の書いたものは、世の人々に読んでもらう価値がある」と思いこむようになっていた。

しかし、いざ完成した原稿を持って出版社を訪問してみると、現実は甘くはなかった。みじめなくらい、佑太は連戦連敗を続けたのである。門前払いを食らうこともしばしばだったし、渡した原稿が勝手に自費出版の部門に回されてしまうこともあった。

考えてみれば、出版社の応対は当たり前であり、佑太のほうが大それたことをしているのであった。作家としても、医者としても、まったく名のない男の本を「はい、そうですか」と、やすやす出版してくれるわけがない。

「このままでは売り物にならない。どうしても出版したいのなら、もっとストレートな大学病院の暴露本にするか、医療訴訟の話などをからめたインパクトの強い本にしなさい」

と、編集者たちは口をそろえたが、佑太は彼らの要望を聞き入れて妥協するつもりはなかった。むろん佑太は、現在の大学病院の体制や医者のあり方に一石を投じたつもりだし、一般の人々にもっと医療に関心を持ってほしいという願いを込めて原稿を書いた。

しかし、そこに描かれているのは、一医師の目がとらえたおかしな病院の姿である。大学病院に赴任したへそ曲がりな新米医師が、時には笑いを交えながらその心情を吐露したものであり、病院やそこで働く医師たちの姿を風刺的に描いた物語であった。そして全体のトーンは、あくまで明るかった。

佐伯教授にまつわる暗い訴訟の話など絶対ネタにするものか、と佑太は思っていたのである。

「作家でもないくせに、思い上がるんじゃない」、「もうちょっと大人になって、現実を見たら？」などと言われれば言われるほど、佑太は意固地になって己のスタイルを貫こうと心に誓うのであった。

しかし……いつまでも悠長に、プー太郎生活を続けているわけにはいかない。

原稿を渡した五社目の出版社から断りの電話をもらった翌日、佑太はようやく就職活動を始めた。しかし時期的なこともあり、医師を募集している総合病院は容易には見つからなかった。そこで佑太はとりあえず、医師の派遣業を行っている会社に登録することにした。

いったん登録をすますと、会社からは思いのほかたくさんの仕事をもらった。仕事のほとんどは、健康診断であった。

健康診断といえども、一日に百人から二百人の受診者を診るので、それなりに忙しかった。けれども、夜間に病院から呼び出されることもなく、常に重症患者を抱えているストレスもなく、気分的には楽であった。時給も病院で働いていたころに比べれば、格段によかった

（アルバイト業のほうが実入りがいいというのも、おかしな話だが）。

まあ、しばらくは派遣の仕事を続けながらのんびり病院を探そう、と佑太は思った。それに、病院勤務では忙しすぎて時間がとれないけれど、健康診断だったら仕事の合間にちょこちょこ原稿を書いたり、出版社を回ったりすることもできるじゃないか。

佑太は本を出版することを、あきらめきれなかったのである。

## 3

十二月の朝もやのなか、裏門から病院へ入っていった瀬戸は、白い息を吐きながら足早に中庭をつっきった。

午前七時二十分。病棟から少し離れた中央診療棟には、人気がなかった。そのひっそりと静まりかえった建物の中でも、もっとも奥まったところにある病理検査室の扉を、瀬戸は開けた。病理部長も、検査技師たちも、まだ出勤していなかった。

瀬戸はカバンを置くと、机の上の書類にざっと目を通しながら一服した。患者に禁煙を指導する立場にありながら、自分自身はいまだに禁煙できないのであった。

やがて「ふうー」と大きく煙を吐き出すと、瀬戸は煙草をもみ消し、ひとり作業部屋に入っていった。そして、作業台や流し台の上に雑然と置かれた本日の検体を、もれのないよう一つ一つ、ていねいに確認していった。

瀬戸は、前日の外科手術において摘出された臓器、および生検によって採取されたポリープや腫瘍の組織標本を作るため、「切り出し」の作業に着手した。

疾病の確定診断をつけるためにはまず、病変部の身体組織を一部、切り取る（これを生検＝バイオプシーという）。皮膚内の腫瘍など体の表面に近いものは、直接メスで切り取るし、肺や胃や大腸内にできたポリープや腫瘍は、内視鏡を使って採取する。腎臓など体表から針を刺して、組織の一部を採取する場合もある。

こうして得られたなまの身体組織に一定の操作を加え、いわゆるプレパラートと呼ばれる顕微鏡用の「組織標本」を作製する。出来上がった組織標本を、病理医が光学および電子顕微鏡を使って詳細に観察し、その結果、ようやく最終的な疾病名が確定する。

一般の人々にはあまり知られていないことだが、悪性腫瘍をはじめとするさまざまな疾病の確定診断は、じつは病理医によってなされているのである。

組織標本の作製は、採取されたなまの身体組織を「切り出す」ことから始まる。一口に身体組織といっても、頭のてっぺんから足の指先まで、ありとあらゆる体の部位から採取された検体である。その形状は種々雑多だし、大きさもピンからキリまである。

――今日の検体は、それほど多くないな。よーし、九時半までにやっつけよう。

真一文字に口を結んだ瀬戸は、作業台に向かって座りこむと、まずプラスチック製の小さな容器を取り上げた。最初の検体は、皮膚内にできた小さな、小さな腫瘍である。

瀬戸はホルマリンにつかった検体を容器から取り出すと、もっとも小型のナイフを手にして、慎重に、なおかつ素早く、腫瘍をスライスしていった。そして、出来上がった四つの切片を、それぞれ別のプラスチック製カセットケースに納め、やはりホルマリンで満たされたフタ付きのガラス容器に入れた。

次に瀬戸は、ステンレスのトレイに載っている乳腺を取り上げた。こちらは前日の手術で摘出されたもので、瀬戸の両手にちょうど収まるくらいの大きさである。

切り出しを行う前に、瀬戸はまず、乳腺の全体像を写真に撮った。病理部長によれば、愛情を持って検体を扱わなければ、決してよい写真は撮れないそうである。

撮影が終わると、瀬戸は乳腺を手に取り、指先でくまなく触診して病変部を探った。腫瘍というのは、たいてい硬いものである。

腫瘍の位置に目星を付けた瀬戸は、今度は大きめのナイフを手に取り、乳腺をスライスしていった。ナイフの刃は一度使うと切れ味が悪くなるため、一つ一つの検体ごとに付け替える。

切り出しをうまく行うコツは、ためらわないことである。

なまの身体組織は、手に取っているあいだにも、どんどん変性していく。空気にさらされている時間が長いと、生きのいい標本ができないのだ。だから、検体を前にして考えこんでしまってはいけない。よい標本を作るためには、一つ一つの検体をどのようにスライスするか瞬時に判断し、なるべく素早く作業を行うことである。

採取された身体組織を損なうことなく、なおかつ病変部がクリアに見える標本を作るため、切り出し作業は慎重に行わなければならないが、かといって、バカていねいに時間をかけてやればいいというものでもないのだ。

瀬戸は、スライスした乳腺の断面に姿を現した径3㎝ほどの腫瘍を確かめると、腫瘍部とその周辺のいくつかの切片をトレイに載せ、ふたたび写真を撮った。

写真を撮り終えると、それらの切片を適当な大きさにカットし、その一つ一つを異なった番号をふったカセットケースに納め、ホルマリンで満たされたガラス容器に入れていった。そして、報告書に組織の簡単なスケッチと、標本番号を記載した。

三つ目の検体は、胃袋だった。こちらは手術を行った外科医がすでに、胃袋をアジの開きのように切り開いており、胃癌と思われる限局した隆起型の腫瘍は、一目瞭然であった。

病変部の組織をスライスするときには、その厚さも重要なポイントである。薄く切りすぎると、いくつもの標本ができて処理に時間がかかりすぎてしまうし、かといって厚すぎると、ホルマリンが組織内部まで十分に浸透してくれず、きちんとした標本ができないのだ。

その後も瀬戸はひとり作業部屋にこもり、次々と検体を取り上げては、黙々と切り出しを行っていった。すべての作業が終わったのは九時半で、ほぼ予定どおりであった。

――うーむ……。われながらうまくいった。この仕事もようやく、板についてきたようだな。

瀬戸は満足そうに笑みを浮かべると、ナイフや容器を片づけ、作業台を拭き、念入りに両手を洗った。そして作業部屋を出ると、すでに出勤していた病理部長と検査技師たちに挨拶をしてから、内視鏡検査室へと向かった。

瀬戸が臨床病理部の門をたたいた日から、すでに四か月がたとうとしていた。

## 4

佑太と入れ替えで五階北・内科混合病棟へやってきて十か月、瀬戸は多少の不満を抱えながらも、日々の仕事をきっちりこなしていた。

瀬戸はこれまでどおり、午前中は内視鏡検査室で働き、午後から病棟へ上がり、入院患者の診療に当たった。週に二度は夕方まで、消化器外来に訪れる患者を診察した。

一日の過ごし方のパターンは、消化器病棟で働いていたころと大差はなかったが、内視鏡検査室や外来の仕事が病棟における診療と直接関係がないため、多少仕事の効率が悪くなり、忙しくなった面もあった。これまでは外来でも病棟でも消化器の患者ばかり診ていたが、いまはありとあらゆる患者を受け持たなければならないのだ。

しかしどんなに忙しくても、瀬戸は佑太とちがい、水曜の教授回診には必ず参加した。日本語使用厳禁の大場助教授のモーニング・カンファレンスにも、かかさず出席した。

もちろん瀬戸とて、教授回診が無意味なことはわかっていた。しかし瀬戸の反骨精神は、佑太とはまったく異なる行動パターンとなって現れた。

回診に参加することは、ある意味、瀬戸の佐伯教授に対するささやかな抵抗でもあったのだ。やることをやっていなければ、教授に文句を言うことも、病院の体制を批判することもできないのである。だから瀬戸は、意地でも教授回診に参加した。

けれども瀬戸は、佐伯教授を嫌っていたわけではない。根本的には教授を信頼しているからこそ、文句の一つも言いたくなるのである。

もう一つ、瀬戸が佑太と正反対の行動パターンをとるのは、担当患者が亡くなったときだった。瀬戸は、亡くなった患者の家族から遺体の病理解剖の承諾を得ることに、とても積極的なドクターであったのだ。

佑太は、悪性腫瘍など亡くなった原因がほぼわかっている死亡患者については、あえて病理解剖を行おうとしなかった。

はっきり言って、苦しい闘病の末に亡くなった身内の解剖を望む家族はほとんどいないし、そもそも亡くなった当の本人に承諾をとっていないのだ。重症患者に向かって「あなたが亡くなったら、ご遺体を解剖してもいいですか？」なんて、訊けるはずもない。

いっぽう瀬戸は、患者の死亡原因をとことん追及するのは、医師として当然の義務であると心得ていた。

たとえ死亡原因が明らかだったとしても、病理解剖を行えば、患者の身体の中で何が起こっていたのか、病魔がどのように身体を蝕《むしば》んでいったのか等々、必ず何か新しい発見があるはずだ。今後の医療に役立ってもらえれば、患者の死は無駄にはならない。解剖を行うことは、亡くなっていった患者に対するせめてもの餞《はなむけ》である、と瀬戸は思っていた。

外来との掛け持ちでせわしない毎日だったが、瀬戸は五階北病棟での日々を順調に消化していった。しかし、教授との約束どおり、あと二か月で消化器病棟へ戻れると思っていた矢先、思いもよらない事態に直面した。

ある日、病棟医長に呼び出された瀬戸は、内視鏡検査や外来診療を中断し、五階北病棟の診療に専念するよう勧告されたのである。

たしかにこの病棟には、白血病や肺癌などの重症患者が多い。内視鏡検査や外来診療中に入院患者の容態が急変し、ポケベルで病棟に呼び戻されることもしばしばだった。理想を言えば、主治医は常に入院患者と共にいて、急変時にもすぐさま対処できたほうがよいだろう。病棟の仕事に専念してくれ、という病棟医長の気持ちもわからないではない。しかし瀬戸には、消化器科専門医としてのプライドがあった。たとえ一定期間であったとしても、内視鏡検査や外来診療を中断してまで病棟の仕事に専念することに、瀬戸は抵抗を感じざるをえなかったのだ。

だいいち、もうすぐ佐伯教授との約束の一年が過ぎようとしているこの時期に、病棟医長がそんなことを言ってくるのは理不尽だ。

「まったく、やんなっちまうよな」

その晩、マンションに帰ってきた瀬戸は、同棲している恵理子に愚痴をこぼした。

恵理子は、同じ病院の病理部に勤める検査技師である。瀬戸が毎月のように亡くなった患者の病理解剖にやってくるため、すっかり顔なじみになり、言葉を交わすようになったのだ（病理解剖は通常、執刀する病理医とそれを介助する検査技師の二人で行われるが、亡くなった患者の主治医も立ち合い、筆記係を務める)。

——ある夜、仕事を終えて病院を出た瀬戸は、チッと舌打ちした。あいにく外は雨が降りはじめていたのだ。その日、傘の持ち合わせがなかった瀬戸は、カバンの中から取り出した新聞を頭にかざし、歩いて十分ほどのマンションまでの道を、勢いよくかけはじめた。

大きなストライドで走りつづける瀬戸のわきを、一台の車が通過していった。車は瀬戸を追い越すと、なぜか急にスピードをゆるめてウインカーを出し、前方で停車した。

車の窓から顔を出したのは、恵理子だった。恵理子は瀬戸をふり返り、にっこり笑った。

「瀬戸先生、よかったら送っていきましょうか?」

その日から二人は、ごく自然につきあいはじめたのである……。

「あーあ、内視鏡検査室をずっと支えてきたこのおれに、いきなりやめろっていうのは納得がいかないよなあ」

冷蔵庫から缶ビールを取り出すと、瀬戸はさっそくぼやきはじめた。

「グチグチ言っても始まらないじゃない。ヤックンの大好きな佐伯教授に相談してみたら?」

はじめてのデートのとき、瀬戸が「ぼくは若いころよく『シブがき隊のヤックンに似ている』と言われたんだ」と自慢すると、その日から恵理子は瀬戸を「ヤックン」と呼ぶようになった。……もちろん、病院内では「瀬戸先生」だが。

「なにをバカなこと言ってんだ。教授連中なんて好きなわけ、ないだろが。今回の件だってもしかしたら、阿久津教授の陰謀かもしれないんだぞ。とにかくおれは、彼に嫌われているからね」

「また始まった。すぐに人のことを疑うのは、あなたの悪いクセよ。五階北病棟が忙しすぎて、病棟医長が困っているだけでしょう」

　昨年クリスチャンの洗礼を受けた恵理子は、いかなる状況においても人を疑わないのがモットーなのである。そんな恵理子を、瀬戸はしばしば「えせクリスチャン」とからかった（もちろん、本心から言っているわけではない）。

「五階北病棟の人手が足りないのはたしかだし、消化器病棟はいま、医者の頭数がそろっているみたいだからね。病棟医長が望むなら、もう半年くらい五階北にいたっていいさ。でもなあ……内視鏡だけは、どうしても続けたいんだ。なんとかして続けられる方法は、ないもんだろうか？」

「そうねえ……」

　そこで二人は、腕組みをして考えた。

「そうだ！」

恵理子の顔が、突然パッと輝いた。

「ヤックン、病理解剖が好きだったわね？」

「べつに好きってわけじゃないけど、病理解剖も医師の務めの一つだからね」

「ってことは、病理の仕事にも興味があるんじゃない？」

「そりゃあ、ないこともないけど……。いったい、何が言いたいんだ？」

瀬戸はけげんな顔をして、恵理子に訊き返した。

「いっそ、病理医になっちゃいなさいよ」

「えっ、なんだって？」

恵理子のいきなりの大胆発言に、瀬戸は開いた口がふさがらなくなった。

「そう、病理よ。病理部で働けばいいんだわ」

恵理子はウンウンとうなずきながら、くり返した。

「何を言いだすのかと思ったら……。君にはまったく、あきれるねえ」

ストップモーションのようにポカンと口を開けっぱなしにしていた瀬戸が、ようやくツバを飲みこみ、恵理子に言葉を返した。

「あなたはうちの病院にいる臨床医の中で、いちばん病理医の資質を持っている。私の目に狂いはないわ」

あきれ顔の瀬戸を尻目に、恵理子はそう言いきった。

「やれやれ、内視鏡検査室のメンバーを外されたうえに、臨床までお役御免ってわけかい？」

瀬戸が首を振りながら言った。

「そんなこと言ってないわよ。臨床もやりながら、病理の仕事を覚えればいいじゃない。両方の知識があれば、鬼に金棒でしょう？」

「そりゃあ、そうだろうとも。でも君も知ってのとおり、医者の世界は甘くない。そんなにうまくいくわけ、ないだろうが」

「ふふっ……それがうまくいくんだな」

恵理子は自信たっぷりに笑った。

「まだ秘密だけどね、うちにいる病理の先生が、今年かぎりで病院を辞めるの。だから病理部長は代わりの病理医を探しているんだけど、これがなかなか見つからなくてねえ。いまだったらだれが門をたたいても、病理部としてはウェルカムよ。医者の資格さえ持っていればね」

「そういうことか……。でも病理部に入ったら、覚えなきゃいけないことが多くて大変だろう？　なにしろおれは、病理に関しちゃドシロウトだからね。とてもじゃないけど、内視鏡や外来をやっている余裕はないよ」

「それがそうでもないんだな。もちろん最初は大変でしょうけど、少なくとも病棟で患者さんの治療に当たっているよりは、よっぽどマイペースで仕事ができると思うわ」

「内視鏡の仕事と両立可能だろうか？」

「私の見ているかぎり、病理医が時間を拘束されるのは、朝の十時までと夕方の四時からなの。昼間はけっこう自由に時間を使えるのよ。マイペースで仕事ができないのは、週に一、二回入ってくる病理解剖のときだけ……。もっとも、だれかさんが病棟にいなくなれば、解剖の件数は確実に二割は減るでしょうけど」

恵理子がいたずらっぽく笑った。

「そんなにうまくいくかねえ……。しかし現実問題として、医者の足りている消化器病棟にはいますぐ戻れないけれど、人がいなくて困っている病理部にだったら、希望を出せば異動できるかもしれない」

「そのとおり、まちがいなく異動できる。それに、五階北病棟にいたら内視鏡の仕事はできないでしょうけど、病理部だったら、きっとヤックンの希望に沿うことができるわ。病理部長はその点、とても理解のある人だから」

「うーん……」

「どう？　バッチリでしょう、私のアイディア。少しは見なおしてくれた？」

しばらく考えこんでいた瀬戸が、ようやく顔を上げてニカッと笑った。

「えせクリスチャンも、たまにはいいことを言うねえ」

「やめてくれない？　そのえせっていうの。私はもう、立派なクリスチャンなんですからね！」

瀬戸はその晩、じっくり考えた。

自分の発想の領域をはるかに超えた恵理子の提案にさすがに面食らった瀬戸だが、冷静に考えてみると、たしかに悪い話ではなかった。

胃や大腸の内視鏡検査で採取した腫瘍やポリープを、自分自身で顕微鏡をのぞいて確認し、診断までつけられるというのは、なかなか魅力的な話ではないか。さらに、消化器科専門医と病理医という二つの肩書きを持った将来の自分を想像すると、瀬戸はなんだかわくわくしてきた。

瀬戸はもともと、チャレンジ精神の旺盛な男なのである。

翌日、瀬戸はさっそく教授室の扉をノックした。

「よう、変人君か。ひさしぶりだね」

扉を開けた佐伯教授は、とくに驚いた様子もなく瀬戸を部屋に通した。教授室に入るのは、五階北病棟への異動を言い渡されたあの日以来である。

教授室には十一か月前と同様、ドクダミ茶の匂いが漂っていたし、机の上の書類の積まれ方はあいかわらず、どことなく不自然であった。

「先生、約束がちがうんじゃないですか？」

例によって茶をすすめてきた佐伯教授に、瀬戸は開口一番、そう言った。

「約束？　いったいなんのことだね」

教授は状況を知っているにちがいないと思いながらも、瀬戸は病棟医長の要請を伝えた。

「ほう、そうだったのかね」

佐伯教授は顔色一つ変えず、答えた。まるで、「おまえがここへやってきて、このような不満を訴えることくらい、すべてお見通しだよ」と言わんばかりの顔つきである。

「先生、たしか『一年たったら、消化器病棟へ戻してくれる』という約束でしたよね」

瀬戸は、自分がすんなり消化器病棟へ戻れないことを承知のうえで、佐伯教授に訴えた。

「うむ、たしかに私はそう言った。でも、どうだろう。もう少し期間を延長してもらえないかな？　いま五階北病棟は人手が足りなくて困っていることは、君だってわかっているだろう？」

「もちろんわかっています。しかし、たとえいますぐ消化器病棟に戻れなくても、内視鏡の仕事だけは、どうしても続けたいのです」

「病棟医長は君のことを見込んでいるからこそ、病棟の仕事に専念してほしいと言っているのだろう？　名誉なことじゃないか、そんなことを言ってもらえて」

「でも、ぼくの代わりのドクターは、いくらだっているはずです。少なくともぼくは、一年間の義務を果たしましたからね」

「まあ、いないこともなかろうが……」

「では、病棟医長の希望だけではなく、ぼくの希望も聞いてください」

「しかしねえ、君の戻りたい消化器病棟は、いまは医師の数が足りているのだよ」

「先生、よく聞いてください。ぼくは、消化器病棟に戻りたいとは言っていません。ぼくが行きたいのは、病理部です」

「えっ、病理部？」

佐伯教授の顔色が、はじめて変わった。さすがに瀬戸のこの発言は、コンピューターのような教授の頭脳をもってしても、まったく予測不能であったようだ。

「……君はやはり、変わった人間だな。いきなり病理部へ行きたいと言いだすとは」

「いきなりではありません。じつは前々から考えていたのです」

瀬戸はそう言いながら「おれはほんとうに、病理医になることをずっと待ち望んでいたのだ」という気がしてきた。

「たしかに病理部も、人がいなくて困っているという話だが……」

「いま病棟で働いているドクターの中で、病理部へ異動を望む者は、自分以外にはまずいないでしょう。でも、五階北病棟でぼくの後釜として働いてもいいというドクターだったら、たぶん見つかると思いますよ」

「うーむ……。君がどうしても病理部で働きたいというのであれば、一度、病理部長と話をしてみてもいいが」

佐伯教授はメガネを外し、ペーパークリーナーでレンズを拭きながら言った。

「ぼくの心はもう決まっています。先生、ぜひよろしくお願いします。ぼくを病理部で働かせてください」

## 5

そのような経緯で、瀬戸は病理部の一員となった。まだとうてい一人前とは言えぬが、病理医としてなんとか仕事をこなせるようになってきた今日このごろである。

毎朝六時半に目覚めると、となりのベッドの占有者はまだ布団にくるまっている。気持ちよさそうに寝息をたてている恵理子をうらめしそうに見やりながら、瀬戸はむっくり起き上がる。

大急ぎで身支度を整え、チーズトーストとグレープフルーツの簡単な朝食をとると、寝ぼけまなこで寝室から出てきた恵理子を尻目に、そそくさとマンションを後にする。

七時二十分に病理検査室の扉を開け、部屋の明かりをつけると、まずは自分の机に座って一服する。これから約二時間煙草とオサラバかと思うと、だれもいない検査室に漂う煙がいつにもましていとおしい。

集中を高め、いざ作業部屋に入っていくと、ホルマリンの刺激臭がツーンと鼻をつく。すべての検体は採取されるや否やホルマリン液に浸されるのだが、この過程は「固定」と呼ばれる。

ホルマリン固定は、採取された組織断片の腐敗を防ぐためと、組織に含まれる蛋白を変質、凝固させ、ある程度の硬さを持たせるために行われる。組織標本は、最終的にわずか数ミクロンの薄さにスライスされないと顕微鏡で観察するのは困難だが、組織にある程度の硬さがないと、このように薄く切ることはできないのである。

作業台にはいちおう排気ダクトがついているが、最初の一か月、瀬戸はこのホルマリンの刺激臭に悩まされつづけた。体じゅうの粘膜という粘膜がやられてしまうため、目はショボショボになるし、のどの痛みと鼻水がずっと抜けなかった。

いまではだいぶ慣れたが、やはり体調のすぐれない日はつらい。とくに二日酔いの朝は最悪だ。病理部で働くようになって、瀬戸は平日の深酒を控えるようになった。

毎日さまざまな検体が作業部屋に運ばれてくるが、わけても大きいのは子宮筋腫である。子宮筋腫の検体はたいていポリバケツに入ってくるが、大きいものとなると瀬戸の頭ほどもある。

それにしても、女性という生き物はすごい。これだけ巨大な腫瘍を抱えながら、こともなげに毎日を送っているのだ……。

――おれだったら、絶対に耐えられない。こんなグロテスクなものが自分の体にはびこっていると知った時点で、失神してしまうにちがいない。

いまさらながら女性の生命力の強さを実感し、思わずため息をつく瀬戸であった。

病棟で働いていたころよりも出勤時間が早くなったのには、わけがあった。

検体の切り出し作業に必要とされるのは、何はさておき集中力である。この四か月間で瀬戸が学んだレッスンの一つは「よい組織標本を作るためには、心を無にしなくてはならない」ということだった。邪念が入ると、決してよい標本は作れない。

だから、瀬戸は毎朝だれも出勤してこないうちに、ひとり作業部屋へ入ることに決めたのである。そして、いったん仕事を始めると約二時間、作業台をひとときも離れることなく、黙々と検体の切り出し作業に没頭した。

さらに、病理部全体の仕事の流れをスムーズにするためにも、早朝出勤は一役買っていた。病理部へ検体が提出されるということは、診断結果を待ち望んでいる臨床医、そして患者とその家族がいるということである。病理部としては一日も早く組織標本を作り上げ、その診断結果を臨床医にレポートしなければならない。

切り出しの後、再度ホルマリン固定された標本は、その後いくつかのステップを経て、プレパラートの組織標本となる。出来上がった組織標本を顕微鏡で詳細に観察して診断をつけるのは、病理医の仕事であるが、切り出された標本に職人的な技術でさまざまな工程を加えてプレパラートにまで完成させるのは、検査技師の仕事である。

病理医は言ってみれば、最初と最後のおいしいところをとっているだけで、その間の地道な作業はすべて、検査技師が行ってくれている。病理部を支えているのは、じつは彼らの日々のたゆまぬ努力なのである。

病理部に来てはじめてそのことを知った瀬戸は、検査技師のためにも少しでも早く、切り出しをすべきだと考えるようになった。朝のうちに切り出した標本を渡せば、彼らは午前中から効率良く作業が行える。その結果として、翌日の夕方には組織標本が出来上がってくるのである。

十時までに切り出しを終えると、瀬戸は週に三日、内視鏡検査室へ向かった。そして、昼食をはさんで午後二時半まで、さまざまな患者の胃や大腸の内視鏡検査にいそしんだ。

その後、病理部に戻ってくると、もうすぐ出来上がってくる組織標本の診断にそなえ、病理学の専門書やカラーアトラスを机の上に広げ、せっせと予習をするのであった。


病理検査室には病棟とはまたちがう、一種独特の空気が漂っていた。

言わずと知れたことだが、病理部において扱う対象は、常に訴えつづける患者ではなく、ものを言わぬ検体である。それゆえこの部屋には、会話というものがなかった。皆ただ黙々と、各自に与えられた仕事をこなしていくのである。

はじめの一週間、瀬戸は無言でいることに耐えきれず、技師たちに向かって何度かおやじギャグを飛ばしてみた。しかし……部屋はシーンと静まりかえったままで、だれも反応してくれない。

「こりゃあ、どうにもやりにくいわい」とぶつぶつこぼしながらも、瀬戸自身、日に日に口数が少なくなっていくのであった。「郷に入っては郷に従え」である。

口ひげを生やした病理部長は、恐ろしく愛想のない男で、無駄口はいっさいたたかなかった。だれが何を言っても、ピクリとも表情を変えず、瀬戸が朝の挨拶をしても返事はおろか、ふり向いてさえくれなかった。

病理部長はほとんどの時間を自室にこもって過ごし、ひとときも葉巻を手放すことはなかった。検査室の奥の部長室には始終もうもうと煙が立ちこめ、部屋に入っていくと不機嫌そうに机に向かっている部長の姿が、煙の向こうにかすんで見えるのであった。

さしもの瀬戸も、はじめはこの病理部長が怖くて、なかなか話しかけることができなかった。あまりにそっけない部長の態度に、「やってきた早々、おれは嫌われてしまったのではないか」と、不安にならざるをえなかった。部長室に行こうと思っても葉巻の匂いが漂ってくるだけで、思わず足がすくんでしまうありさまだった。

三日目に瀬戸がいよいよ意を決し、いざ部長室に質問をしにいくと、病理部長はようやくこちらをふり向いた。部長はロマンスグレーで、遠目にはなかなかダンディーなのだが、間近で見るとその前髪は、煙草のヤニで黄変していた。

部長の反応は、しかし、瀬戸の予想とはまったくちがっていた。いかにも面倒くさそうなしゃべり方とは裏腹に、質問に対する答えはまったく手抜きではなかったのだ。その応対はむしろていねいで、新入りの瀬戸に対する気遣いさえ感じられた。

　この人はいつも機嫌が悪いわけでも、意地が悪いわけでもない。ただ単に、人との接触を極力避けるようにしているだけなのだ、と瀬戸は気がついた。

「いかなる診断の誤りも、先入観から来る」というのが、病理部長のモットーであった。

なるほど、人と会話を交わすことによって、つまらぬ情報に惑わされたり、先入観を植え付けられたりすることは、ままあることだ。常にまっさらな気持ちでプレパラートと向き合い、ひたすら研究に没頭することが、病理部長にとっての誠意というものなのだろう。

　部長だけではない。病理部で働く者は皆、マイペースで自由人であった。

　彼らは自分の仕事に集中し、他人の領域に必要以上に立ち入らない。しかしだからといって、チームワークを考えていないわけではない。自分に与えられた仕事を責任持って遂行しなければ、病理部としてまとまった仕事はできないということを、各々がしっかり自覚しているのだ。

　この部屋ではだれひとり、なあなあで仕事などしていない。病理部には、ある種の厳しさと自由な空気が同居しているのであった。

　そんな病理部の雰囲気に、はじめは戸惑いを覚えた瀬戸だが、ひと月もたつと、しだいにその空気を心地よく感じるようになっていった。実際、瀬戸が昼間、内視鏡検査や外来診療のために席を外せるのも、病理部の「どうぞご自由に」という気風のおかげであったのだ。

恵理子も同じ検査室で働いていた。しかし、机が離れていることもあり、昼間瀬戸と言葉を交わすことはほとんどなかった。

瀬戸と二人でいるときは、いつも明るくおおらかで、ときどき突拍子もないことを言いだす恵理子だが、検査室では他の技師たち同様寡黙《かもく》で、ひたすら仕事に没頭していた。瀬戸は、これまで知らなかった恵理子の一面を見た思いであった。

二人が同棲していることを知っている者もいたはずだが、とくに仕事がやりにくいと感じることもなかった。病理部長のモットーが浸透しているわけでもなかろうが、わざわざ他人の生活に口出しするようなやからは、病理部には存在しなかったからだ。

午後四時、三十数時間前に切り出した検体が何十枚ものプレパラートの組織標本となり、瀬戸の手元に戻ってくる。これからがいよいよ病理医の仕事の本番であり、腕の見せどころだ。

瀬戸は前日の切り出し作業を思い出しながら、プレパラートを一枚ずつ取り上げ、顕微鏡の載物台に置く。はじめは低い倍率で全体像を眺めわたし、徐々に倍率を上げて病変部を詳細に観察していく。

「切り出し」と「組織標本診断」の共通点は、雑念を捨て去って無の境地に達しなければ、決してよい仕事ができないということである。逆の言い方をすれば、すべてを忘れ、自分と標本だけの世界に入りこむことができる。

ひとしきり検鏡を終え、診断の目星がつくと、顕微鏡のわきに広げた専門書とアトラスを参考にしながら、それぞれの組織標本についてレポートを書き、最終的に疾病の診断名をつける。

もちろん、自分一人で診断をつけるのではなく、翌日に病理部長が同じ組織標本をダブルチェックし、瀬戸のレポートを補足・修正するのだが、自分が下した診断が患者の治療を決定し、彼らの運命を左右するのだと思うと、いやがうえにも集中し、緊張が高まらざるをえない。

しかしながら瀬戸にとってこの緊張感は、ある種の快感でもあった。病理の世界は、患者が相手の臨床とは正反対の、静寂の世界である。患者とちがってプレパラートは、何も語らない。

無心にプレパラートを眺めていると、ときどき、このままどこまでも独りきりの世界に落ちこんでいってしまうのではないか、という恐怖感にとらわれる。しかし、それにもまして大きいのは、このプレパラート一枚に己の神経をすべて集中させることができるという、一種の充足感である。

何も語らないプレパラートは、そのいっぽうで、さまざまな無言のメッセージを自分に伝えようとしている。標本が腫瘍であれ、炎症であれ、一つとして同じ像はない。細胞はどれも皆ちがう顔つきをしているし、一つ一つの細胞が構築されて組織を作り上げている様子も、千差万別だ。

中学生のころ、瀬戸は天体クラブに所属していた。

果てしない宇宙に無限のロマンを感じた瀬戸少年は、「すべての星を数えつくしたい」という夢を持ち、毎晩むさぼるように天体望遠鏡に眺めいった。

病理医になったいま、顕微鏡で組織標本を観察していると、瀬戸はときどき、自分が宇宙をさまよっているような錯覚に陥るのであった。たかが2×4㎝のプレパラートの中に、少年時代にあこがれた無限の宇宙が広がっているのだ。

――このまま宇宙を見ながら、おれは死んでいってもいい。

時として、そんな恍惚感に襲われることさえあった。この小宇宙に漂っているかぎり、自分は幸せな気持ちにひたっていられるのだ。顕微鏡から目を離し、現実の世界に戻りたくないと思う瀬戸であった。

時がたつのも忘れ、瀬戸は毎晩しばしのあいだ、顕微鏡の中の小宇宙を漂った。

# 6

いっぽう佑太は、瀬戸とは対照的な生活を送っていた。いぜんとして病院勤めはせず、毎日ちがう職場へ足を運び、健康診断の仕事を続けていたのである。

佑太の朝は、瀬戸よりもさらに早い。早い日は五時半、遅くとも六時半には家を出て、駅まで三十分の道のりをせっせと歩いた。そして、派遣会社から送られてきた指示書に従って電車を乗り継ぎ、本日の職場へと向かった。

派遣先は学校、役所、オフィス、工場等さまざまである。工場一つをとってみても、すべてが整然とオートメーション化された一流企業の巨大工場から、油の匂いが漂う騒々しい下町の家内工場まで、じつに種々雑多だ。

指示書には、最寄り駅から派遣先までの地図が添えられている。とはいえ、毎日なじみのない土地へ向かい、見たこともない建物を探すというのは、けっこうストレスを感じるものである。

なんとか目的地にたどり着くと、まずはぐるりと周囲を見回す。ようやくレントゲン車を見つけ、ホッと胸をなで下ろす佑太であった。

忙しさは日によってまちまちだが、健康診断の仕事は、見た目よりずっとハードである。

春に回る大学の健診では、日に三百人以上の学生を診察する。一日が終わるころには、聴診器のイヤーパッドで耳の皮膚がすり切れ、痛くてたまらない。これをがまんして何日か続けていると、耳の中にちょっとしたタコができてくる。

いくら診察を続けても、受診者の列が午前中いっぱい、延々と途切れないこともある。

次々と入ってくる受診者に「体の調子はいかがですか」と言葉をかけ、訴えがあれば話を聞く。そして、彼らの顔色と眼瞼結膜《がんけん》を視診し、首周りのリンパ節や甲状腺を触診し、心臓の鼓動音と肺の呼吸音を聴診する。

受診票に結果を書きこんでいるあいだに次の受診者が入ってくるから、この間ずっとノンストップで、息をつく暇もない。三時間以上のあいだ一瞬も休めないというのは、けっこうつらい。

ときどき、受診者の列があまりに長く伸びてしまい、スタッフが「先生、早くしてください」と注文をつけにくる。

こっちだって早くしたいのは山々だ。しかし、受診者は物ではない。ベルトコンベヤーの上に載せて「ハイ、いっちょう上がり」と機械的に診察していくようなまねはできないのだ。たとえ一分しか時間がなくても、受診者と言葉を交わすのは、とても大切なことである。

「どうでもいいから、とにかく早く終わらせてくれ」という受診者も、中にはいるだろう。しかし、年に一回のこの機会にいろいろ質問したいと思っている受診者だって、決して少なくないのである。

スタッフと共にレントゲン車に乗りこみ、一日に何件かの職場を巡回することもある。このような場合、大変なのは佑太よりも、一日に何回もレントゲン車から機材を上げ下ろし、そのつど会場のセッティングをするスタッフたちである。

佑太も足手まといにならない程度に荷物運びやセッティングを手伝うが、スタッフとちがって佑太はあくまでその日だけ雇われた医者である。セッティングのやり方や健康診断の段取りには、病院によってそれぞれ異なる流儀があるものだ。出すぎたまねをして、彼らの仕事のじゃまをしてはいけない。ここらへんのさじ加減が、慣れないとなかなか難しい。

健康診断を行っている病院は数多くあり、一緒に仕事をする顔ぶれも当然、その日によってまちまちだ。フレンドリーなスタッフもいれば、じつに無愛想な人たちもいる。一日じゅう行動を共にしながら、だれひとり佑太に声をかけてこないということも、決してめずらしくない。

レントゲン車で移動している間、会話がまったくないというのは、けっこう気まずいものである。しかし、そもそも声をかけてこない人間にこちらから話しかけても、うるさそうな顔をされるのが落ちだろう。気を遣うだけソンというものだ。佑太はしだいに、受診者同様スタッフたちにもさまざまな人種がいる、ということを理解していった。

新しい人との出会いを大切にし、今日一日、楽しく仕事しようという人もいれば、よけいなことは考えず、自分の仕事だけそつなくこなし、よそ者には極力かかわらないようにしている人間もいる、ということだ。

佑太ははじめ、就職先の病院が見つかるまでの腰かけのつもりで、派遣会社に登録した。しかし、気がついてみれば、いつのまにか一年近くが経過していた。

毎日ちがう職場へ向かい、異なった人たちと組んで仕事をし、そこではじめて出会う人々を診察するといった毎日を、佑太はそこそこ楽しんでいた。脱サラをして医師になった佑太は、もともと根無し草的な一面を持っていたのである。

診察カバン一つ右手にぶら下げ、町から町へと渡り歩くといったスタイルは、どうやら佑太の性に合っているらしい。実際この生活を始めて以来、仕事そのものにストレスや苦痛を感じたことは一度もなかった。

「こんな気楽な仕事を、ずっと続けていてもいいのかな?」

と、少しばかりうしろめたさを感じ、不安になることもある。病院で働くのとちがって、基本的に健康な人たちを診察する健康診断は、たいして重い責任を伴わないからだ。それに、仕事はだいたい日中で終わり、夜中に電話で呼び出されることも皆無である。

しかし、この自由気ままな生活は、なかなかどうして捨てがたいものがあった。生活に困っているわけでもないし、もう少しこのままでいいだろうと就職活動を引き延ばしているうちに、あっという間に一年が過ぎようとしているのだった。

もう一つ、派遣の仕事を続けている理由があった――いぜんとして佑太は、本を出版する夢を捨てきれなかったのだ。

病院勤めに戻ってしまえば、原稿を書いたり、出版社を回ったりする余裕はないことを、佑太は十分にわかっていた。だから、収入と同時にある程度自由な時間を確保できるこの仕事を、もうしばらく続けようと思ったのである。

いまや、佑太が振られた出版社は十を超えていた。

「自分の書いた原稿には、多くの人に伝わるメッセージがある」というのは、佑太の勝手な思いこみにすぎないのかもしれなかった。

しかし、出版を断られれば断られるほど、本を出したいという佑太の夢は、しぼむどころか、ますます大きくなっていくのであった。

# 7

瀬戸が病理部の一員となって、はや一年がたとうとしていた。

朝の切り出し作業も、夕方からの組織標本の検鏡と診断結果のレポート書きも、すっかり板につき、瀬戸はいまや病理部になくてはならぬ存在となっていた。病院で亡くなった患者の病理解剖も、四十例以上執刀した。病理の仕事と並行して、内視鏡検査室での仕事も週三回、きっちりこなしていた。

そんなある日、予想もしていなかった事態が瀬戸にふりかかった。いつもどおり内視鏡検査を終えた火曜日の昼過ぎ、検査室の部長からこんなことを言われたのだ。

「内視鏡検査室もずいぶん若手が育ってきましたから、瀬戸先生はもう来月からこちらに来なくてもけっこうですよ。いままでほんとうにご苦労さまでした。どうぞ来月から、病理の仕事に専念してください」

あまりに突然の部長の勧告に、瀬戸は言葉を失った。

——これはいったい、どういうことだ？　いままで内視鏡検査室を支えてきたこのおれに、「はい、ご苦労さま。お役御免ですよ」ということなのか？

瀬戸自身は、検査室での仕事が負担だったわけではない。病理医として働きながらも、彼には消化器科専門医としてのプライドがあった。内視鏡検査は楽しくもあったし、ある意味、医師としての自分のライフワークとも思っていた。

いきなり部長に「ご苦労さま」と言われても、瀬戸としては当然、納得できるはずがなかった。


瀬戸はその日のうちに、佐伯教授を訪ねた。教授室に足を踏み入れるなり、彼は佐伯教授に向かって不満をぶつけた。

「先生！　いったい、どういうことですか？」

アポイントも取っていない者が突如現れたにもかかわらず、瀬戸をふり返った佐伯教授の表情には、戸惑いのかけらも感じられなかった。

「なにを興奮しているのかね、変人君。いま茶をいれるから、まあそこに腰かけて」

佐伯教授は、落ち着きはらった口調で言った。

「茶なんかどうでもいいですよ」と言いかけた瀬戸だが、いくらなんでも大人げないと思いなおし、とにかく椅子に腰かけた。そして教授が茶をいれるのを待って、話を再開した。

「先生、どうしてぼくがここに来たのか、わかっているのでしょう？」

「いや、さっぱりわからんよ」

なにをすっとぼけていやがると思った瀬戸だが、ここは冷静にならなくてはと自分に言い聞かせ、なるべくおだやかに、しかし単刀直入に訊ねた。

「どうしてぼくが、内視鏡をやめなきゃならないのでしょうか？」

「ほう……。検査室の部長が君に、そんなことを言ったのかね？」

瀬戸は内視鏡検査室においてリーダー的存在であったし、後輩との関係もうまくいっていた。メンバーから外されるのは、自分の存在をけむたがっている阿久津教授の意向であることは、ほぼまちがいなかった。そんなことは百も承知のはずなのに、なおもとぼけようとする佐伯教授を、瀬戸は腹立たしく思った。

「ぼくが内視鏡をやめなければならない理由は、何一つないはずです」

「やれやれ、あいかわらず大人げないことを言うね、君は」

「大人げあろうがなかろうが、とにかくぼくは内視鏡を続けたいのです」

「まあ変人君、頭を冷やしてよく考えてみたまえ。以前君が言っていたように、内視鏡検査室においてだって君の代わりの医師は、いくらでもいるんじゃないかな？」

瀬戸は、わが耳を疑った。

――なんてこった！　検査室を今日まで支えてきたのは、このおれじゃないか……。

佐伯教授は続けた。

「君はいま現在、内視鏡検査室よりも、病理部で必要とされているということだ」

そんなはずはない、と瀬戸は思った。病理部長が自分に「病理の仕事に専念しろ」と言ったことは、ただの一度もなかったからだ。

「内視鏡検査室に……ぼくはもう必要ないってことですか？」

やっとの思いで、瀬戸は佐伯教授に訊ねた。

「そんなことは言っていない。内視鏡検査室が君を必要とするかどうか、それは私が判断することではないのだ」

ショックのあまり茫然自失している瀬戸に追い討ちをかけるように、教授は言った。

「組織が君を必要とするならば、君は内視鏡検査室に残るだろう。そういうことだ。それ以上でも、以下でもない」

「組織？」

瀬戸は一瞬、眉をひそめ、佐伯教授の顔を見た。

「そうとも、組織さ」

当然だろうといった顔つきで教授がうなずくと、瀬戸は視線を落とし、そのまま黙りこんでしまった。

「やれやれ、君もいいかげん大人になったらどうだね。君がどこで働くかは、組織が決めることなのだ。サラリーマンだって、医者だって、人事異動というものがある。どんなに優秀な人間でも、自分の思いどおりに働くわけにはいかんのだよ」

諭すような口調でそう言うと、佐伯教授は湯呑み茶わんを手に取った。しばらくのあいだ教授室には、茶をすする音だけが響いていた。

瀬戸がようやく、顔を上げた。

「わかりました。もうこれ以上、先生には相談しません。わがままを言って、迷惑をおかけすることもないでしょう」

そう言い残して部屋を出ていく瀬戸の背中を、佐伯教授は黙って見送った。

病院の廊下をうなだれ歩きながら、瀬戸は生まれてきてこのかた受けたことがないほどの屈辱を味わっていた。消化器科専門医として今日まで築き上げてきたプライドは、目の前で粉々に砕け散っていった。

瀬戸は心底、失望していた。彼は佐伯教授に、人間的な言葉をかけてほしかったのだ。たとえ「君が必要だ」と言ってもらえなくても、せめて「ほんとうは君が必要だが、しかたがないんだ。わかってくれたまえ」と、言ってほしかった。いや、いっそのこと教授の口から「君はもういらない」と言われたほうが、どんなにかすっきりしたことだろう。

なにが組織だ、と瀬戸は思った。佐伯教授は「おまえが内視鏡検査室から外されるのは、おれのせいではないよ」と、己の責任を回避しているにすぎないのである。

このときはじめて、瀬戸は気がついた。佐伯教授という人物が、いったいどんな人間であるかということに。そして、この病院にやってきて以来はじめて、背筋が寒くなるような危機感を覚えるのであった。

——教授が必要としているのは、自分の言うことをなんでも「はい、はい」と聞くイエスマンだけだ。あの男は、そんな恥知らずな連中を集めて周りを固めようとしているのだ……。まちがいなく、おれは早晩、この病院を干されるだろう。

うつろな目で病院の廊下を歩きながらも、瀬戸はいま、しっかりと心に誓うのであった。

——教授の言葉を信じたおれがバカだったのだ。もう二度と、あんな男に頼るまい。おれがこれから行く道は、自分自身で切り開いていくしかないのだ。

## 8

そのころ、仕事帰りの佑太は、アパートに向かっていつもの坂道を上っていた。

まだ六時を回ったばかりだが、あたりはもう、うす暗くなっていた。ついひと月前までは、七時まで明るかったというのに……。

日一日と暮れるのが早くなるこの季節が、佑太は嫌いだ。日ばかりは短くなるが、いつまでもしつこく蒸し暑いし、聞こえよがしにいっせいに鳴きだす虫の音も、うっとうしくてたまらない。

そして今夕、佑太の憂うつな気分にますます拍車がかかっていた。ある出来事がどうしても、頭から離れなかったのである——今朝、いつものようにトイレで用を足しながら朝刊を開いた佑太の目に、突然こんな記事が飛びこんできた。

大学病院で、また医療過誤

夫が肺の感染症で死亡したのは、患者本人の訴えがあったにもかかわらず、主治医のA医師が適切な治療を怠ったためだとして、遺族が○○医大とA医師を相手取り、損害賠償を求めた訴訟の判決が、△△日、□□地裁であった。裁判長は、遺族側の主張をほぼ全面的に認め、同医大側に計約七千万円の支払いを命じた。

○○医大とはもちろん、佑太が勤めていた病院であり、A医師はまちがいなく、佐伯教授その人であった。

十分に予想できた結果とはいえ、その記事の内容に佑太は衝撃を受けた。一歩まちがえば佐伯教授と共に、自分も訴えられていたかもしれないのだ……。

判決を当然の結果と納得しながらも、佑太は佐伯教授に対する同情の念を禁じえなかった。記事によれば、いちおう和解という形におさまってはいるものの、実質上ほぼ敗訴に等しい。このような事件を起こしてしまった以上、佐伯教授が責任を問われることはまちがいないだろう。

佐伯氏は、教授の地位を追われることはもちろん、医師免許も剝奪《はくだつ》されるかもしれないのだ。

そのいっぽうで、佑太は記事の内容に釈然としないものを感じていた。記事には、訴えられたのは「A医師」としか書かれておらず、佐伯という名前はおろか、教授という役職の記載すらなかったからである。

これは、あまりに不自然なことであった。裏で何か大きな力が働いて、佐伯氏の名前や、事件を起こしたのが大学病院の顔たる教授であるという事実がもみ消されてしまった――佑太には、そんなふうにしか思えないのであった。

いずれにしても、このような結末を迎えてしまったかぎり、もはや佐伯教授の未来はないも同然だ。野望を抱いて教授になり、副病院長にまで昇りつめた佐伯教授はいま、まさに断腸の思いであろう。

——しかし、それにしても……。

坂道を上っていくにつれ、佐伯教授に対する同情の念は徐々に薄れていった。それに代わって佑太の頭の中は、やがて、ある一つの疑問でいっぱいになった。

——いったい、どうしてなのだろう？　どうして皆、ちゃんと向き合って話そうとしないのだろう？

佐伯教授がS氏の家族に訴えられ、このような結末を迎えてしまったのは、教授がS氏の訴えに耳を傾けず、S氏とコミュニケーションをとろうとしなかったからにほかならない。

そして、S氏が亡くなったときもまた、教授はS氏の家族と顔を合わせようとはしなかった。あの晩、都倉医師が佐伯教授を呼び出し、教授がS夫人との対話に応じていれば、結果が好転したとはかぎらない。教授が現れればむしろ、冷静さを失った夫人とのあいだで収拾がつかなくなり、泥沼にはまっていたかもしれない。

しかし、少なくとも佑太の目には、S氏が入院しているときも、亡くなったときも、一度も病棟に姿を見せなかった教授の姿勢は、不誠実であるとしか映らなかった。そして、その誠意のなさこそが、佐伯教授が訴えられたいちばんの理由ではなかろうか？

佐伯教授以外にも、病院で働いていながら患者と向き合って話すことを避けている医師を、佑太はこれまでに何人も見てきた。そういう医師は、己の領域に患者たちが足を踏み入れることができぬよう、自分の周りに堅固な壁を築き上げているのだ。

しかし……彼らだけではなかった。病院という特殊な環境を離れ、医者以外のさまざまな人々と接触する中で、佑太はあらためて気づかされたのだ。本音を語らないのは、じつは医者だけではないということに。

健康診断のスタッフたちもしかり、出版社の編集者たちもまたしかり……。多くの大人たちはわが身を守ることに精いっぱいで、まともに向き合って話そうとしない。長年つきあってきた友人でさえ「おまえ一人が正論を吐いても、世の中は変わらないよ」などと言って、佑太の問いかけに耳を傾けてくれない。

佑太は自分がわがままな男であることを、自覚しているつもりだ。しかし、多くの男たちが向き合って話してくれないのは、どうやら自分のわがままのせいばかりではないらしい。その種の人間はいつも、他人の意見を真剣に聞こうとしないし、自分の意見をはっきりと言おうともしない。相手がだれであれ、まともに議論することを避けているように佑太には思える。

同じ日本語を話しながら、まるで各々ちがった言語でしゃべっているみたいだな、と佑太はときどき思うのである。

坂道を上りつめたとき、ふと頭の中で『サウンド・オブ・サイレンス』のメロディーが流れだした。

中学一年のときラジオで耳にして以来、サイモン&ガーファンクルの虜《とりこ》になった佑太は、わけても名曲である『サウンド・オブ・サイレンス』の歌詞を、必死に訳そうと試みた。

現代人のコミュニケーションの喪失と疎外感をうたったその歌詞は、抽象的で、哲学的で、すこぶる難解であった。日本語で読んだとしても難しいこの詩を、中学一年の佑太がまともに訳せるはずがなかった。

しかし、必死になって訳した『サウンド・オブ・サイレンス』の詩は、佑太の脳裏にしっかり焼きつき、今日まで決して消えることはなかったのだ。

――まともに話をすることもなく、ただ、しゃべりつづける人々。耳を傾けることもなく、ただ、聞き流している人々。だれも、わかろうとはしない。「静寂の音」が、まるで癌のように、人々を蝕《むしば》んでいることを……。

そのような内容の『サウンド・オブ・サイレンス』の詩の中に、「このままでは人類は、滅亡の一途をたどってしまう」という危機感が漂っていることを、中学一年の佑太でさえ、はっきり感じとることができた。

しかし、四十年近くも前に発せられたこの現代人に対する警告に、人々は耳を傾けようとはしなかった。コンピューターの普及で情報があふれ返っている今日、人と人とが直接向き合って話す機会は、残念ながらますます減っている。

そして、二十一世紀を迎えたいま、まさに癌のように根を張った「静寂の音」は、着実に人々の心を蝕んでいく……。

——いったい、どうしてなのだろう？

けれども、どんなに考えてみても、佑太にその答えはわからなかった。

# 第七章　再会

## 1

新しい年を迎えても、佑太の状況に目新しい変化はなかった。

あいかわらず派遣会社に所属して健康診断の仕事を続けていたし、原稿は何度か書きなおしたものの、本となって日の目を見ることはなかった。

今年もまた一つ年をとっていく——ただそれだけのことだった。

その日、昨年末から原稿を渡してあった出版社へ足を運んだ佑太は、またしても突き返された原稿を片手に、とぼとぼとアパートへ帰っていった。

十三社目ともなればいいかげん慣れてもよさそうなものなのに、いまだに出版を断られると、気が滅入ってどうしようもない。わが分身たる原稿が酷評されるたびに、あたかも己の全人格までが否定されたような錯覚に陥ってしまうのだ。

佑太はいつもどおり駅から東へまっすぐ三十分歩き、右手へ曲がって坂道を上りはじめた。

しかし、佑太がひいきにしていた角のパン屋は、いつのまにか閉店になってしまった。

パン屋ばかりでない。坂道の途中に建っていた、あのレトロな『白鳥荘』も、広々としたサトイモ畑も、いまは影も形もなくなり、その跡地はすべて、佑太が勤めていた病院の職員専用駐車場となってしまったのである。佑太が辞めたあと、病院の建物はさらに拡張され、職員の数もますます増えているようだ。

べつに病院に恨みがあるわけではない。けれども、冷たい灰色をしたアスファルトの駐車場や、ズラリ並んだ自家用車の列が目に入るたびに、佑太はなぜか、すさんだ気分になってしまうのである。

学生時代の下宿屋を思い起こさせる白鳥荘のたたずまいや、みずみずしい緑のサトイモ畑は、知らず知らずのうちにわが心をなごませてくれていたのだと、佑太はいまさらながら気づくのであった。

——あのステテコ姿のおやじさんは、いったいどこへ追いやられてしまったのだろう？

そんなことを考えながら歩いていると、ジャンパーを着た大柄な男が、坂道を下りてきた。すれちがう五メートルほど手前で男の顔を認識し、佑太は思わず足を止めた。

——瀬戸だ。

病院を辞めて以来二年と三か月、瀬戸と顔を合わせたことはなかった。一度だけ、駅前のスクランブル交差点で見かけたことがあったが、瀬戸は佑太に気づかず（あるいは、気づかぬふりをしたのかもしれないが)、不機嫌そうにスタスタと通りすぎていった。

あの日、二人はケンカ別れしたも同然だった。佑太は瀬戸に話しかけるべきかどうか、迷った。しかし、声をかけてきたのは瀬戸のほうだった。

「やあ紺野先生、ひさしぶり」

瀬戸は笑って話しかけてきた。その口調には、なんのわだかまりも感じられなかった。

「おひさしぶりです。瀬戸先生、お元気ですか?」

佑太はホッとして、挨拶を返した。

「いやあ、この二年いろいろあってね。ぼくはいま、病理部で働いているんだ」

「病理って……遺体を解剖したり、顕微鏡をのぞいて診断をつける、あの病理のことですか?」

いまでも五階北病棟や消化器病棟で、臨床医として働いているにちがいないと思っていた瀬戸が、いつのまにやら病理医になっていたとは……。想像もつかなかった瀬戸の大胆な転身に、佑太は驚きの色を隠せなかった。

「そう、ぼくはもう病棟で働いていないんだ。それどころか、外来や内視鏡検査も担当していない。部屋にこもって、プレパラートと格闘する毎日だね。ご遺体の解剖も、もうかれこれ七十例近くやったかなあ」

「そうですか……。でも、瀬戸先生が病理医になるなんて、びっくりですよ。何かきっかけがあったんですか？」

「まあいずれ、ゆっくり話しましょう。それにしても先生、いったい何を大事そうに抱えこんでいるの？」

佑太が右腕に抱えている大きな茶封筒に目をやりながら、瀬戸が訊ねた。

「そんなに大事そうに見えますか？　これは原稿です」

「原稿？　紺野先生もついに、学位論文を書いたってわけか」

「まさか。ぼくが学位論文を書くタイプじゃないことは、先生だって知っているでしょう？」

「そういえば、そうだったね」

「これはね、本の原稿なんです。大学病院を舞台にした小説の」

「えっ、先生、本を出版するの？」

瀬戸は「こりゃあ意外だ」という顔で、佑太に訊いた。

「いえいえ、もう何社にも出版を断られました。でも、ぼくもしつこい人間でね、あきらめきれずに出版社を回りつづけているんですよ。まあ、悪あがきかもしれないけど」

佑太はやや自嘲気味に答えた。

「そうですか、紺野先生が本をねえ……。なんだかおもしろそうだな。よかったら、ぼくにも読ませてくれません？」

「ええ、いいですよ。当分、出版社へ行く予定はありませんから。でも、おもしろくなくても、責任は持ちませんよ」

そう言って、佑太は戻ってきたばかりの原稿を茶封筒ごと瀬戸に手渡した。なんだかんだ言って自分の書いたものに興味を持ってもらえると、うれしいのである。

「教授連中の批判も、書いているの？」

茶封筒の中をのぞきこみながら、瀬戸が質問した。

「いや、そこらへんはぼくの趣味じゃないので……。そうそう、教授といえば去年、新聞で読みましたよ」

佑太は話題を変えた。

「新聞？　ああ、佐伯教授の裁判沙汰ね」

瀬戸はすぐに、佑太の言わんとしていることを察した。

「ええ。当然の結果とはいえ、佐伯教授は気の毒でしたね。あの事件にはぼくもかかわっていましたから、他人事《ひとごと》とは思えなくて……」

「はあ？　気の毒って、いったい何が気の毒なんですか？」

「だってあの人は、教授の職を失ったのでしょう？」

「教授の職を失ったって？　ハッハッハ……」

いきなり、瀬戸が笑いだした。

「先生もお人よしだねえ、佐伯教授の心配をするなんて。あんな奴、心配するに値しませんよ」

「もう、病院を去ったのですか？」

佑太がなおも訊ねると、瀬戸は急に真顔になって答えた。

「なにを言っているんですか、紺野先生。あの男は、いまも病院で大手を振っていますよ。それだけじゃあない――耳の穴をほじくってよーく聞いてくださいよ、先生――今年から佐伯教授は、病院の最高責任者、すなわち病院長になったんです」

「えっ！」

驚きのあまり、佑太は言葉を失った。

佐伯教授は医療過誤で遺族に訴えられ、実質上裁判に敗訴し、病院に七千万円もの損害を与えた男である。その張本人が病院を首になるどころか、事を起こして半年もたたないうちに逆に出世して、いまや病院長にまで昇りつめたというのだ。

――そんなバカな！　ありえない。どう考えたって、絶対にありえない……。

瀬戸は腕時計をちらりと見ると、坂道で固まってしまっている佑太に声をかけた。

「それじゃ先生、失敬します。ご遺体の病理解剖が入ってきたので、これから病院へ戻らなくちゃならないんだ。原稿はあとでゆっくり、読ませてもらいますよ」

「あっ、どうも……。失礼します」

佑太はようやくわれに返り、瀬戸に会釈した。

「今度、飲みながらでもゆっくり話しましょう。さいわいぼくはいま患者を抱えていないから、時間はいつでもとれるんだ。飲みにいっても、昔みたいに病院に呼び戻される心配はないしね」

瀬戸はニカッと笑うと、大股で坂道を下りていった。

## 2

一週間後の金曜日、駅前の喫茶店で待ち合わせた瀬戸と佑太は、パチンコ屋やキャバレーが立ち並ぶ歓楽街の一角にある、こぢんまりした居酒屋へ入っていった。

しばらくぶりに瀬戸とさしで飲み、佑太は少々圧倒され気味だった。瀬戸の体は二年前に比べ、明らかにでかくなっていたからだ。瀬戸ももう四十に手が届いたはずだから、いまさら身長が伸びるはずがない。以前はどちらかといえば痩せていたので、これほど威圧感がなかったのだろう。瀬戸も中年になり、だんだんと体にお肉が付いてきたということか。

瀬戸は煙草をふかしながら、ときに淡々と、またときに鼻息を荒くして、この二年間の経緯を佑太に語った。

「そうですか。先生が病理医になろうと決心するまでには、いろんなことがあったんですね」

ひととおり話を聞き終えると、佑太はうなずきながら言った。

「佐伯教授の言うとおり、ぼくはかなりの変人だけど、さすがにある日突然『病理医に転身しよう』なんてことは、思いつかないさ」

「そうですよね。それにしても佐伯教授っていうのは、冷たい人間ですねえ」

「おまけにとことん屈折した心の持ち主だ。ついこのあいだまであんな男を信頼していたと思うと、われながらほんとうに情けなくなるよ。いま思えば、紺野先生は病院を辞めたとき、あいつの本性を見抜いていたんだろう?」

「そりゃまあ、佐伯教授の下では働きたくないと思っていましたけど……。でもそう思っているのは、ぼくだけじゃないでしょう。みんなある程度、ガマンしてるんじゃないですか？ ぼくはわがままで、協調性がないだけですよ」

「先生がいささか協調性に欠けることは、ぼくも否定しませんけどね」

瀬戸が笑って言った。

「ところで、ぼくには全然わかりませんけど、病理の仕事は楽しいですか？」

「うん。正直な話、最初は不安だったし、いろいろ戸惑ったけれど、どうやら性に合っていたみたいだ。顕微鏡をのぞいているとね、まるで自分が宇宙空間をさまよっているみたいな錯覚に陥ることがある。これがねえ……うーん、なんとも言いようのない気分なんだ」

「へえー、そんなもんですか。ぼくはいまだに片目でしか、顕微鏡をのぞけないけど」

「それにね、たとえば自分が内視鏡で採取した胃や大腸の腫瘍の診断を病理医にまかせっぱなしにするというのは、どこか納得がいかないだろう？」

「納得がいかないってほどじゃないけど、病理部から返ってきた診断レポートを見て、ほんとうだろうかって首をひねることは、たまにありましたね」

「自分で採った標本を自分自身で診断するというのは、とても満足感があるものだよ。いまは内視鏡検査室のメンバーから外されているけれど、いつかきっと戻るつもりさ」

「将来的には、臨床も病理も両方やりたいってことですか？」

「うん、そうだ。じつを言うとぼくはいま、新しい就職先を探しはじめているんだよ。病理と消化器の臨床を両方やらせてもらえる病院をね。ときどき、われながら欲張りな医者だなあって思うことがあるよ」

「すごいなあ、ぼくなんか臨床だけで手いっぱいになってしまうのに。瀬戸先生は、いろんな才能を持っているんですねえ」

「ハハッ……。でも、紺野先生にはかなわない」

「はっ？」

「ぼくにはとても、本は書けない」

「ああ、原稿を読んでくれたんですね」

「いやあ、よかったですよ。ぼくは感動しました」

「勝手なことばかり書いて、すみません」

自分で原稿を渡しておいて、いまさら「すみません」もないのであるが、考えてみれば瀬戸は現役で大学病院に勤める医者である。大学病院の体制やそこで働く医者の姿勢を批判したり、皮肉ったりしているあの原稿を読んでもらったと思うと、さすがに気が引けるのであった。

「いや、勝手なんかじゃないさ。先生の気持ちは、まともな医者にだったら通じるはずだよ。うちの教授連中にも、ぜひ読ませたいもんだね。もっとも十ページも読まないうちに、気分が悪くなってほうり投げちまうだろうけど」

「先生にそう言ってもらえるとうれしいな。一生懸命に書いた甲斐があったというもんです」

　佑太はすなおに喜んだ。

「しかし、よくあれだけのものを書き上げましたね」

「研修医や患者だったらだれでも、病院に対して同じような不満を抱えているんじゃないかな？　そんなに特別なものじゃないでしょう」

「それはそうかもしれないけど、ふつうの人間は書こうと思っても、なかなか書けるもんじゃないですよ」

「ぼく自身、つい二年前までは本を書くなんて思ってもみなかった。でも、なんていうのかな……自分の中にためこんでいた不満が、ある日一気に噴き出したんです」

「それにしても、ぼくはびっくりしたよ。五階北病棟で、先生が書き残していったカルテやサマリーを何度か読む機会があったけれども、先生があれほどの文才を隠し持っているとは、夢にも思わなかった」

　佑太は思わず苦笑した。たしかに病棟で働いていたころ、佑太は書くことが面倒くさくてたまらず、患者や見舞いにきた家族たちとおしゃべりばかりしていたからである。

「しかし……不思議だな。ほんとうにあの原稿が、出版を断られたんですか」

「ええ、十三社にね」

「えっ、十三社も回ったの？」

瀬戸は驚いて、佑太の顔を見た。

「持ちこみ原稿を受け付けないところもあるから、実際には二十社以上かな」

「いやはや、紺野先生の執念には恐れ入った。ぼくだったら、とっくにあきらめちゃってるね」

「そうですか」

「それにしても、信じられないなあ。お世辞抜きにあの原稿はおもしろいし、もし本になったら、けっこう売れると思うけど」

「ありがとうございます。でも、現実はそんなに甘くないらしいですよ。『売り出すにはインパクトが足りない』って、編集者たちは口をそろえてますね」

「ふーむ、インパクトか……」

瀬戸は思案顔のまま、ゆっくり煙草に火をつけた。肺臓の奥深くまで吸いこんだ最初のひと煙を吐き出すと、瀬戸はやおら身を乗りだしてきた。

「そうだ紺野先生、インパクトを強くするのにぴったりの素材があるぞ」

「どんな？」

「佐伯教授だよ」

「えっ？」

今度は佑太が驚いて、瀬戸の顔を見た。しかし、その表情は真剣そのものだった。

「佐伯教授を本の中に登場させて、彼が起こした医療過誤の全容を描くんだ。はっきり言って、ぼくはあの男のことが許せない。いや、あんな男に好き放題にさせている大学病院や医療界の体質が許せない、と言ったほうがいいかもしれない」

「そりゃあ、ぼくだって許せないですよ。明らかに医療過誤を犯し、事実上裁判に負けて損害を与えただけでなく病院の評判まで落とした張本人が、のうのうと病院長を務めているなんて、まったくもって信じられない」

「そのとおり。病院以外のどんな組織においても、あれほど大きな事件を起こした人間が社会的制裁を受けないことはありえないよ」

「絶対にね」

「企業の幹部だったらまちがいなく首を切られるし、政治家だって世間の厳しい批判にさらされて失墜するだろう。どうして教授だけが守られているんだい？」

「まったく、わけがわからない」

「そのうえあいつは、事件を起こしたあとに出世したんだぜ。医療界っていうのは、現代社会において最後までとり残された秘境なのさ」

「まさに秘境ですね」

「でももうこれ以上、こんな理不尽を許しておくわけにはいかないだろう？」

「もちろん」

「だったらこの際、佐伯教授を登場させるべきだよ。先生の書いた本を通して、医療界の腐りきった実情を世間に伝え、一般人の問題意識を高めてほしいんだ。どうです紺野先生、いいアイディアでしょう？」

「いや、やめときます」

佑太は即座に答えた。

「佐伯教授や大学病院を敵に回すのが、怖いのかい？」

「べつに怖くはないですよ。ぼくはもう、大学病院とかかわりはありませんから」

「じゃあ、どうして？」

「その話は、瀬戸先生が書くべきじゃないかな。もともと先生の中から噴き出した不満なのだから……。もしよかったら、編集者を紹介しましょうか？」

瀬戸はすぐさま、言葉を返した。

「いいや、ぼくには書けない。とても紺野先生のようには書けないよ。ぼくはあの原稿を読んで、先生の書き手としての才能に惚れこんだんだ。嘘じゃないよ。それに先生だって、ぼくと同じ不満を抱えているはずじゃないか」

「もちろん。でも正直言って、医療訴訟の話なんか書きたくない」

「せっかく本を出すんだから、読者に真実を伝えるべきだろう」

「そういう話を読みたがっている人たちもいるけれど、ぼくは読者を暗い気持ちにさせたくない。ぼくが書きたいのは、楽しくて、希望が持てて、読んだあとにすがすがしさが残る、いわば青春小説みたいなものなんだ。言っちゃ悪いけど、佐伯教授みたいなキャラクターは登場させたくないな。話がじめじめして、とっても陰湿な雰囲気になっちゃうから」

　急に熱っぽい口調になって本の話を語る佑太に、瀬戸が負けじと反論した。

「ぼくはなにも、ノンフィクションを書いてくれと頼んでいるわけじゃない。先生の力量でおもしろい小説に仕立てることは、可能でしょう?」

「いや、とにかくそういう暗い話は書きたくないな。ぼくのスタイルとちがうから」

　瀬戸もそうとう頑固だが、佑太も言いだしたら後へ引かない男である。瀬戸はなおも説得を続けたが、佑太が首を縦に振りそうにないとわかると、今回は引き下がることにした。

「やれやれ、紺野先生もぼくに負けず劣らず強情だなあ。わかりました、もうこの話はやめましょう。でも、ぼくが今日お願いしたことは、頭の片すみに置いといてくださいよ。絶対におもしろい本になると思いますから」

佑太が何も答えないので、瀬戸はふたたびマールボロのパッケージに手を伸ばした。金曜の夜だけあって、居酒屋はいつのまにか満席になっていた。

ふうっ、と煙をひとつ吐いてから、瀬戸がまた話しはじめた。

「でもね、原稿を読んでいて、ぼくと紺野先生のある共通点に気がついたよ」

「へそ曲がりで意固地なところですか？」

つっけんどんに佑太は答えた。

「それは五年前、先生に会ったその日のうちにわかったさ」

瀬戸は笑いながら言った。佑太も思わず笑ってしまい、ようやく場の雰囲気がなごんだ。

「今回気がついたのはね、二人ともファーザーコンプレックスを持っているってこと」

「ファーザーコンプレックス？」

「そう。紺野先生は若いころ、医者であったお父さんに反発して、同じ道を進むまいと思ったのでしょう？」

「まあ、そうですけど」

「ぼくもまったく同じでね、小さいころからずっと、『親父のようにだけはならないぞ』と思って生きてきた……」

「その気持ち、よーくわかりますよ」

「先生のお父さんは、医学部の教授だったのでしょう？」

「ええ、佐伯教授とはまったくちがうタイプの親分肌の教授でね、後輩の面倒見がよくて情にもろいところもあったようです。でもやっぱり教授だから、権威を振りかざすようなところもあってね、かなりの威圧感だったな。子供にしてみればそんな親父の偉そうな態度は、プレッシャー以外の何ものでもなくてねえ……」

「そうでしょうね」

「瀬戸先生のお父さんも、やっぱり権威主義者だったのですか？」

「ぼくの親父は、紺野先生の親父さんとは対照的でね、なんの権威もない小役人ですよ。もっとも子供たちに対しては、権威主義者以外の何ものでもなかったけれど」

「先生のお父さんは公務員だったのですか。でも、それなりの要職についていたのでしょう？」

「とんでもない。ぼくの親父は分数の計算すらまともにできない人でね、ときどきお袋に勉強を教わっていたなあ。親父はうだつが上がらないヒラ役人のまま、キャリアを終えたんだ」

「ほんとうですか？」

「ああ、ほんとうさ。家では威張っていたけれど、一歩外へ出れば、上に言われたとおりにコツコツやるだけの人だった。ぼくはそんな親父を見ていて、不思議でしょうがなかった。どうしていつもがまんして、上の言うことを聞いているばかりなんだろう。この人は、自分の意見を持っていないのかって」

「ふーん」

「いまでは、家族のために自分を犠牲にして働きつづけた親父の気持ちが痛いほどわかるけど、当時のぼくには、親父の生き方が不本意に思えてしかたがなかったんだ」

「へーえ」

「だからぼくは、必死に勉強した。勉強しなければ親父と同じように、人に従うだけの人生になってしまうと思ったからね」

「そうだったんだ……。それにしても極端だなあ。権威のかたまりみたいな親父と、権威には縁もゆかりもない親父。でも、瀬戸先生とぼくの共通している点は、『親父のようにはなりたくない』っていう気持ちを、子供のころから強烈に持っていたことですね」

「過剰なくらいにね。そうだな、ぼくらの親父に対するコンプレックスっていうのは、社会的な権威に対するコンプレックスでもあるようだな」

「それぞれ、まったく逆の意味でね」

「そう、紺野先生は権威を持つことに対して強烈な反感を覚えたし、ぼくはなんの権威も持たないことが許せなかった」

「そう考えてみると、ぼくたちに共通するへそ曲がりな性格は、子供時代の親父に対するコンプレックスによって培われたのかもしれないなあ」

「転んでもただじゃ起きないぞ、っていう反骨精神もね」

「だとするとぼくたちは、親父さんに感謝しなければならないのかな？」

「ちょっと不本意だけどね」

「ホント、不本意ですねえ」

二人は顔を見合わせ、笑った。気がつけばもう午前零時を回っており、いつのまにか客の姿もまばらになっていた。

3

病院長となった佐伯教授は、その立場と責任を自覚してか、以前より積極的に病棟へ足を運ぶようになった。

しかし、ドクターやナースたちは必ずしも佐伯教授を歓迎しなかったし、実際、病棟にまめに顔を見せるようになって、教授の評判はむしろ悪くなった。教授が病棟へやってくるのは、患者を診療するためではなく、自分たちの勤務状況を監視するためであったからだ。

佐伯教授は自分の言うことを聞かないドクターに対し、ちくりちくりと嫌みを言いつづけた。

「あれっ、〇〇君、まだいたの?」、「君はいったい、何年働いているんだい?」、「君ももうそろそろ、いいんじゃないのかね」……。

半分冗談のつもりだろうが、そんなことを言われたらだれだって、気持ちよく仕事にのぞめなくなってしまう。

佐伯教授は、気分を害され仏頂面をしているドクターたちを満足そうに眺めわたすと、うすら笑いを浮かべて教授室へ戻っていくのであった。どうもこの男は、人の気分をへこますことに生き甲斐を感じるタチらしい。

佐伯教授はさすがに病理部までは見回りに来なかったので、瀬戸が教授と顔を合わせる機会はほとんどなかった。

——もうおれはあの男とは、なんのかかわりもないのだ。

そう思いつつも瀬戸は、病棟でのかつての同僚から佐伯教授の噂を聞くたびに、苦々しい思いになるのであった。

瀬戸と佑太は再会後、月に一度くらいのペースで酒を飲みにいった。

瀬戸も佑太もいちおう独身であるが、もう四十を越えたおじさんである。二人は互いのライフスタイルを尊重し合い、プライバシーにまで立ち入るようなことはなかった。それでも二人は徐々にうちとけ、さまざまな話をするようになっていった。

たまには昔のように、合コンを企画することもあった。二人は医者仲間としてではなく、飲み友達として顔を合わせていたのだ。

しかし、瀬戸がいくらすすめても、佑太は佐伯教授の話を書こうとはしなかった。

四月はじめのある夜、仕事を終えて帰宅しようとした瀬戸のポケットベルが鳴った。コールバックしてみると、電話に出たのは佐伯教授だった。

「ああ、瀬戸君か。申しわけないが、これから三十分ほど会議に出席してもらえないだろうか」

「かまわないですけど、いったいなんの会議ですか？」

「ある患者がＥＲＣＰ検査のあとに、重症膵炎になってしまってね。命に別状はなかったが、その後二か月間も入院することになったのだよ。で、その患者がね、重症膵炎になったのは明らかに医療ミスで、病院と検査を施行した医師に対して訴訟を起こすと言っているんだ」

「そうですか……」

「たしか君は消化器病棟にいたころ、ＥＲＣＰの件数をかなりこなしていたね。学位論文も、ＥＲＣＰに関しての研究だったはずだ」

「それはそれは先生、私の幼稚な論文を覚えていてくださったとは、たいへん光栄です。しかしですねえ、あれはもうずいぶん昔の話で、私はとうにＥＲＣＰから引退させていただきましたけれど……」

瀬戸は精いっぱい皮肉をこめて言った。

「まあそう言わずに会議に出席して、専門家としての意見を聞かせてくれたまえ」

――ふん、検査はやらせないくせに、こんなときだけおれを呼び出しやがって。

瀬戸は不機嫌に、会議室への廊下を歩いていった。

――そもそもおれを検査室から外すから、こんな事件が起きたんだ。勝手に訴えられるがいい。おれは助け船なんか出さないぞ。

会議室には、検査を施行した医師と内視鏡検査室の部長、それに阿久津教授と佐伯教授がいた。まず施行医がこれまでの経緯を説明し、次に瀬戸が意見を求められた。

「うーん、そうですねえ……。検査中にちょっと無理をして深追いしすぎたようですが、その後重症膵炎を合併したのは、明らかな医療ミスとは断言できないでしょう。不可抗力だったと言えなくもないですね」

施行医がウンウンとうなずいた。すかさず瀬戸は、施行医に向かって言った。

「しかしねえ、どうも先生の話を聞いていると、検査前の患者への説明が足りなかったような気がしてしょうがない。患者さんもきっと、そのことを怒っているのでしょう？　そんな話は聞いていなかったって」

すると施行医は、必死になって反論してきた。

「そんなことはありません。患者は検査の同意書にサインしたんですから。先生もごぞんじのとおり、同意書には膵炎も含め、起こりうる合併症はすべて記載されています。それに……」

瀬戸が、施行医の言葉をさえぎった。

「そんなものを読んだって、まるきり医学的知識を持っていない患者さんが、内容を理解できるわけがないでしょう。問題は、先生がわかりやすい言葉を使って、患者さんの納得がいくまでていねいに説明してあげたかどうかです」

上気した顔で、施行医が言った。

「私は十分もかけて、ちゃんと説明しましたよ」

「ほう、たった十分ですか」

阿久津教授が、二人のやりとりに割って入った。

「まあまあ君たち、身内で言い争っていても埒《らち》が明かないだろう。問題は、今回のケースが医療ミスであるかどうかだ。瀬戸君は『明らかな医療ミスとは言えない』という意見なのだね」

「そうですよ。しかし、いちばん大切なのは、誠意を持って患者さんに謝罪することじゃないでしょうか。『われわれの説明が不十分で、申しわけありませんでした』と」

ずっと黙って話を聞いていた佐伯教授が、そこではじめて口を開いた。

「瀬戸君、君みたいに正義を振りかざしても、始まらないよ」

そう冷たく言い放った教授に、瀬戸はムキになって言い返した。

「正義を振りかざしてなんかいませんよ。事実を述べているだけです。もしも、ぼくがその患者だったら、謝りの言葉がなければ絶対に納得しませんね」

「明らかな医療ミスでなければ、決して謝ってはいけない」

「どうしてですか？」

「ひと言でも謝りの言葉を発したら、その時点でわれわれの負けだ。そんなことくらい、君だってわかるだろう」

「勝ち負けの問題じゃあない。患者さんの気持ちの問題です。もしわれわれが誠意を持って謝れば、患者さんは訴訟など起こさないでしょう。しかし、いま謝らなければ、きっと後々問題がこじれますよ」

「なにを甘いことを言っているんだね、瀬戸君」

佐伯教授が、冷ややかな笑いを浮かべて言った。

「いいかい、君も知ってのとおり、私は四年以上にもおよぶ裁判をくぐり抜けてきた人間だ。君は『明らかな医療ミスではない』という見解を述べれば、それでいい。あとのことは、私にまかせなさい。なにも君が出しゃばることはない」

「出しゃばってなんかいません。ぼくは自分の意見を述べたまでです」

「わかったよ、変人君。君の意見は大いに参考にさせてもらおう。しかし、私を見くびってはいけないよ。あのような訴訟事件を乗りきり、いまもこうやって生きのびているのだからね」

「……わかりました。ぼくの役目はもう終わったのですね。あとはどうぞ、ご自由にやってください」

そう言い残し、会議室のドアをバタンと閉めて出てゆく瀬戸を、佐伯教授以下四人の医師は、無言のまま見送った。

瀬戸は、はらわたが煮えくりかえる思いで、病院の廊下を歩いていった。

——なにをとぼけたことを言っていやがる！　あんたが生きのびられたのは、あんた自身の力じゃない。あんたは大学病院という巨大な、そしてこのうえなく理不尽な権力に守られているにすぎないんだ。

いまや佐伯教授は、自分が医療過誤を犯して訴えられ、実質上裁判で敗訴になったことすらも、己のセールスポイントにしようとしているのである。なんという傲慢さだろう。ここまで厚顔無恥な男が、この世に存在していたとは……。

——あの男が持っているのは、大学病院の教授としてのくだらないプライドだけだ。もはやあの男は、人間としてのプライドなど、ひとかけらも持っちゃいないのだ。

# 第八章　恵理子の提案

## 1

「……ということでね、まったくひどい話だろう？」

佐伯教授の要請で医療訴訟の対策会議に出席した翌週、瀬戸は佑太に会うなり、事の一部始終を話して聞かせた。

「あきれたね、佐伯教授には。『自分は訴訟問題のプロだから、私にまかせなさいって』っていうわけか」

近ごろ佑太は、瀬戸に対して丁寧語で話さなくなっていた。瀬戸は医師としては大先輩であるが、いまは病院で働いているわけではないし、考えてみれば自分のほうが年上なのである。

「そうさ。ヤツは訴訟事件を乗りきったことを、まるで手柄話のように自慢しているよ。あの恥知らずは、医療過誤で訴えられたことを売り物にして、のうのうと生きているんだ」

「そんなこと言ったって、教授は裁判に負けたも同然だし、病院に多額の損害を与えて評判まで落としたじゃないか」

「それだけじゃない。病院じゅうの職員が教授の起こした事件を知っているし、病院長に昇進してから毒舌がますますひどくなって、人の顔さえ見れば嫌みを言うもんだから、ドクターやナースの評判もすこぶる悪い。もっとも、しっぽを振って教授についていく奴らは別だけどね」

「そんなんじゃ皆、気持ちよく仕事ができないし、病院だって陰湿な雰囲気になっちゃうんじゃない？」

「そうだろうね。でも、ああいうタイプの人間っていうのは、自分に都合の悪いことは見えないようにできているのさ。彼にとって重要なのはただ一つ、あんな事件を起こしたあとも自分が教授でありつづけ、そのうえ病院長のポジションをゲットしたという事実だ。たとえ、だれにも尊敬されない病院長だとしてもね」

「それにしてもわからないな。佐伯教授みたいな医者が生きのびられるのは、いったいどうしてなんだろう？」

「そりゃあね、紺野先生、T大医学部のご威光でしょう」

「T大学病院がバックについているからってこと？」

「そうさ」

「情けない男だなあ。いつもあの病院の悪口ばかり言っているくせに、結局はT大学にすがって生きているのか……」

「つまるところ大学病院は、閉ざされた世界なんだ。そして大学教授が医師たちの頂点に君臨しているかぎり、医療界全体も変わりっこない。考えてごらん、紺野先生……」

「ちょっと、あなたたち！　いつまで景気の悪い話をしているつもり？」

佑太の斜め向かい、瀬戸のとなりに座っていた長い髪の女性が突然、二人の会話をさえぎった。

「おっとゴメン、ちょっと話が長くなりすぎたか」

瀬戸が女性に謝った。

「スミマセン、つい熱くなってしまって」

佑太も思わず、頭を下げた。

「今日はお祝いなんだから、もっと楽しくやりましょうよ」

女性は瀬戸の恋人、恵理子であった。

恵理子のことは瀬戸から聞いて知っていた佑太だが、実際に顔を合わせるのは今日がはじめてだった。二人で会うといつも議論が白熱しすぎてしまうから、たまには恵理子も入れて三人で会ってみようかと、瀬戸が提案したのである。だから今日やってきた店は、いつもの焼き鳥チェーン店ではなく、ちょっとおしゃれなイタリア料理店だった。

「お祝いって、お二人のうちどちらか、誕生日なんですか？」

佑太は少々かしこまって、二人に訊ねた。

「なーんだ。ヤックンたら、まだ話してなかったね」

――ヤックン？

佑太は小首をかしげた。瀬戸は「や」のつく名前ではなかったはずだし、自分の目の前に座っている大男は「ヤックン」のイメージとは、およそかけ離れているではないか……。

「へへっ、自分から話すのも、なんだかちょっとね」

瀬戸が柄にもなく、照れ笑いしながら言った。

「それでは、私が代わって発表いたしましょう――瀬戸先生がね、病理の専門医試験に合格したの。今日はそのお祝いよ」

「そうだったんですか。それはどうも、おめでとうございます」

「じゃあ、もう一度あらためて。はい、カンパーイ」

「かんぱい！」

「乾杯！」

瀬戸のお気に入りだというシャンパンを一口飲むと、佑太は感心して言った。

「いやあ、すごいな。これで瀬戸先生は、消化器科専門医であると同時に、晴れて病理専門医にもなったというわけですね」

「まあね。でもたった一年半の経験じゃあ、病理医としては、まだほんのヒヨッコだよ」

めずらしく、瀬戸が謙遜した。

「でもね、ヤックンたらひどいんだ」

間髪をいれず、恵理子が言った。

「ひどいって？」

「私が教えてあげた細胞診の問題、ほとんど全滅だったんですって。私は検査技師だけど、こう見えても細胞診には自信があるの。なんたって、もう八年も顕微鏡をのぞいているんだから」

尿や痰の検体に、悪性の細胞が存在しているかどうかを検査するのが細胞診である。尿や痰の中に浮遊する一つ一つの細胞を診て、その悪性度をチェックするのだ。細胞診の検体は通常、まず検査技師によって検鏡される。そして、その中で悪性細胞の存在が疑われるものだけ、病理医が最終確認を行うのである。

「いや、悪い、悪い。今回はちょっと、細胞診にまで手が回らなくて」

瀬戸が頭をかきながら言った。

「あんなに一生懸命教えてあげたのに、もう次回からは面倒見てあげませんからね。ねえ、ひどいでしょう、ユータン」

「ユータン？」

佑太は思わず訊き返した。どうみたって、呼ばれているのは自分にまちがいなかったが。

「あら、ちょっと失礼だった？　でもなんだか、紺野先生には『ユータン』って愛称がぴったりな気がするな」

「そうですかね……」

「イヤじゃなかったら、これから『ユータン』って呼んでもいい？」

「べつに、かまいませんけど」

そう答えながら、佑太は胸の内でもう一度「ユータン？」とつぶやいた。

「いっそのこと、あなたたちも愛称で呼んだらいいのに。食事に来てまでお互いに『先生』なんて呼び合っていたら、カッコ悪いわ」

「まあ言われてみれば、そのとおりですけど」

佑太も常々、恵理子と同じことを感じてはいるのだが、瀬戸を前にすると結局は「先生」と呼んでしまうのであった。

「おいおい、いい年をした男がそんな愛称で呼び合ったら、気持ち悪いだろうが」

「そんなことありません。大の男が『先生』なんて呼び合うほうが、よっぽど気持ち悪いわ」

恵理子が瀬戸の反論を一蹴《いっしゅう》した。

「ユータンかあ……」

「ヤックンねえ……」

その後、瀬戸と佑太は恵理子の提案を実践しようと試みたが、照れもあって、なかなかうまくいかないのであった。

「ところで、センセ……じゃなかった、ユータン。このあいだ、おもしろい人に会ってね。ほら、ぼくが就職活動をしていることは、前にちょっと話したよね」

「瀬戸先生……じゃなくてヤックン、新しい病院が見つかりそうなの？」

「いや、まだ先の長い話さ。一か月ほど前、ある病院からダイレクトメールが届いてね。ドクターを募集しているっていうから、とにかく話を聞きにいったんだ」

「で、どうだった？」

「はっきり言って、その病院自体はたいしたことなかった。でも、そこの副院長がなかなかの人でね」

「ほんとうに大丈夫なの？　もしかして、だまされてるんじゃないでしょうね」

恵理子が心配そうに、瀬戸に訊いた。

「大丈夫さ、これでも人を見る目はあるんだから。で、とにかくその副院長がぼくに、『来年、静岡に新しい病院を立ち上げる予定だから、よかったら一緒にやってみないか』って話を持ちかけてきたんだ」

「へえー。新しい病院って、いったいどんな病院なの？」

「うん、その副院長が新しい病院の院長になる予定なんだけど、ぼくは彼の理念がとても気に入ったんだ」

「理念って？」

「いかなる場合でも、患者のわけへだてをしないってことさ。紹介状を持っていない人も、ありふれた病気の人も、どんな患者にも平等にやさしく接することが彼の理念なんだ」

「なるほど、大切なことだね」

「病気は人を選ばないし、病人に貧富や身分の差はないからね。『お殿様でも家来でも、病気にかかっちゃ皆おなじ』っていうやつだよ」

「そんなフレーズ、聞いたことないな。『風呂に入るときゃ皆はだか』ってテレビコマーシャルなら、あった気がするけど」

「そうだっけ？　まあいいや。おまけにその病院には、ホスピス病棟まであるんだ。どうだい、えせクリスチャンも納得だろう？」

「失礼ね！　人の顔さえ見れば、えせクリスチャンって」

瀬戸はふくれっ面の恵理子を尻目に、語りつづけた。

「しかもね、ここがもっとも重要なポイントだけど、彼はぼくの希望をすべて前向きにとらえてくれるんだ」

「内視鏡と病理を両方やりたいってこと？」

「そう。でも、それだけじゃない。もう少し現実味をおびてきたら詳しく話すけど、ぼくはかねてから一つの大きな構想を持っているんだ。彼はぼくに賛同して、新しい病院において構想どおりのシステムを開発しようと約束してくれた。うれしかったなあ……。紺野先生だったらこの気持ち、わかるよね」

「『先生』じゃないでしょう」

恵理子が横から口をはさんだ。

「わが胸に思い描く夢を実現させるのは、男のロマンだからね。ねえ、ユータン？」

「うん、そうだね」

「こんな大きな構想を聞き入れてくれる病院なんて、たぶんほかにないと思うよ。これはぼくにとって、大きなチャンスなんだ」

「でも、なんだか話がうますぎる気がして、私は不安だな。ユータンはどう思う？」

「実際に話を聞いたわけじゃないから、よくわからないけど。でも……ヤックンはいままでずっと、大学病院かその関連病院で働いてきたんだよね。民間の病院で働くのは、かなり勇気がいることじゃない？　医局を離れたら、これから先の保証はなくなるから」

佑太の質問に、瀬戸は笑って答えた。

「ハッハ、自由人のユータンに、そんなことを心配されるとは」

「ぼくは、はじめから医局に属していないし、所詮こんなふうにしか生きられないから……」

「なんだかんだ言って、医者というのはありがたい職業さ。資格があれば、まず仕事にあぶれることはないからね。まあ十年後は、どうなるかわからないけど」

「ヤックンは、ぼくとちがって専門医の資格をいくつも持っているからね」

「ぼくはこれまで知らず知らずのうちに、大学病院という権力にすがって生きてきたのさ。あの佐伯教授と同じように。でも、もうバカらしくなった。これからはせいぜい自由にやっていくよ。くだらないしがらみとはオサラバさ」

「あーら、カッコつけちゃって。いいですこと、男のロマンなんて。でも、病院がオープンするのは、まだ一年以上も先のことでしょう？　もう少し慎重に考えたほうが、いいんじゃない？」

「心配してくれなくても、ぼくは十分に慎重な男さ。そうだ、君も一緒に来たらいい。検査技師も募集中だし、えせクリスチャンとしては、ホスピスにも興味があるんじゃない？」

「えせじゃありません！」

プーッと頬をふくらました恵理子を見て、瀬戸が満足そうにニカッと笑った。

「でも、あなたがどうしてもって言うなら、考えておいてもいいわよ」

このままではすますものかと、恵理子が切り返した。

「無理強いはいたしませんから、どうぞゆっくりお考えください」

そんな二人のやりとりを眺めているうちに、佑太はふと、寂しい気持ちに襲われた。

――いまごろ直美は、どうしているだろう？

直美のことを思い出すのは、ひさしぶりだった。

日々の仕事に追われ、そしてまた本を出版したいという私欲にとらわれ、直美を思い出す余裕すら失っていた自分を、佑太は情けなく思った。

その晩は三人で、シャンパンとロゼワインと赤ワインを一本ずつ空けた。

晴れて病理専門医の資格を持つ身となったためか、それとも新しい病院で自分の構想を実現させる期待感のためか、瀬戸は終始ご機嫌でグラスを重ねていった。

いっぽう佑太は、赤ワインのグラスを揺らしながらじっと考えこんでいた。瀬戸から聞いた佐伯教授の話が、頭から離れなかったのだ。

医療過誤で訴えられ、事実上敗訴したことすら自慢話にしてしまう教授の傲慢さ、そんな心ない医師を教授として容認する大学病院、そして真実を人々に伝えないまま隠ぺいしてしまう医療界の悪しき体質……。事実を知りながら、このまま目をつぶっていてよいのだろうか？

――ひょっとしたら、書く意味があるのかもしれない。

そんな考えが、はじめて佑太の頭をよぎった。

## 2

五月になると、瀬戸の勤務する病理検査室に新人がやってきた。T大学病院で二年間研修医として働いたのちに病理医を志したという、二十六歳のドクターである。

新人の指導を全面的にまかされた瀬戸は、はじめの一か月、かなり大変な思いをした。顕微鏡の扱い方にはじまって、検体の「切り出し」のやり方、「組織標本診断」のノウハウ、遺体の病理解剖の手順等々を、つきっきりで一から教えなければならなかったからだ。

しかし二か月も過ぎると、ずいぶん楽になってきた。新人君は、仕事ののみ込みが速く、手先もとても器用で、なんでもそつなくこなした。おまけに性格的にも病理部にぴったりで、よけいな気遣いはせず、つべこべ理屈をこねることもなく、とにかく仕事に集中した。瀬戸としては、むしろかわいげがない奴と感じてしまうくらい、手のかからない新人だったのである。

「やはりT大医学部に合格する人間というのは、脳みその構造がちがうのだろうか？」と、瀬戸は感心せずにはいられなかった。

週末に飲みにつれていくと、新人君は必ずこんなことを言った。

「先生、ボクは病理に向いているようです。病棟で働いていたころは、患者の訴えがうっとうしくてたまらなかった。いくら完璧に仕事をこなしたつもりでも、彼らのクレームはとどまるところを知らないですからね。気が休まることもなく、まったく自分のペースで仕事ができなかった。そこへいくと、検体はかわいいもんですね。何ひとつ文句も言わず、こっちが完璧な答えを出すまで、じっと待っていてくれる」

――うん。たしかにおまえは、ここで働くほうが向いているだろうさ。

彼と話をするたびに、瀬戸はそう思うのであった。

いっぽう瀬戸は、患者とまったくかかわらない日々に、しだいに物足りなさを感じるようになってきた。そして「やはり自分は、新たな可能性にチャレンジすべきだ」という考えが、胸の内で徐々に固まっていった。

夏になるころには、瀬戸はむしろ、時間を持て余すようになった。

いまや新人は、ほとんど独り立ちしていた。瀬戸はこれまで自分一人でやってきた「切り出し」や「組織標本診断」の仕事を、彼と二人で分担するようになったのである。仕事量が半分近くに落ちこんだのだから、暇になるのは当然のことだ。

静岡の新病院の建築は、その後、着々と進んでいた。瀬戸は、まだ正式にその病院で働こうと決めたわけではなかったが、院長や事務長と連絡を取り合い、病院の建築に関して積極的に意見を出した。瀬戸がかかわったのは、主に内視鏡検査室と病理検査室の設計である。

瀬戸は、内視鏡検査室のとなりに病理検査室を設計した。内視鏡で採取された腫瘍やポリープは、病理検査室に運ばれる検体のかなりの部分を占めている（もちろん、ほかにもいろいろあるが）。内視鏡検査室の検体をとなりの病理検査室へ直接手渡すことができれば、病院全体として仕事の流れがとてもスムーズになるのだ。

瀬戸はまた、検査室の労働環境にも大いにこだわった。病理検査室というのは、とかくじめじめして陰湿なイメージがつきまとう。縁の下の力持ち的な仕事内容と同様、病理検査室にはなかなか陽の光が当たらないものと、昔から相場が決まっている。実際、いま働いている検査室を最初に訪れたとき、その環境の劣悪さに瀬戸は思わずため息をついた。

病理検査室は中央診療棟のどん詰まりにあり、うす暗い廊下には、段ボール箱が山のように積まれていた。「いったいなんだろう」と、無造作に積まれた段ボール箱の一つをのぞいた瀬戸は、ギョッとして一瞬体が凍りついた。ビニール袋にパックされたホルマリン漬けの内臓が、箱いっぱいに詰まっていたのである。

検査室で瀬戸が働き場として与えられたのは、作業部屋のわきにある狭いスペースだった。壁に沿って三メートルほどの細長い机があり、机の横にはなぜか流し台がついている。おそらくこの机は、もともと作業台として設計されたものだろう。

うしろ側の壁には、プレパラートがぎっしり詰まった標本箱が何段も積み重なり、全体で大きな棚を形成している。幅四メートル、高さ二メートルはあるだろうか。この棚に目をやるたびに、瀬戸は大地震がやってこないことを願わずにはいられなかった。

机と後方に控える標本棚とのあいだは、わずか七十センチほどのすき間しかない。仕事に疲れて伸びをすると、瀬戸の長い腕は決まって標本棚にぶつかった。そして、だれかがうしろを通りすぎるたびに、瀬戸は椅子を引き、大きな体を縮こませるのだった。

細長い机の中央には、六百万円の光学顕微鏡がデンと据えられている。そして、顕微鏡の右手には瀬戸愛用のマッキントッシュのノートパソコン、左手には病院業務用のウインドウズのデスクトップコンピューターが設置され、瀬戸はキャスター付きの椅子に腰かけたまま、顕微鏡と二つのコンピューターのあいだを忙しく行ったり来たりした。

瀬戸の働き場にかぎらず、病理検査室には窓というものがほとんど見当たらない。かろうじて窓らしき窓があるのは、中央診療棟のもっとも端に位置する病理部長の部屋だけだ。ただし、この部屋にはいつも、葉巻の煙がもうもうと漂っていた。

日々このような環境で働いていたため、瀬戸は病理検査室の設計に大いにこだわったのである。

瀬戸は作業場を部屋の中央に集め、検査技師やドクターの机はすべて窓ぎわに配置した。五階の検査室の窓からは、太平洋の海原を見渡すことができ、すこぶる気分がよい。仕事だってはかどるというものだ。それ以外にも、スタッフが気持ちよく、なおかつ効率的に作業にのぞめるよう、瀬戸は細心の注意を払って病理検査室の設計を進めた。

次から次へとアイディアが湧いてくるので「おれってもしかしたら、設計の才能があるんじゃない？」と思う瀬戸であったが、冷静に考えると、それは当たり前のことだった。現在働いている検査室と正反対の環境を作れば、それでよかったのである。

日中、組織標本が出来上がってくるまでの時間、瀬戸は愛用のマックに向かい、新しい病院の構想を練り、内視鏡検査室や病理検査室の設計にいそしんだ。瀬戸は毎週のように、新病院の院長と連絡を取り合った。ときには医療機器メーカーに直接電話をかけ、要望を伝えたり、交渉を持ちかけたりもした。

病理部長は、瀬戸が病院業務以外の仕事に手を出していることをうすうす知っていたが、検査室における業務をきちんとこなしてさえいれば、何も文句を言ってこなかった。

新しい病院で働くことは、これまで大学病院で働いてきた瀬戸にとって、一種の賭けであった。しかし、病院の立ち上げに参加するというのは、一人の医師として大きなやりがいを感じる仕事である。そして何よりも、新天地で自分が思い描いた構想を実現させることができるのだ。そのことに、瀬戸は抗しがたい魅力を感じていた。

瀬戸は、自らが設計した理想の環境で働くことを夢みて、今日もマックを前に着々と構想を練るのであった。

## 3

その後も、瀬戸と佑太の交流は続いていた。

瀬戸と佑太は定期的に連絡を取り合い、二人で、あるいは恵理子と共に三人で、夜の街へくり出した。ときには恵理子に内緒で、昔のように合コンを企てることもあった。

佑太は、情熱を持って夢を実現させようとする瀬戸をうらやましく思い、瀬戸はまた、なんのしがらみもなく自由奔放に生きる佑太をうらやましく思った。飲んでいて口論になることはしょっちゅうだったし、双方とも相手の我の強さにうんざりすることもしばしばであった。しかし、根本的に二人は、互いの生き方を認め合っていた。

佑太は自らをフリーター医師と称して派遣の仕事を続けるいっぽうで、細々と執筆活動を続けていた。しかし現状はままならず、佑太が世に出したいと願う本は、いっこうに出版が決まらなかった。

秋も深まってきたころ、佑太のもとに一通の手紙が届いた。

その日、仕事から帰ってきた佑太は、いつものように郵便受けをのぞいた。すると、あらめずらしや、請求書以外の手紙が入っているではないか。

――いったい、だれからだろう？

水色の封書を取り出し、裏返してみると、白石直美という署名があった。その丸みをおびた字体には、見覚えがあった。

――そうだ、まちがいない。直美の筆跡だ。

しかし……直美の名字は変わっていた。

状況を察し、佑太は懐かしさと後悔の念が入り混じった、複雑な心境になった。思えば、直美と別れたあの日から、すでに六年の歳月が流れていた。その間、自分は一度たりとも、彼女に連絡しなかったのだ。彼女がすでに結婚していたとしても、それはむしろ当然のことだろう。

読むのがちょっぴり怖いような気もしたが、佑太は部屋に戻るとさっそく、封書を開けた。


おひさしぶりです。私のこと、覚えているかしら？　あれからもう六年もたってしまったから、私のことなんか忘れちゃった？　この手紙があなたのもとに届くかどうかわかりませんが、とにかく送ってみます。

先日ひさびさに上京し、むかし病院で一緒に働いていた仲間に会いました。その中の一人が、健康診断の会場で偶然あなたを見かけた、と言っていました（ごぞんじのように、この業界はけっこう狭いのです）。病院を辞めてしまったのですね。あなたのことが心配になり、この手紙を書いている次第です。

手紙のその後の内容は、「自分は三年前に結婚して、一歳半になる女の子がいる。そして、平凡ながらも、幸せな毎日を送っている」というものだった。

便せん三枚の手紙は簡潔で、あっさりしたものだった。淡々と綴《つづ》られたその文章からは、直美の感情の乱れは感じられなかった。佑太はホッと安心したと同時に、ちょっぴり寂しくもなった。

手紙の最後には、こんなことが書かれていた。

それにしてもあなたという人は、自信家のくせして自信がなさすぎます。それにあなたは、あいかわらず生きるのがヘタな人ですね。あなたがどうか、もう少しうまく生きていかれることを、切に願っています。

初雪ちらつく秋田より　直美

手紙を読み終えた佑太は、思わず苦笑した。しかし、いささかも気分を害したわけではない。佑太には直美の忠告が、とてもうれしかったのである。

佑太は手紙を何度か読み返すと、便せんをそっと折りたたんだ。そして、心の中でこう言った。

——ありがとう、直美。こんないいかげんな奴を心配してくれるなんて、あいかわらず君はやさしい心の持ち主だね。でも、ぼくはやっぱり不器用に生きていくよ。それがぼくの生き方なのだから……。

4

十二月の第二土曜日、朝から机に向かってキーボードをたたいていた佑太は、夕方の五時になるとあわてててノートパソコンを閉じ、駅へと向かった。今日は瀬戸と恵理子と三人で、こぢんまり忘年会をやろうということになっていたのだ。

土曜の夕方の駅は芋《いも》の子を洗うような混雑ぶりで、瀬戸と恵理子の姿を見つけだすのはひと苦労だった。思えば瀬戸との再会から、はや一年がたとうとしていた。

ひと区間だけ電車に乗ってとなり街へ移動すると、三人はクリスマスムード一色の街並みを歩いていき、恵理子がインターネットで見つけて予約したという鍋の店に入っていった。

「その後どうだい、ユータ。本の出版は決まりそう？」

個室に通され、掘りごたつ席に腰かけると、瀬戸が佑太に訊いてきた。「ユータン」はさすがに気恥ずかしいのか、近ごろ瀬戸は、佑太の名をそのまま呼ぶようになった。

「いいや、最近は本業のほうが忙しくてね……。それより、ヤックンのほうはどう？　新しい病院の建築は、順調に進んでいる？」

佑太はまともに質問に答えず、話を瀬戸に振った。その後も原稿を書きなおしては出版社へ持参したが、いっこうに本になる見通しが立たなかったからだ。

「うまくいっているよ。内視鏡検査室と病理検査室の内装は、ほぼ自分が思い描いたとおりに進んでいるようだし。でも、肝心のぼく自身の労働条件で、なかなか折り合いがつかないんだ」

「給料のこと？」

「いや、そうじゃない。病院がオープンしてしばらくのあいだ、ほとんど休みがなさそうだし、週に二回、当直をやってくれって言われてね。この年で週に二回も当直をやったら、あっという間にくたばっちまうよ」

「そりゃあそうだ」

「まあ、はじめの何か月かは忙しいのは覚悟しているけどね……。そうだ、よかったらユータも一緒に働かないか？　病院の窓から太平洋が一望できて、ほんとうに素晴らしい環境だよ」

「いや、ぼくはいいよ。いまの生活にとりあえず満足しているから」

「そう言わずに、一度見においでよ。きっとユータだって気に入るさ」

「じゃあ、いつか見学させてもらおう。それにしても、ヤックンのパワーには感心するね。新しい病院で働くだけでも大変なのに、そのうえ内視鏡と病理を掛け持ちでやるっていうんだから」

「ホントに欲張りな人よね。でも、無理は禁物よ。いくら若ぶったって、あなたはもういい年なんですから」

　恵理子が忠告すると、瀬戸はすかさず切り返した。

「君にはわからないかもしれないけど、まともな男っていうのは、みんな欲張りなものなのさ。ほら、目の前にいる男だって欲張って、医者と作家を掛け持ちでやろうとしているじゃないか」

「本が出なければ、作家とは言えないよ」

　佑太は自嘲《じちょう》気味に言った。

「大丈夫、いつか必ず本になる。ぼくが保証するよ」

「そうなるといいけど……。しかし、ヤックンみたいなマルチタイプの医者っていうのも、めずらしいな。ぼくの知るかぎりでは、どうもふつうの医者っていうのは、自分の専門分野に凝り固まる傾向があるようだから」

「うん。ぼくだってついこのあいだまで、消化器科専門医としてのプライドにこだわっていたからね。でもぼくはある日、気がついたんだ。病理っていうのは静の世界で、どちらかといえば研究職というイメージがあるだろう？」

佑太はうなずいた。

「それに反して、内視鏡の仕事は動の世界で、あくまで現場における労働だ。言ってみれば、ブルーカラー的な仕事さ」

「そんなこと言ったら、ほかのお医者さんに怒られるわよ」

恵理子が瀬戸をたしなめた。

「どうして？　ほんとうのことを言っているだけだよ。そんなことで怒るヤツは、勝手に怒らせとけばいいさ。とにかくぼくが言いたいのは、どちらか片方だけやっていると、なんとなく人間としてのバランスが悪くなっちゃうってことさ」

「なるほど」

「あるときは、患者の嘔吐物や吐血にまみれ、汗びっしょりになって、内視鏡を手に格闘する。そしてまたあるときは、専門書をひもとき、最新の文献を検索しながら、じっくり顕微鏡をのぞきこむ。両方の仕事にたずさわってはじめて、バランスがとれるような気がするんだ」

「ヤックンみたいにわがままな人に『バランス』なんて言われると、調子狂っちゃうわ」

恵理子がまたいちゃもんをつけたが、瀬戸はかまわず続けた。

「それにね、ぼくは以前から内視鏡で採取した検体を自分自身で診断できないことに、どこかもどかしさを感じていたのさ。病理医から診断レポートが返ってきても、ほんとうにそうだろうかって、つい疑っちゃうんだ」

「やっぱりあなたは欲張りね。自分でとった獲物は、絶対人に渡したくないっていうタイプ」

「一人の患者が何かの疾病を疑われ、さまざまな検査を経て、ようやく診断にたどり着く。せっかく患者とかかわるんだったら、ぼくは最初から最後までずっと、その患者を追いかけたいんだ」

「すごいパワーだなあ。でもさ、ぼくにはよくわからないけど、病理医は内科医とはまたちがった見地から疾病を眺めるんだろうね」

「そのとおり。恥ずかしながら、ぼくは病理部に来てはじめて、『いままでの自分は、単なるローカリストだった』と自覚したのさ」

「ローカリスト？」

佑太が訊き返した。

「そう、スペシャリストじゃなくてローカリスト。たとえば、明けても暮れても内視鏡検査や、心臓のカテーテル検査ばかりやっているドクターたち——彼らは自分たちのことをある意味、スペシャリストだと思いこんでいるだろう?」

「そりゃあ、そうだろう。専門的な知識と技術を要する検査だからね」

「しかし、じつは彼らの多くはローカリストにすぎないんだ。まあ、自分もそういうところがあったけどね。とにかく、彼らは胃や大腸の中や心臓の血管ばかり見ているから、患者を一人の人間として見ることを、つい忘れがちになる。でもそれでは、消化器や心臓以外のどこかに疾病が隠れていたとしても、うっかり見落としてしまうだろう? 全体を見ることのできない人間は、決してスペシャリストにはなれないのさ」

「スペシャリストになるためには、まずはジェネラリストでなければならないってことだね」

「そう。全体を見渡すことのできない人間がいくら専門技術を身につけても、ローカリストにしかなれないんだ。そして現代の病院には、そういったローカリストたちがごろごろしている」

「医療過誤で訴えられる医者は、きっとそういうローカリストたちよね」

「それも自分をスペシャリストと勘ちがいしている、タチの悪い奴ら」

恵理子と佑太の言葉に、瀬戸は満足そうにうなずいて言った。

「佐伯教授も含めてね」

「佐伯教授か……。それにしても最近多いわね、医療訴訟の話。今日の朝刊にも載っていたけど、ああいった記事が目に入るたびに、気分が暗くなっちゃうわ」

「ああ、これからますます増えていくだろうね」

そう言うと、瀬戸はマールボロのパッケージに手を伸ばした。

「医者と弁護士はエリートの代表みたいに言われるけど、考えてみたら医者と弁護士がもうかる世の中なんて、ちっともいい世の中じゃないよね」

佑太が笑って言った。

「でも、どうしてかしら？　どうして医療訴訟は増えつづけるの？」

恵理子の素朴な質問に対し、佑太は自分の考えているところを答えた。

「一つはヤックンの言うとおり、現代の医療が専門化しすぎたからだろうね。専門的な検査や技術はもちろん大切だけど、やっぱり患者を一人の人間として身体全体を診ていかないと、大切なことを見落としてしまうんじゃないかな」

「『木を見て森を見ず』ってことね。それ以外は？」

「コミュニケーションが不足していることも、大きな問題だろうね。いまは一般の人もインターネットを使えば、かなり専門的な医学情報を得ることができる。でも、情報が増えつづけるいっぽうで、医者と患者間のコミュニケーションは、十分にとれていない気がする」

「そうよね。単なる情報と、医者から直接聞いた話では、やっぱり信頼度がちがうもの」

「情報の信頼性だけじゃなくて、人間同士の信頼性って意味でもね。医者は機械じゃないから、いつでもノーミスってわけにはいかないさ。問題は何か起きてしまったとき、患者や家族に納得してもらえるかどうかだと思うんだ」

「トラブルが生じてから医者があわてて説明しても、もう遅いわよね」

「そう。でも、患者と医者がはじめから十分に話し合って、日々コミュニケーションをとっていれば、少なくとも訴訟の半分は回避できるはずだ、とぼくは思う」

「でも、いまの世の中、コミュニケーションをとるのを面倒くさがっているのは、医者だけじゃないような気がするな」

「うん。コミュニケーションの喪失は医療界だけじゃなくて、世の中全体の問題かもしれない」

「日本人って単一民族だし、もともと話せばわかる国民性のはずよね」

「たとえばアメリカの場合は、人種や宗教がちがってお互い理解しにくい面があるから、ある程度訴訟が多いのはしかたがないことかもしれない。でも……だからってわれわれ日本人までが、なんでもかんでも訴訟、訴訟って騒ぎ立てるような風潮になってほしくないな」

「もったいないわ、話せばわかるのが日本人の美徳なのに」

「それなのに皆ますます、面と向かって話さなくなっている。だからさ、ぼくはそのことをテーマにした本を出したいと思っているんだ。でも、これがなかなかうまくいかなくてねえ……」

「ぴったりじゃないか、ユータ！」

　煙草をふかし、しばし自分一人の世界にひたっていた瀬戸が、唐突に恵理子と佑太の会話に割って入った。

「ぴったり？」

「そうだよ、ずっと前から言っているだろう？　佐伯教授の話を書けばいいんだ。彼はコミュニケーションをとれない男の代表だからね」

「またその話か。そりゃあぼくだってそう思うさ。だけど、医療訴訟の問題を大々的に取り上げたくはないな。そういうのは、ほかの人にまかせるよ」

「でも、これは十分、世の中に伝える意味のある話だろう？」

「暗い話はゴメンだね。医者になろうと夢みている子供もいるし、医者に希望を託している患者だってたくさんいるんだ。そういう人たちを暗い気持ちにさせるのは、ほとんど罪だよ」

「きれい事ばかり言っていてはダメだ。はっきり言おう、ユータの原稿はたしかにおもしろいけれど、一つだけ欠点がある。それは、行儀がよすぎることだ。医者や病院の暗の部分、汚い部分を読者に伝えてこそ、真の傑作が生まれるんじゃないか？」

「べつに傑作じゃなくてもいいさ」

佑太はむくれ顔で言った。

「書きたいテーマがあって、それにぴったりの素材があって、しかもそのことを描く能力も持っている。すべてがそろっているのに書こうとしないなんて、それこそ罪だよ。ユータには書く義務があるんだ」

「こんな世の中だからこそ、本を読んでいるあいだくらいは読者に明るい気持ちになってほしいんだ。わかるかな？」

「いや、わからんね」

「だから、ぼくが言いたいのは……」

「カンタンじゃない！」

そのとき、恵理子があっけらかんと言い放った。突拍子もなく明るいその声のトーンに、瀬戸と佑太は思わず議論を中断し、二人して恵理子の顔を見やった。

「簡単？」

瀬戸が訊いた。

「そう、カンタンよ」

「いったい何が、簡単なの？」

自信たっぷりの笑顔を浮かべる恵理子に、今度は佑太が訊ねた。

「なにをそんなに悩んでいるの？　カンタンじゃない、あなたたち二人を主人公にした青春小説にすればいいのよ」

「……青春って、おれたちはもういいおじさんだぜ」

一瞬の沈黙の後、瀬戸がつぶやいた。

「あらあら。いつも若ぶっているくせに、こんなときだけ現実的にならなくてもいいでしょう」

「いや……ちょっと無理があるんじゃないかと」

瀬戸は苦笑した。

「夢を持っている人はね、いつまでも青年なの。そうでしょう、ユータン？」

「まあ、少しおこがましいけどね……。恵理子さん、つまりこういうこと？　基本的には、病院を舞台にした二人のドクターの青春小説で、そこに敵役《かたきやく》として教授連中が登場する」

「ええ。そうすれば、明るくて楽しい話が書けるでしょう？」

「うむ……悪くないかもしれない」

「青春小説ねえ」

納得がゆかぬという顔つきで、瀬戸がまたつぶやいた。

佑太はしばらく考えこんでいたが、やがて顔を上げた。

「自信はないけど、とにかく書いてみようか」

「やったあ！　これで決まりね」

満面笑みの恵理子に対し、瀬戸はやや複雑な面持ちで言った。

「ぼくとしては、もっと鋭く医療界の裏側をえぐるような小説を書いてほしかったけれど……。でも、とにかくユータが書く気になってくれてうれしいよ。一年かけて説得した甲斐があったというもんだ」

「それじゃあもう一度、乾杯しなおしましょう」

そこで三人は、二本目の焼酎ボトルと湯のポット、それにグラスに入れる梅干しを注文した。

「ところで」

二度目の乾杯をすますと、恵理子が佑太に訊いてきた。

「話の中に、私は登場するんでしょうね」

焼酎を飲んでいた佑太は、思わずむせ返った。

「ゴホッ……まだどんなストーリーにするか、ゴホゴホッ……考えてないんだけど」

「私のひと言で、ユータンが青春小説を書く気になったんですからね。私も登場させなかったら、承知しないわよ」

「そうですよね、はい。恵理子さんにはぜひ、登場していただきます」

恵理子と佑太のやりとりを聞いていた瀬戸が、高らかに笑って言った。

「ハッハ、こりゃあ大変なプレッシャーを背負いこんだもんだ。とーってもいい女に書かないと、一生うらまれるぞ、ユータ」

## 5

瀬戸と恵理子との忘年会の翌日から、佑太はさっそくパソコンに向かい、病院を舞台にした新しい物語を書きはじめた。

自分自身と瀬戸をモデルにした二人の中年医師の友情を描くというのは、はじめのうちは多少気恥ずかしいものがあった。しかし、書き進めていくうちに恥ずかしさは徐々にうすれていき、佑太はこんなふうに思うようになっていった。

——恵理子さんの言うとおり、青春というのは年齢と関係ないものかもしれないな。

佑太は年末年始もアパートにこもり、ひたすらパソコンのキーボードをたたきつづけた。


年が明けると、しばらく落ち着いていた瀬戸の生活に、また異変が起こった——なんと、病理部からふたたび五階北病棟へ異動するよう、命じられたのである。

ある日、佐伯教授に呼び出された瀬戸は、三か月間だけ病棟へ応援にいってほしいと頼みこまれた。二月から新研修医がやってくる四月までのあいだ、五階北病棟はどうしてもドクターが足りなくなってしまうとのことだった。

あまりに勝手な病院側の言い分にあきれはてた瀬戸だが、もはや動じることはなかった。たしかにいま現在、病理部には余裕があった。昨春から働きはじめた新人が、ほとんど独り立ちしていたからだ。瀬戸がいなくなっても、もう十分に仕事をこなしていけるだろう。思えば去年、新人がやってきた時点で、こうなることはわかっていたのだ。病理部には部長ともう一人ドクターがいれば、なんとかやっていけるのである。

だから瀬戸は、三か月間だけという教授の言葉を信じなかった。このまま病院にいつづけたら、自分はいいように病院内をたらい回しにされるだろう。

にもかかわらず、瀬戸は佐伯教授を前にして少しも憤慨しなかったし、抗議の一つもしなかった。五月から、自分でその構想を描き、設計に参加した新しい病院で働くことが、ほぼ決定していたからである。

瀬戸は今回の異動を、むしろ歓迎すべきことと考えた。内視鏡検査室から外されて以来、瀬戸は患者と接するチャンスをほとんど持てなかった。新しい病院で病理と臨床の両方にたずさわる予定の瀬戸にとって、三か月間病棟で働くことは、臨床の勘を取り戻すのにちょうどよい準備期間であったのだ。

異動を言い渡されても、まったく動じることなく、涼しい顔をしている瀬戸に、佐伯教授は肩透かしを食らったような気分だった。何ひとつ不平を言ってこない瀬戸に、物足りなささえ感じていた。

しかし、さしもの教授も瀬戸の腹積もりまでは見通せなかった。瀬戸は佑太と恵理子以外のだれにも、新しい病院の話をしていなかったのである。

異動を告げられた日から、瀬戸はとり急ぎ、静岡に建築中の新病院と折衝を重ねた。その結果、瀬戸は一月中に内視鏡および病理検査室の内装に関する注文をすべて伝え、自分の労働条件についてざっと折り合いをつけた。

二月になると、瀬戸は二年半ぶりに五階北病棟で臨床医として働きはじめた。そして仕事の合間に新病院の院長と連絡を取り合い、着々と進みつつある建設現場の様子を訊ね、そのつど細かな要望を伝えていった。

いっぽう佑太は年が明けると、新作の原稿書きにさらにのめりこんでいった。

例年一月と二月は、派遣会社からの仕事の要請がぐっと減る。この寒い時期に好き好んで健康診断を実施するオフィスや工場は、あまりないからである。この時期だけは、派遣以外の診療所等での仕事を合わせても、出勤するのは週に三日程度である。

佑太は残りの四日間、起きている時間のほとんどすべてを執筆に当てた。ひとりアパートの六畳間にこもり、テレビも見ず、好きなレコードも聴かなかった。仕事がある日でさえ、帰宅後にパソコンに向かった。まるで、大学入試を間近に控えた受験生のような生活ぶりであった。

仕事が休みの日は、朝起きるとまず、アパートの裏にあるファミリーレストランへ向かった（正確に言えば、アパートがファミリーレストランの裏にあるのだが）。一日じゅうアパートにこもっているのは、さすがに精神衛生上よろしくないと思ったからである。

佑太は七時の開店と同時に店内へ入り、いつもの窓ぎわのテーブルに陣取り、十時過ぎまでキーボードをたたきつづけた。

六百円のモーニングセット一つで三時間もねばるのは、少しばかり気が引けたが（しかも、ドリンクバーで何杯もコーヒーをおかわりする）、幸い平日の午前中、店はすいていた。すっかり顔なじみになった店員たちも、ときどき佑太に「進みぐあいはどうですか？」などと声をかけてくれた。

アパートに戻ってくると、トイレで用を足しながら新聞にざっと目を通し（ずっと活字を追いかけているので、まともに読む気になれない）、洗濯機を回す。そして机に向かい、ふたたびパソコンのスイッチを入れる。

コーヒーブレイクを二度はさんで書きつづけ、午後四時になると、佑太は決まって散歩に出かけた。散歩といっても佑太のアパートの付近には、公園も川も神社もない。片道二十分ほどのスーパーとコンビニに、夕食の惣菜を仕入れにいくのである。

しかし、この夕方の散歩は、佑太にとって貴重な時間であった。疲れた目と頭を休めるのにもちょうどよかったし、新しい発想は意外にも、ただボケッと歩いているときに湧いてくるからだ。散歩から帰ったあとも、佑太は夕食をはさんで深夜までパソコンに向かった。

そんな毎日が続いても、不思議とキーボードを打つ指は止まらなかった。書くペースはかなり遅い佑太だが、それでも継続は力である。一日一日の積み重ねで、原稿は着実にたまっていった。

そして、二月も半ばを過ぎた寒い夜、新しい作品はついに完成した。瀬戸と恵理子との忘年会から、二か月と十日がたっていた。

プリントアウトされた原稿を前にして、佑太はホッとため息をついた。

いま自分の手元にあるこの原稿が、本になる可能性があるのか、また実際に本になったとしても多くの人に読んでもらう価値があるのか、佑太にはさっぱりわからなかった。彼の中にあるのはただ、一つの物語を書き終えたという達成感だけだった。

翌日から、佑太はさっそく原稿を抱え、出版社を回りはじめた。

瀬戸は五階北病棟で働きながら、佑太は出版社を回りながら、二人は新しい春の訪れを待ちわびた。

# 第九章　変わらざる者

## 1

ピーポー、ピーポー、ピーポー……。

耳もとでけたたましく、サイレン音が鳴っている。

——いったい、何ごとだ！

佐伯教授は目をあけた。が、しかし……よく見えない。

目に入るものすべてがぼやけており、おまけに視野も異様に狭い。まるでピントが合っていない顕微鏡をのぞいているようで、もどかしいことこのうえない。いくら目を凝らしても、上方で光っている照明らしきものと、わきに立っている二人の男のぼんやりした姿しか見えないのである。

そのうちに頭の芯がズキズキ痛みだし、激しい吐き気が襲ってきた。目を閉じるとまた、意識が遠のいていった。

グオオー、グオオー、グオオー……。

自分のいびきに驚き、佐伯教授はふたたび目を覚ました。己がかいているとは信じがたい、獣のうなり声のようないびきである。

——ここは、どこだ？　いったいおれは、何をしているのだ？

佐伯教授は、わが身を起こそうとした。が、しかし……体は言うことを聞いてくれない。とくに右手と右足は、脳の指令に対してピクリとも反応しない。そもそも、わが身体という実感がまったくないのである。まるで体全体が、ふわふわ宙に浮いているみたいだ。

覆いかぶさるようにして自分の顔をのぞきこんでいた男が、大きな声を張り上げた。

「意識レベルⅡの20！」

「バイタルは？」

もう一人の男が訊いた。

「血圧158の84、脈拍98、不整なし、体温37・2度であります！」

ようやく状況をのみこみ、佐伯教授は愕然とした。

——なんてこった、ここは救急車の中じゃないか！　おれは……おれは病院へ運ばれようとしているのだ！

「動脈血の酸素飽和度は？」

「95％です。右片麻痺《かたまひ》を認めますが、バイタルはおおむね安定しています」

「うむ……。とりあえず、心肺蘇生の必要はなさそうだな」

二人の会話を聞きながら、佐伯教授は己の病態を推測していた。

――おれはたぶん……脳梗塞《のうこうそく》で倒れたのだ。それにしても、どうしてこのおれが、脳梗塞にならなきゃいけないんだ？　おれは高血圧でも糖尿病でもない。コレステロールだって、ぜんぜん高くなかったはずなのに。

「いちおう病院に着くまで、酸素吸入をしておこう」

「はい。では、毎分2ℓで始めます」

――ええい、じゃまだ。マスクなんかいらん！　しかし……それにしても、頭が痛いな。ひょっとすると、脳血管の動脈瘤が破れて、クモ膜下出血になったのかもしれないぞ。ああ、おれとしたことが、どうして脳ドックを受けておかなかったのだろう。

「この患者はどうやら、〇〇大学病院の職員のようですね」

――職員？　おれは病院長だぞ。そんなこともわからんのか！

佐伯教授は必死に訴えようとした。が、しかし……言葉が出てこない。いくら声を発しようとしても、ただ、よだれが流れ落ちるだけである。

「そうか。ではとりあえず、〇〇大学病院へ搬送しよう」

自分が病院長であることに気づかない二人の男に腹を立て、ひと言もしゃべれない状態を情けなく思いながらも、佐伯教授はひとまず安心した。とにもかくにも、わがホームグラウンドに運ばれるのである。

しかし……いざ病院に到着し、ストレッチャーで救急処置室に運ばれると、佐伯教授は己の運のなさを呪うこととなった。

「脳梗塞でしょうか？　それとも、出血でしょうか？」

救急隊員が訊ねると、処置室で控えていたドクターが歯切れ悪く答えた。

「いやー、それはどうだか……。ボクにはちょっと、わかんないっす」

あいかわらず視界はぼやけていたが、東北ナマリのいかにも自信なさそうなしゃべり方で、佐伯教授はすぐさま声の持ち主を判別した。

こともあろうに本日の当直医は、研修一年目の、しかも不器用で仕事ができないと評判の安田医師であったのだ。佐伯教授も安田を使えない医者と判断し、研修期間が終わりしだい、お払い箱にしようと思っていたところである。

「では先生、ここにサインを。あとはよろしくお願いします」

「あー、はい……。どうも、ご苦労さまでした」

安田のとなりに立ったナースが「どれどれ」と、救急患者の顔をのぞきこんだ。

「あらイヤだ。佐伯教授じゃないですか！」

ナースはいきなり、すっとんきょうな叫び声をあげた。

——その声は、飯田婦長だな？　なにもそんな大声を出さんでもいいのに……。しかし、外来の婦長がいてくれたのは不幸中の幸いだ。ナースまで新米だったら、何をされるかわかったものじゃないからな。

「安田先生、なにをボケッとつっ立っているの？　早く処置をしなさいよ」

バイタルを取り終えた飯田婦長が、安田研修医を促した。

「処置って、何をしたらいいでしょうね？」

「あなた、もう一年近くも研修しているっていうのに、まるで進歩がないのねえ」

「はあ……」

「『はあ』じゃないわよ。ほら、さっきから教授はゴーゴーいびきをかいているでしょう？　これはね、舌根《ぜっこん》が沈下しているからなのよ。このままじゃ呼吸が苦しいでしょうから、気道を確保してあげなきゃ」

「エアウェイですかね？」

「そう、鼻からね」

安田は救急処置用カートの中からエアウェイを取り出すと、いかにも不器用そうな手つきで、佐伯教授の鼻の穴にビニールのチューブを突っこんでいった。

──ううっ……なにをする！　キシロカインゼリーをもっとたっぷり塗らなければ、痛いじゃないか。

ようやくエアウェイを挿入し終えると、安田は次に、麻痺していないほうの左手を取り、静脈に針を突き立て点滴ラインを確保しようとした。しかしこれもまた、うまくいかない。安田は二度、三度と失敗をくり返した。

──いててっ！　カンベンしてくれよ。わからんのか、もうとっくに血管を突き抜けているだろう。まったく、どこまで不器用な男なんだ。

「ちょっと、貸してみなさい」

見かねて婦長が、安田から点滴用の留置針を取り上げた。そしてものの十秒もたたぬうちに、ササッと静脈内に針を挿入した。

採血をして心電図をとり、酸素マスクを装着すると、佐伯教授は脳のX線CTを撮影するために、ストレッチャーごとレントゲン室へ運ばれた。

本日の当直放射線技師は、正木だった。レントゲン室を訪れるたびに、佐伯教授が皮肉を言ったり、無理な注文をしたりしても、いつもニコニコと愛想よくしている男である。

しかし、今夜の正木は別人だった。

「あっ、これっ、佐伯教授じゃない！」

――これとはなんだ、無礼者め！

「よっこらしょっ、と。はあー……右手と右足が完全にマヒしてるってわけね。まったく、世話の焼けるおっさんだよ」

婦長と二人で教授をＣＴ撮影用のベッドに移しながら、正木が言った。

「そう、右の片マヒね。どうやら言葉もしゃべれないようよ」

「ほう、完全失語ですか」

――バカなことを言うな！　しゃべれないのはいまだけだ。じきに回復するに決まっている。

「これまでおれのことをさんざんバカにしてくれて、どうもありがとうよ、教授さん。しかしねえ、いくら毒舌家だって、しゃべれなくなっちゃあおしまいよね。ハイ、ご愁傷さま」

「正木さん、つべこべ言ってないで早く撮りなさいよ」

「はいはい、撮りゃあいいんでしょう、撮りゃあ……。ありゃあ、よだれだ。バッチイねえ」

そう言って正木は、だらしなくデロンと傾いた佐伯教授の頭を無理やりまっすぐにして、台の上に固定した。

――そんな乱暴に扱ったら、首がもげてしまうではないか。もっとていねいにできんのか、この野蛮人が！

「ほれっ、おとなしくしているんだぞ。カタまひになってカタなしの教授さん」

救急処置室に戻ってしばらくすると、正木が出来上がった脳のＣＴフィルムを持ってきた。

安田はフィルムをシャウカステンに掲げ、腕組みをして「うーん」とうなった。その間、飯田婦長は各病棟の夜勤ナースへ電話をかけ、空きベッドがあるかどうか確認していった。

そこへ、本日の当直指導医である瀬戸医師が現れた。

「佐伯教授が脳卒中だって？」

瀬戸の声を聞き、佐伯教授はホッと胸をなで下ろした。

――おお、瀬戸か。これでようやくひと安心だ。早く適切な処置をして、おれを病室へ連れていってくれ、頼んだぞ。

瀬戸は眠い目をこすってブツブツつぶやきながら、佐伯教授を診察した。

「あーあ、こんなになっちまって……。これで佐伯教授も、一巻の終わりだな」

――なにを言うか！　おれにはまだまだやることがたくさんあるんだ。このくらい、ちょっとリハビリをすれば、すぐに復帰できるさ。

診察を終えた瀬戸は、あいかわらずシャウカステンの前で腕組みをしている安田の横に並んだ。瀬戸は約一分間、CTフィルムを凝視すると、安田に質問した。

「安田先生、所見は？」

「えーと……（スー）、そのー……（スー）」

「じれったいなあ。スースー言ってるだけじゃ、ちっともわからんじゃないか」

「ボ……ボクには何も、見当たりません」

安田は冷や汗をかきながら答えた。

「情けないなあ、もっと自信を持ちなよ……。そのとおり、このフィルムにはいまのところ、なんの所見も認められない。だとすれば、はい先生、診断は？」

「……脳梗塞でしょうか」

消え入りそうな小さな声で、安田は答えた。

「そうだね。X線CTの場合、脳内出血やクモ膜下出血だったら、出血部位がすぐさま高X線吸収域となって出現する。でも梗塞の場合は、すぐには所見が出ないんだ。明日になれば梗塞部位が、低X線吸収域となって現れるだろう」

「はい、先生」

「やれやれ、学生に講義しているみたいだな。ところで婦長さん、空きベッドは見つかった？」

　さっきからずっと電話連絡をとっていた婦長が、小首をかしげながら二人のほうへやってきた。

「あいにくねえ、瀬戸先生、今日はどの病棟も満床のようです」

「たった一つも、空きベッドがないの？」

「ええ、ただの一床も」

「うーむ……」

　三人はシャウカステンの前で、固まってしまった。なんとも気まずい空気が、救急処置室に流れだした。三人の会話を聞いていた佐伯教授は、じれったくてしようがなかった。

　――一床くらい、なんとかなるだろう。とにかく一刻も早く、おれを入院させてくれ。

　しばし沈黙が続いたのち、瀬戸が口を開いた。

「しかたがない。ほかの病院へ転送しよう」

　――な、なんだって!?

　佐伯教授が、声にならない叫び声をあげた。

「えっ、マジっすか、瀬戸先生？　佐伯教授はこの病院の病院長ですよ」

　安田は目をまんまるにして、瀬戸の顔を見つめた。

「入院してもらいたいのは山々だが、ほかの入院患者をほうり出してまで、佐伯教授を入院させるわけにはいかんだろう」

「そうよね」

婦長も、あっさり同意した。

「瀬戸先生も飯田婦長も、いくらなんでも冷たいんでないですか」

安田がひとり、反論した。

――がんばれ安田、二人に言いくるめられるんじゃないぞ。おまえの主張が通っておれが今晩入院できることになったら、ずっとこの病院で働かせてやるからな。

佐伯教授は心の中で必死に、安田に声援を送った。

「いいかい、安田先生。患者さんはね、総理大臣だろうが、ホームレスだろうが、だれでも皆、平等なんだ。いくら病院長だからって、特別扱いはできないよ」

「そうですとも、瀬戸先生」

婦長が瀬戸の肩を持った。

――負けるな、安田！

佐伯教授は祈るような気持ちで、安田の反論を待った。しかし、安田はスースー言うばかりで、なかなか言葉を発しようとしない。

「それにね、安田先生。べつに恨んでいるわけじゃないが、この男は本人の希望も聞かずに、ぼくを病院じゅうたらい回しにしたんだ。君だってここにいたら、いいように使われるだけだぞ」

「そ、そうだったんですか？」

――瀬戸の言葉を信じてはいかんぞ、安田。おれはおまえを、決して使い回しにしたりせん。

「私だって佐伯教授には、ずいぶんと嫌みを言われましたからねえ……。人の顔さえ見れば、『あれっ、婦長さん、まだいたの』ってね」

婦長も瀬戸に加担して、佐伯教授の悪口を言いはじめた。

「今度はこの男が、病院をたらい回しにされる番さ。たらい回しにされるっていうのがどんな気分か、一度味わってもらおうじゃないか」

冷ややかな口調でそう言うと、瀬戸は電話に向かった。

――悪かった、瀬戸先生。これからは消化器病棟でも、病理検査室でも、君の希望どおりの職場で思うぞんぶん働いてくれたまえ。もちろん、内視鏡検査室にだって戻ってもらうとも。

「いいんですかね、そんなことしちゃって。もしも……もしもですよ、佐伯教授が回復して病院に戻ってきたら、ボクたちは教授に恨まれて、それこそひどい目にあうんじゃないですかね？」

　安田が心配そうに、瀬戸に訊ねた。

「そりゃあ命に別状はなかろうが、この男の職場復帰はとうてい無理だね。手足の麻痺だって残るし、奥さんに介護してもらって余生を送るのがいいところだろう。それにね、ほんとうのことを言うと、ぼくはもうこの病院に未練はないのさ」

　他病院の電話番号リストを取り上げながら、瀬戸が言った。

「私だって、べつに怖くはありませんよ。もうそろそろ、定年ですからね」

　飯田婦長もうなずいた。

「ボ、ボクはどうなるんです？　万が一、佐伯教授が復帰してきたら、ボクは一生恨まれるし、病院で働けなくなってしまうんでないですかね？」

「大丈夫。この男は二度と、まともにしゃべることはできまい」

　瀬戸は安田をなだめると、いよいよ受話器を上げた。

　――瀬戸先生よ、お願いだ。後生だから、おれをほかの病院へ送らないでくれ！

「××病院のベッドが空いているって。あんまり評判のいい病院じゃないけど、まあこの程度の脳梗塞の治療だったら、どの病院でも同じだろう」

受話器を置いた瀬戸は、婦長をふり向いてニヤリと笑った。

「ではさっそく、救急車を手配しましょう」

婦長もにんまり笑い、もう一台の受話器に手をかけた。

「安田先生、ぐずぐずしていないで、申し送りを書くんだよ」

「あっ、はい」

ピーポー、ピーポー、ピーポー……。

救急車のサイレン音が徐々に近づき、やがてすぐ耳もとで鳴りやんだ。

佐伯教授は有無を言わさず（といっても、体も動かなければ声も出ないので、何ひとつ抵抗できなかったが）、救急車のストレッチャーに移された。

——なにをする、やめてくれ！　おまえら、わからないのか？　ここはおれの病院なんだ。

しかし、佐伯教授の悲痛な叫びが救急隊員の耳に届くはずもない。なすすべもなく、教授はストレッチャーごと救急車に運びこまれた。

——瀬戸、安田、婦長！　貴様ら正気か？　ここはおれの病院だぞ。戻ってきたら、ただじゃすまされないからな。

そして無情にも、救急車の扉はバタンと閉じられた。その最後の刹那、教授の目に映ったのは、自分に向かって手を振る三人のぼんやりした姿であった。

——だれか、助けてくれ！　助けてくれえー……。

2

目が覚めると、口もとからダランとよだれが垂れ下がっており、おまけに全身汗びっしょりであった。

しかし……そこは病室のベッドではなく、教授室のソファーの上だった。

佐伯教授はむっくり起き上がると、右腕を上げ、手のひらを何度も閉じたり開いたりした。腕全体の動きにも、指一本一本の微細な動きにも、とくに異常は認められなかった。

次に教授は、「あー、いー、うー……」と念入りに五十音を発声していった。母音も子音もすべて明瞭に発音できたし、声は少しもかすれていなかった。

——すべては夢だったのだ。

ようやく安堵のため息をついた佐伯教授は、顔を洗って全身の汗をタオルでぬぐい、シャツを着替えた。昨晩、医学書の出版社から依頼された原稿の締め切りでほとんど徹夜だった佐伯教授は、午前中の外来診療を終えたあと、教授室のソファーで横になったのである。

腕時計の針は、三時十分前を指していた。ほんの三十分だけ休むつもりだったのに、二時間近くも眠りこけてしまったのだ。

――それにしても、なんだってあんな夢をみたのだろう？

「医者の不養生」とはよく言われることだが、自分は高血圧でも肥満体でもない。年に一度の血液検査だって、ただの一つも異常値はない。だから、自分が脳梗塞やクモ膜下出血で倒れる心配など、いままで一度もしたことがなかったのだ。それなのに、いったいどうしてあのような夢をみたのか、佐伯教授はまるきり合点がゆかないのであった。

首をひねりつつ、もう一度腕時計に目をやったところで、佐伯教授はハッと気がついた。今日四月二十八日は、水曜日だったのだ。

――おっと、危ないところだった。あと五分で回診が始まる。さあ、気をとり直して病棟へ向かうとするか。

五階北病棟の回診（いまや単なる教授回診ではなく、病院長回診である）は、いつもとなんら変わることなく、とり行われた。

主任ナースはいつもどおりのスマシ顔で佐伯教授の介助をし、ドクターたちはぞろぞろと後につき、教授に患者の病状を説明して回った。

佐伯教授の診察をおとなしく待つ患者もいたし、水曜日のこの時間になるとわざと売店へ出かける患者もいた（近ごろは患者のほうだって、病院長回診が無意味であることくらい、お見通しなのである）。

ただ一つ、いつもとちがうところがあるとすれば、瀬戸医師が回診に参加していないことだった。けれども、あんな不気味な夢をみた直後だったので、佐伯教授は瀬戸と顔を合わさずにすんで、むしろホッとしていた。

いつもどおりの無味乾燥な儀式が終わると、ドクターたちはナースステーションに戻り、それぞれの仕事を再開した。佐伯教授はそのまま教授室に戻ろうかと思ったが、いちおう瀬戸の不在理由を看護婦長に訊ねてみることにした。

「ところで、瀬戸先生が見当たらないようだけど、今日は学会でもあったのかね？」

すると、婦長はけげんな顔をして言った。

「先生、ごぞんじなかったんですか？」

「私は何も聞いていないよ」

「瀬戸先生は昨日、病院を辞めました。来月から新しい病院で働くそうです」

「えっ？」

と言ったきり、佐伯教授は言葉が出てこなくなった。

夢が現実となってしまい、突発的に脳梗塞を発症したからではない。驚きのあまり、言葉を失ったのである。

「まったく、瀬戸先生にはびっくりですよ。おととい病院へやってくるなり、明日で病院を辞めるって言うんですからね。たしかに四月になって研修医や新しい先生たちがやってきたので、病棟全体としては、だいぶ余裕ができていましたけど……」

「…………」

「病棟医長も、せめてあと二週間いてほしいって頼んだのですよ。でも瀬戸先生は、三か月間の自分の任務は終わったはずだと言って、ガンとして聞き入れませんでした」

「…………」

「で、瀬戸先生はきのう一日で担当患者をほかの先生がたに引き継ぎ、事務へ行って退職の手続きをとり、荷物をまとめて去っていった、というわけです」

「…………」

「あらかじめ準備していたのでしょうけど、ホントにまあ、驚くほどの引き際の早さでしたわね……。ちょっと先生、さっきからずっと黙りこくって、気分でも悪いんですか？」

「私は……何も聞いとらんぞ」

ようやく佐伯教授が、言葉を発した。

「私たちだって、寝耳に水ですよ。でもね、瀬戸先生が行っちゃったあとで、うちのドクターたちが噂していましたよ」

「うわさ？」

「病院長が回診にやってくるたびに、『瀬戸君、いったいいつまでいるの？』ってしつこくくり返すもんだから、ついに瀬戸先生が病院長のリクエストに応えたんじゃないかって」

そう言って、婦長はクスッと笑った。

「なにを言っているんだ、婦長。そんなの冗談に決まっているじゃないか。それに瀬戸君というのは、人の言うことをすんなり受け入れるような男じゃない」

佐伯教授はめずらしく、ムキになって言った。

「でもね、先生。ドクターたちの気分を害するようなことは、あまりおっしゃらないでくださいよ。ドクターに突然辞められたら、私たちは困ってしまいますからね」

婦長に釘を刺され、今度はなるべくクールに、教授は答えた。

「心配ご無用。瀬戸君以外に、そんなことをする男はおらんよ」

「そうだといいですけど」

「それじゃあ失敬。これから教授会があるので」

佐伯教授はつとめて平静をよそおい、病棟を後にした。

――なんだってあの男は、おれにひと言も告げずに行ってしまったのだろう？

瀬戸のことが頭から離れない佐伯教授は、エレベーターのボタンを押し忘れ、気がつくと一階に降り立っていた。売店で探し物をするふりをしてから戻ってきた教授は、咳払いを一つして、ふたたびエレベーターに乗りこんだ。

「わからん……まったく、わからん」

ようやく二階に到着した佐伯教授は、ブツブツ独り言を言いながら、会議室へ向かう廊下を歩きはじめた。

――それにしても、せっかく苦労して築いてきた大学病院のコネを自ら断ち切ってしまうとは……。もう少しがまんしておれば道が開けたのに、まったくバカな男だ。

そして佐伯教授は、頭の中でもやもやしているものをふり払うように、己に言い聞かせるのであった。

――しかし、きっとこれでいいのだろう。あの男は所詮《しょせん》、大学病院で出世する玉でないし、おれはもうあの男となんの関係もない。あいつはあいつらしく、意固地に、不器用に生きていくがいいさ。そう、これでいい……。これでいいのだ。

五階北病棟のナースステーションの一角で、佐伯教授と婦長のやりとりを見ていたナースが、主任に向かって言った。

「ねえ、主任さん。今日の病院長、なんか顔色悪くなかった？」

「あら、そう？　アタシは気づかなかったけど。もともと顔色悪いからねえ、便所コオロギは」

主任はあいかわらず佐伯教授のことを「便所コオロギ」と呼んでいるのであった。

「べつに心配するわけじゃないけどさ、なんだか元気なかったみたい」

「瀬戸先生が急にいなくなって、さすがにショックだったんじゃないの？」

「そうよね。なんだかんだ言って瀬戸先生は、病院長のお相手をしていたもの」

「でもさ、こんなことくらいで変わらないわよ、あの男は。明日になればもう瀬戸先生のことなんか忘れて、またちがう先生をつかまえて嫌みを言っているにちがいない」

「あーあ、イヤになっちゃうなあ。そしてあのくだらない病院長回診も、いつまでも変わることなく延々と続いていくってわけか」

「便所コオロギは、いつまでたっても便所コオロギだからね」

――そう、佐伯教授という人は、決して変わることはないだろう。いつか彼にまことの審判が下る、その日までは。

## 3

そのころ医局の掲示板の前には、ちょっとした人だかりができていた。午後の休憩にやってきたドクターたちが、掲示板に貼られた瀬戸の置き手紙を読んでいたのである。

パソコンで打ち出された瀬戸の手紙には、十年ものあいだ世話になった病院と同僚の医師たちに対する感謝の気持ちや、来月から働く病院の連絡先などが書かれていた。

「行っちゃいましたね、瀬戸先生」

一人のドクターがぽつりと言った。すると、他のドクターたちも示し合わせたようにしゃべりはじめた。

「それにしても、突然でしたね」

「何か理由があったのかな？」

「あの先生も、だいぶ苦労したみたいだからね」

「でも、内科をやったり、病理をやったりで、わりと自由にやっていたほうじゃない？」

「しかし、必ずしも彼の本意ではなかったみたいだよ」

「病院長や阿久津教授とは、あまりうまくいってなかったようだし」

「明日はわが身だ。気をつけなくちゃ」……。

瀬戸の手紙は、こんな文句で締めくくられていた。

　先生がたもどうぞ、尊敬できる師の下で、ご自分の力を存分に発揮されますよう、
ご健闘をお祈りいたします。

「この『尊敬できる師』というのは、皮肉ですかね？」

あるベテラン医師が、手紙を指さしながら言った。

「そうですな。瀬戸先生の病院長に対する当てつけかもしれませんな」

「いかにも瀬戸先生らしい。彼もそうとう不満がたまっていたんだろう」

「たしかにあの病院長は、人格者とは言いがたいからなあ」

「おっと、気をつけたほうがいいですよ、先生。『壁に耳あり障子に目あり』ですから」

「まあ私としては、病院長が尊敬できる人物であろうがなかろうが、大差はありませんけど」

「病院長の人柄なんて、どうでもいいさ。自分の診療や研究とは、なんの関係もないからね」

「そう、いくら尊敬できたって、われわれの待遇をよくしてくれるわけじゃない」
「給料だって上がるわけじゃない」
「まったくですな、ハッハ」
五、六名のドクターが、おじさん笑いをしながら去っていった。
しかし、二人の若いドクターは、掲示板から離れようとしなかった。二人は瀬戸の置き手紙の前で腕組みをして、しばらくのあいだじっと考えこんでいた。

# 第十章　新天地へ

## 1

四月二十八日、午後一時過ぎ。東京駅構内の『銀の鈴』で待ち合わせた瀬戸と佑太は、急ぎ足で新幹線改札口へ向かった。

つい昨日、十年間勤め上げた病院に別れを告げた瀬戸は、連休明けにオープンする静岡の病院へ向かうところであった。佑太は瀬戸に誘われ、海沿いに建ったその新しい病院を見学することにしたのだ。

「引っ越しはもう、すんだのかい？」

「ああ。とりあえず必要な物だけ荷造りして、あとは恵理子に頼んできた。明日、静岡に荷物が届くだろう」

19番ホームへの階段を上がりながら、二人は言葉を交わした。

「恵理子さんは？」

「うん。一、二か月して落ち着いたら、静岡に呼ぶつもりだ。検査技師のポストはまだ空いているようだからね。たぶん……来てくれると思うよ」

そう言って、瀬戸は照れ笑いした。

『こだま』の自由席は前方の車両へ進むにつれ、スカスカになっていった。前をゆく瀬戸は、三号車を通りぬけ、禁煙の二号車へ入っていった。

「禁煙席でいいのかい？」

三人用のシートに二人でゆったり腰かけると、佑太は瀬戸に訊ねた。

「そういえばユータに会うのは、去年の忘年会以来だったっけ」

「ときどきメールで連絡をとり合っていたから、そんな気はしないけど」

「ぼくは煙草をやめたんだ。もう三か月になるよ」

「へえー。かなりヘビースモーカーだったのに、よくスパッとやめられたね」

「はじめはずいぶん苦労したけど、いまじゃ自分が煙草を吸っていたことすら思い出さないよ」

「恵理子さんに、たしなめられたのかい？」

「いや、そんなんじゃない。やっぱり自分も医者だからさ、酒も飲むわ煙草も吸うわじゃ、患者に示しがつかないからね」

「たしかに」

「それにしてもねえ、ぼくは煙草をやめてみて、あらためて実感したよ。自分が中毒者の一人だったっていうことを」

「中毒者？」

「そう、中毒者。ぼくは長年、煙草にとらわれの身となって、自由を失っていたのさ。たとえば『この仕事が終わったら、一本だけ吸おう』と思うのも、じつは煙草にとらわれているからだ。たかが煙草一本に、自分の行動や思考を制限されていたんだよ」

「なるほど」

「しかしね、そうやって考えてみると、煙草だけじゃないんだな。ぼくたちは、個人的にも社会的にも、いろんなものの中毒になっていて、知らず知らずのうちに己の考えや生き方に規制を加えてしまっている」

「何かの中毒になることにより、自由に生きる権利を自ら放棄しているってわけか」

「そのとおり。たとえば佐伯教授――彼は『権威中毒者』だ。それも、完璧なまでにね。あの男にとって重要なのは、一にも二にも権威であって、ほかのものはたいした意味を持たないんだ。だからあの男は、教授や病院長というポジションさえ保てれば、どんなに厚顔無恥な言動もいとわないのさ」

「そう考えれば、あの人の信じられないような言動もすべて、説明がつくね。だけどさあ、自分一人が中毒者ならまだ許せるけど、まわりの人間にまで毒をまき散らさないでほしいもんだね。まるで環境汚染だよ」

「まったくだ……。でも、ぼく自身もついこのあいだまで、その汚染された人間の一人、権威中毒者だったのさ」

「ヤックンが？」

「自分もある意味、教授と同じだったんだね。ユータも覚えているだろう？　ぼくはいつも仏頂面をしていたし、新人を教えるときだって愚痴をこぼすばかりで、ちっとも楽しもうとしなかった……。いま思えば、彼らに悪いことをしたと思うよ」

「うん。たしかにいつも不機嫌そうな顔をして、病棟の廊下を歩いていたね」

「あのころのぼくは、人を押さえつけ、ガメツク自分の領分を広げることしか考えていなかった。いつの日か自分も権威を持つため、そう、佐伯教授と同じように大学病院におけるポジションをゲットするためにね」

「そうだったのか」

「でもぼくはもう、権威なんかどうでもいい。ほんとうにどうでもよくなったんだ。これからは自分のやりたいことをやって、せいぜい自由に生きていくさ」

佑太は黙ってうなずいた。

発車のベルが鳴り、『こだま』はゆっくり動きはじめた。

「ところで、本の発売日は決まった？　出版が決定したところまでは、メールで知らせをもらったけれど」

しばらくのあいだ、窓から東京のビル街を眺めていた瀬戸が、佑太に訊いてきた。

「ああ。もう校正も終わって、表紙もできて、ただいま印刷中ってとこかな。来月の十五日に発刊予定だよ」

「おお、それはおめでとう！」

「今回は三社目で話が決まったんだ。これまで足かけ三年、二十二連敗中だったのに、まったく奇跡のようだよ」

「ぼくに言わせれば、ユータの執念のほうがよっぽど奇跡的だけどね」

「いやー、それにしてもこの四か月は恐ろしくタフだったなあ。もしも出版できなかったら、ヤックンや恵理子さんに合わせる顔がないからねえ……。ぼくも必死だったよ」

「ハハッ、ぼくたちの無言のプレッシャーも少しは役に立ったというわけだ」

「役に立ったどころか、心から感謝しているよ。ぼくが夢を実現させることができたのも、二人のおかげさ」

「そうかい?」

「言ってみればこの本は、ぼくら三人の合作なんだ。ぼくは原作者で、ヤックンと恵理子さんはプロデューサーってとこかな」

「そりゃあちょっと、大げさだろう。恵理子なんて『青春小説』のひと言しか言ってないぜ」

「大げさじゃないさ。二人がいなかったら、この本は誕生しなかったんだから」

「そう言ってもらえると、うれしいね……。それにしても楽しみだなあ。自分が主役の一人をやっている本を読むなんて」

「あんまり期待しすぎないでくれよ。主人公の一人はヤックンじゃなくて、ヤックンをモデルにした頑固なドクターだ。ぼくが書いたのは、あくまでフィクションだからね」

「わかっているさ」

「まあ、読んでからのお楽しみということで。気に入ってもらえたら、うれしいけど」

そんなことを話しているうちに、『こだま』はいつの間にか、小田原駅に停車していた。

ワゴンサービスがやってきたので、昼飯を食べる時間がなかったという瀬戸はサンドイッチを注文した。佑太はちょっと考えてから、ホットコーヒーを買った。カマボコをつまみに缶ビールで一杯は、帰りの楽しみにとっておこう。

「ちょっと質問してもいいかい？」

サンドイッチをほおばる瀬戸に、佑太が話しかけた。

「どうぞ」

「内視鏡と病理の仕事を両方やるのはわかったけれど、ヤックンが新しい病院で実現させる新しい構想っていうのはどんなこと？　いままでちゃんと聞いたことがなかったね」

「……『画像統合診療』って、命名したんだけど」

サンドイッチを飲みこむと、瀬戸が解説をはじめた。

「ふむ」

「患者のX線写真やCT、MRI、エコー検査、内視鏡検査等々。これらの画像をすべて同じソフトにまとめて、コンピューターの端末でいつでも見られるようにするんだ」

「なるほど。これまでみたいに、いちいちレントゲンの大袋を持ってきたり、返したりしなくてもすむわけだ」

「それだけじゃない。ぼくは病理診断の画像も、その中に取り入れる」

「顕微鏡で見た画像を？」

「そう。考えてごらんよ、顕微鏡で見た組織や細胞だって、立派な画像なんだよ」

「それはそうだ」

「X線写真や内視鏡は、マクロな目で病変をとらえている。いっぽう病理の顕微鏡写真で見えるのは、とてもミクロな世界だ。でもね、ちがいはマクロかミクロかだけであって、患者の病変を検査している画像であることに、じつはなんの変わりもないのさ」

「でも、いままでわれわれ臨床医は、病理診断の画像をほとんど見なかったよね。臨床と病理のあいだには、かなりはっきりした境界線があったような気がするな」

「だからこそ、ぼくはその境界線を消したいのさ。消しゴムで、ゴシゴシとね。臨床と病理のあいだの垣根を取っぱらって、病理をもっと多くのドクターに親しんでもらえるようにしたいんだ。病理を特別な世界のように思ってほしくないし、病理診断も画像診断の一部であることをわかってもらいたいのさ」

「そういう意味では、画像の統合だけではなくて、臨床と病理の統合でもあるわけだ」

「なかなかいいことを言ってくれるね、ユータ。病理医だってこれからは、検査室ばかりに閉じこもっていないで、積極的に臨床にかかわるべきだと思うよ」

「いいねえ、その考え。大病院においてますます専門化が進んでいく風潮に、ぜひとも歯止めをかけてくれよ」

「ローカリストのドクターを減らすためにも、まずは病院内部をもっと開けたボーダーレスの職場に変えていかなくちゃね」

佑太は、熱っぽく理想を語る瀬戸がまぶしかった。そしてまた、現場で働く瀬戸のはつらつとした姿を想像すると、うらやましくもなった。

ふと佑太の脳裏に、患者とダべっていたデイルームの午後の風景が、よみがえった。

——思えば病院を離れ、すでに三年半の月日が流れてしまった。あのころ、朝な夕なに患者たちと共に過ごしていたデイルームは、すでに自分が帰れる場所ではなくなってしまったのだろうか……。

「もう権威に対する執着はないけれど、つくづく自分は欲張りな男だと思うよ」

サンドイッチの最後の一切れを飲みこむと、瀬戸がまた語りはじめた。

「おっ、恵理子さんの発言を認めたね」

佑太はわれに返り、相づちを打った。

「まあね。ユータもそうだろうけど、ぼくはどうも、人と同じことをしているだけでは満足できないタチらしい」

「そのようだね」

「ぼくはね、常に変わっていきたいんだ」

「でも、気をつけなよ。何かに執着しすぎると、つまり、ヤックンの言うように何かの中毒になってしまうと、人間は変われなくなっちゃうからね」

佑太はこの三年間、本を世に出すことばかりに執着していた自分に対する反省もこめて、瀬戸に忠告した。

「わかっているさ。いかに欲張りであろうとも、極力、欲は持たないように……」

「なんか、言ってることが矛盾してるぞ」

佑太が笑った。

「アハハ、そうだね。常に変わっていくために、なるべく自由な気持ちを持ちつづけるよう心がけるよ」

「常に変わっていくドクターか。うん、いいんじゃない？　ところで」

「ところで？」

「変わらないドクターの代表はどうなった？」

「ああ、佐伯教授のことね」

「ヤックンが突然、病院を辞めたことを知って、いまごろあわてふためいているんじゃない？」

「もちろん、びっくりしただろうけど、彼にとっちゃぼくみたいな厄介者がいなくなって、むしろ好都合だろうよ。そういえば……」

瀬戸は、腕時計をチラッと見て言った。

「あと三十分ほどで、あの懐かしい儀式のはじまりだ」

「ああ、今日は水曜日だったっけ……。いったい、いつまで続けるつもりかねえ、あのくだらない教授回診を」

「そうそう、佐伯教授はちゃんと登場するんだろうね、ユータ」

瀬戸がふたたび、佑太の本に話題を戻した。

「もちろん。彼は重要な登場人物だからね」

「教授がユータの本を読んだら、いったいどんな顔をするのかな？　ぜひ、見てみたいもんだ」

瀬戸はさも楽しそうに、ニタニタ笑いながら言った。

「よせよ、ぼくは心配しているんだから。もしも本人に読まれてしまったら、ぼくは一生、佐伯教授に恨まれるだろうな」

「いまさらなにを言っているんだ、ユータ。もし教授が読んだとしたら、ぼくも本の出版に加担していることがバレバレなんだぞ。こっちだって同じくらい恨まれるさ」

「あっ、そうか。じゃあヤックンも同罪ってことで、二人してたっぷり恨まれるとするか」

「ま、しゃーないな」

間もなく目的の駅に到着するというアナウンスが流れ、『こだま』はゆっくりスピードを落としていった。

「でも、不思議なもんだな。一時はあれほど憎悪の念を抱いていたのに、いまではむしろ、佐伯教授に感謝しているくらいだ。ぼくの目を開かせ、新しいことにチャレンジするきっかけを与えてくれたんだからね」

瀬戸が、棚からバッグを下ろしながら言った。

「そうだね。ぼくも決して、個人的に恨みがあるわけじゃない。でもこれからはもう、佐伯教授みたいな人が病院に居座ることを許しちゃいけない」

「人間的な心をどこかに置き去りにしてきた者は、病院から一掃されるべきだね」

「部下や患者と、コミュニケーションをとることができない者もね」

「ユータの本が、一人でも多くの人に読まれることを願うよ。佐伯教授のような権威中毒者を、これ以上のさばらせておかないためにも」

「そうだね。閉鎖的な大学病院の体制を変え、古いタイプの教授連中を排除していくのは、結局は世の中全体から湧き上がる声じゃないかな。たくさんの人々の不満と希望が、きっと病院のあり方を変えていってくれる……。ぼくはそう信じている」

『こだま』は駅のホームに入線し、二人はデッキへ向かった。

「佐伯教授は、最後の生き残りになるだろうさ」

「そうなることを願うよ」
そんな言葉を交わしながら、瀬戸と佑太はプラットホームに降り立った。

## 2

駅構内から外へ出ると、午後の陽ざしが目一杯、瀬戸と佑太の上に降り注いできた。二人は上着を脱ぎ、タクシー乗り場へ向かった。

繁華街を通りぬけ、太平洋へ注ぐ河川に架かる橋を渡ったところで、タクシーは左へ折れた。そして、一路海へ向かって走っていった。

やがて前方に、海をバックにそびえ立つクリーム色の建物が現れた。瀬戸がゴールデンウイーク明けから働く、オープンを間近に控えた病院だ。

三時過ぎに病院に到着すると、瀬戸はまず、内視鏡検査室と病理検査室がある五階のフロアへ佑太を案内した。

瀬戸は誇らしげに次々と最新の検査機器を紹介し、「画像統合診療」の概念とその重要性を佑太に説明して回ったが、機械やコンピューターが大の苦手の佑太には、正直、瀬戸の説明はちんぷんかんぷんであった。

しかし、何はさておき佑太が驚いたのは、病理検査室の広さと窓の多さである。病理検査室というのは、たいてい暗くてじめじめしたものと相場が決まっている。これほど明るくて開放的な検査室にお目にかかるのは、はじめてであった。

「こりゃあすごい。検査室というよりも、サロンみたいじゃないか」

佑太の反応に、瀬戸は満足そうにうなずいた。

「よけいな敷居は取っぱらって、なるべく効率的でオープンな職場になるよう心がけて設計したんだ。雰囲気が暗いと、そこで働く人間まで陰湿になっちゃうからね。これからは病理にたずさわる者も、常に明るく仕事にのぞまなくちゃ」

「窓から海が見えるっていうのも、すごくいい」

佑太が興奮気味に言った。

「視界をさえぎるものは何もないからね」

なるほど、病院から海までのスペースには建物らしきものは一つもなく、桃の木とイチゴ栽培のビニールハウスが交互に並んで、海岸線まで続いている。

「でも、屋上から見渡す風景は、こんなもんじゃないぞ」

窓からの景色に見入っている佑太に、瀬戸が自慢気に言った。

「きっと、素晴らしい眺めだろうな」

「そうだユータ、屋上へ行こう！」

「いいねえ。でも、勝手に上がっていいのかい？」

「いや、ほんとうは出入り禁止だ。じつを言うとね、ついこのあいだ病院長に頼みこんで、屋上へ通じる扉の合い鍵をもらったばかりさ」

「さすが屋上好き。新しい病院へやってくるなり、屋上への通行券を確保したってわけか」

佑太はいつぞやの当直明け、屋上で瀬戸と出くわしたことを思い出して言った。

「基本でしょう」

瀬戸が笑って答えた。


午後四時の屋上には、海からの風が心地よく吹きつけ、晩春の陽光はいぜん、衰えを知らなかった。

病院の屋上から望むパノラマは、佑太の想像をはるかに超えていた。

佑太はまず南側のフェンスへ向かい、目の前の大海原に眺め入った。百八十度、水平線をさえぎるものは何ひとつない。見渡すかぎり、まったくの海である。

果てしなく広がる太平洋に思わずため息をつきながら、徐々に目線を東の方向へ移していくと、海岸線に大きな三本羽の風車が立っていた。青い空と海をバックに、真っ白い羽根がゆったりと回っている。おそらく、風力発電をしているのだろう。

　風車から陸地側へ入っていくと、しばらくなだらかな丘が続いている。そして丘陵が途切れると、頭に雪をかぶった富士山の雄大な姿が、佑太の目に飛びこんできた。

「そういえば、はじめてユータと話をしたのは、病院の屋上だったなあ」

　富士山に見入っている佑太に、瀬戸が話しかけてきた。

「あれからいろいろあったけど、なんだかつい昨日のことみたいだな」

　背中に午後の太陽を浴びながら、二人は六年前の自分たちを思い出していた。

　あの日、病院の屋上から小さく、小さく見えた富士山が、いますぐ目の前に、悠然とそびえ立っているのだ。

　さらに病院の北西側には、南アルプスの山々が連なり、山と海のあいだの市街地を眺めながらぐるりと一周し、ふたたび太平洋へと戻っていく。

　しばらくのあいだ、二人はそれぞれに、屋上からのぜいたくな眺めを満喫した。瀬戸は太平洋に向かって、お気に入りの曲をハミングし、いっぽう佑太は富士山を眺めながら、ずっとあることを考えていた。

　陽がやや傾いて、二人の影が長くなってきた。

「瀬戸先生」

佑太が、南側のフェンスぎわに立って海を眺めている瀬戸に、呼びかけた。

「なんだいユータ、いきなり『先生』なんてあらたまっちゃって」

瀬戸がけげんな顔をして、ふり向いた。

佑太は瀬戸の横に並んだ。海はさっきと比べ、いくぶん深い青色をたたえていた。

「ところで……ドクターの頭数はそろいました？」

佑太が瀬戸に訊ねた。

「ああ、だいたいそろったみたいだよ。できればあと数名確保したいって、病院長が言っていたけど」

「じゃあ、もう一人くらい雇う余裕はあるんですね？」

「ここで働きたいっていうドクターを紹介してくれるの？」

「ええ、新米ですけど」

「そいつはいい。専門医よりもむしろ、病棟でバリバリ働いてくれる若いドクターのほうがありがたいんだ」

「では、紹介しましょう」

「オーケー！　病院長もきっとウェルカムだろう。ところで、そのドクターとは健診のバイト先で知り合ったのかい？」

「うん、まあ……。あまりフレッシュじゃないし、新米のくせにやたら注文の多い男だけどね」

「……えっ？」

瀬戸がもう一度、ふり向いた。

「それに、デイルームで患者と雑談ばかりしている」

「もしかして、紺野先生……」

しばし半信半疑で佑太の顔を見つめていた瀬戸だが、やがてこの男は本気であると確信した。

「もう一つ、屋上の鍵を調達してもらえるかな？」

ややはにかんだ笑顔で、佑太が言った。

「お安いご用で」

瀬戸はニカッと笑うと、佑太に右手をさしだした。

そのごつい手を、佑太はしっかり握った。

二人の前に広がる太平洋は夕陽を反射して、どこまでもきらきらと輝いていた。

この作品は二〇〇五年九月主婦の友社より刊行された
『とび出せ！　ドクター』を改題したものです。

# ふり返《かえ》るな　ドクター

## 研修《けんしゅう》医《い》純情《じゅんじょう》物語《ものがたり》

川渕圭一《かわふちけいいち》

平成23年4月15日　初版発行
平成23年5月31日　2版発行

発行人——石原正康
編集人——永島賞二
発行所——株式会社幻冬舎
〒151-0051東京都渋谷区千駄ヶ谷4-9-7
電話　03(5411)6222(営業)
　　　03(5411)6211(編集)
振替00120-8-767643
印刷・製本——中央精版印刷株式会社
装丁者——高橋雅之



幻冬舎文庫

ISBN978-4-344-41648-2　C0193　か-35-2